운명의 딸 1

Hija de la fortuna

세계문학전집 163

운명의 딸 1

Hija de la fortuna

이사벨 아옌데

권미선 옮김

민음사

차례

2권 차례

2부 1848~1849(하)

3부 1850~1853

1부
1843~1848

발파라이소

누구든지 한 가지씩은 특별한 재능을 가지고 태어나는 법이다. 엘리사 소머스는 자신이 뛰어난 후각과 좋은 기억력, 이 두 가지를 타고났다는 것을 일찍부터 깨닫고 있었다. 뛰어난 후각은 그녀가 삶을 살아가는 데 많은 도움이 되었다. 그리고 좋은 기억력은 그 삶을 기억하는 데, 정확히는 아니더라도 마치 점성가들이 뭔가를 시적으로 어렴풋하게 떠올리듯 기억해 내는 데는 많은 도움이 되었다. 기억을 떠올리다 보면, 잊혀진 부분들은 전혀 없었던 일처럼 여겨지지만, 또렷하게 혹은 희뿌옇게 떠오르는 부분들은 흡사 그 삶을 되풀이해서 다시 살아가는 듯했다.

엘리사는 절친한 친구인 타오 치엔에게, 자신의 삶은 그들이 처음으로 알게 되었던 범선 밑바닥과도 같다는 말을 자주 했다. 삶을 살아가면서 여러 우여곡절들이 차곡차곡 쌓이듯, 널찍하고 어둠침침했던 그 범선 밑바닥에도 수많은 짐짝들과 술통들, 자루들이 산더미처럼 쌓여 있었다.

맨정신으로 깨어 있는 상태에서는 그 아수라장에서 뭔가를 찾아낸다는 게 쉽지만은 않은 일이었지만 어린 시절, 마마 프레시아가 그녀에게 가르쳐 줬던 것처럼 달콤한 꿈을 꾸듯 몽롱한 상태에서는 가능한 일이었다.

그러면 그녀를 둘러싸고 있던 주변 현실들이, 희미한 잉크로 가느다란 획을 그은 듯 어렴풋이 떠올랐다. 엘리사는 나름대로의 방법을 통해 쉽사리 꿈속으로 들어갔다가, 그나마 희미하게 떠오른 이미지들이 의식이라는 떨떠름한 빛에 부딪혀 산산조각이 나지 않도록 조심스럽게 돌아왔다. 다른 사람들이 숫자를 신봉하듯 엘리사는 그 방법을 굳게 믿었고, 또 먼 옛 기억까지 떠올릴 수 있는 방법도 나름대로 개발하였다. 그리하여 그녀의 첫 번째 요람이었던 마르세유 비누 상자 위로 미스 로즈가 고개를 숙여 들여다보는 모습까지 떠올릴 수 있었다.

"엘리사, 네가 그걸 기억한다는 건 절대 불가능한 일이야. 갓난아이들은 고양이 같은 거란다. 감정도 기억도 없는 법이지."

미스 로즈와 그 이야기를 몇 번 나누었지만, 그때마다 그녀는 이런 주장을 펼쳤다. 하지만 연수정 드레스를 입고 머리카락을 바람에 흩날리며, 위에서 자신을 내려다보던 그 여인의 모습은 엘리사의 기억에 또렷이 박혀 있었다. 그래서 그런지 자신의 출생에 대한 다른 설명은 받아들일 수가 없었다.

"너는 우리들처럼 영국인의 피를 가지고 있단다. 영국인 거류지의 누군가가 너를 바구니에 담아 '대영제국 수출입 회사'의 문 앞에다가 데려다 놓았던 거지. 틀림없이 우리 제레미 오빠가 마음씨 좋은 걸 알고는 너를 키워 줄 거라고 확신한 사람이었을 거야. 그 당시 나는 아이를 갖고 싶어서 거의 제정신이 아니었어. 그런데 마치 하느님이 보내 주신 것처럼 네가 내 품 안으로 들어왔단다. 네가 기독교 신앙과 영어를 확실하게 교육받으며 자랄 수 있도록 말이야."

미스 로즈는 엘리사가 어느 정도 상황을 이해할 수 있는 나이가 되자 이렇게 이야기했다.

"네가 영국인이라고? 얘야, 꿈 깨라. 네 머리카락을 봐. 나처럼 인디오지."

그렇지만 마마 프레시아는 안주인인 미스 로즈의 등 뒤에서 어림도 없는 이야기라며 잘라 말했다.

엘리사의 출생은 그 집안에서는 금기된 주제였기 때문에 어린 엘리사는 그런 미스터리와 이내 친해졌다. 다른 여러 미묘한 문제들처럼 엘리사는 그 문제를 놓고 로즈 소머스나 제레미 소머스 앞에서는 절대 말도 꺼내지 않았지만, 마마 프레시아와는 부엌에서 함께 수군거리며 도란도란 이야기를 나누었다. 마마 프레시아가 묘사하는 비누 상자는 세월이 흘러도 변함이 없었지만, 미스 로즈의 묘사는 세월의 흐름과 함께 한 편의 동화로 아름답게 포장되었다.

미스 로즈의 말에 따르면 회사 앞에서 발견된 바구니는 아주 가느다란 버들가지로 만들어졌고, 안은 바티스트 마포로 꾸며졌으며, 엘리사가 입고 있던 옷은 촘촘하게 수가 놓여 있었고, 이불은 가장자리가 브뤼셀산 레이스로 장식되어 있었다. 그것도 모자라, 그 바구니가 밍크 담요로 둘

둘 감겨 있다고까지 했는데, 사실 그건 칠레에서는 구경도 할 수 없는 것으로, 말도 안 되는 허무맹랑한 이야기였다. 세월이 흐르면서 그 이야기에는 실크 손수건에 싸인 금화 여섯 냥과 사생아이긴 하지만 좋은 가문의 아이라는 영어 메모까지 덧붙여졌다. 그렇지만 엘리사는 거기에 대해서 어렴풋한 기억도 나지 않았다. 밍크와 금화, 이런 건 점차 그녀의 기억에서 사라져 이내 그녀의 출생과는 아무런 관련도 없어졌다. 반면에 마마 프레시아의 설명은 그녀의 기억과 일치되는 게 많았다. 늦여름 어느 날 아침, 대문을 열어 보니 벌거벗은 갓난 여자아이가 상자 안에 들어 있었다는 이야기였다.

"밍크 담요나 금화는 쥐뿔도 없었다. 내가 그 자리에 있었기 때문에 확실하게 기억하고 있지. 너는 남자 조끼에 싸인 채 벌벌 떨고 있었다. 기저귀도 없었어. 게다가 똥을 싸 놓아서 온통 똥 범벅이었지. 머리에는 옥수수처럼 솜털이 나 있었고, 온몸이 삶은 새우처럼 시뻘건 코흘리개였다. 그게 바로 네 모습이었어. 그러니 꿈 깨라. 너는 공주가 되기 위해서 태어난 게 아니란 말이야. 네 머리가 그때도 지금처럼 시커멓다면, 아마 주인님들은 그 상자를 쓰레기통 속에 처박아 버렸을 거다."

마마 프레시아의 강력한 주장이었다.

그렇지만 적어도 소머스 일가가 칠레에 온 지 1년 반이 지났던 1832년 3월 15일에 엘리사가 그들의 삶과 인연을 맺게 되었다는 데에는 모두의 의견이 일치했다. 그리고 그 날을 엘리사의 생일로 정하는 데에도 아무런 이견이 없었다. 그렇지만 그 밖의 이야기들은 전부 모순 투성이였다. 결국 엘리사는 괜히 골머리 썩여 가면서 기운을 뺄 필요가 없다는 결론에 이르렀다. 어차피 진실이 뭐가 됐건, 바뀔 건 아무것도 없었다. 중요한 건 자기 의지와 상관없이 수동적으로 다가온 삶이 아니라, 능동적으로 살아갈 앞으로의 삶이었다. 엘리사는 수많은 세월 동안 타오 치엔과 아름다운 우정을 나누면서 자주 이런 이야기를 했다. 그렇지만 타오 치엔의 생각은 엘리사와 달랐다.

타오 치엔은 자신의 존재를 대대손손 이어진 그의 조상들과 분리시켜서는 상상도 하지 못했다. 조상들이 그에게 육체적, 정신적 특징뿐 아니라, 업(業)까지도 물려주었다는 것이었다. 그는 자신의 운명이 앞서 살았던 조상들의 행적에 따라 크게 좌우된다고 믿고 있었다. 그래서 매일 기도를 올려 조상들을 숭배하고, 그들이 무시무시한 형상으로 나타나 호통을 칠 때는 두려움에 떨기까지 했다. 타오 치엔은 100년도 훨씬 전에 돌아가신 고릿적의 고조부들을 비롯해, 그들의 조상들 이름도 전부 다 외우고 있었다. 황금 열풍이 판을 치던 그 시절, 그의 가장 큰 걱정은 조상들 옆에 묻히기 위해 중국에 있는 고향으로 돌아가는 것이었다. 그렇지 않으면 그의 영혼이 이국 땅에서 영원히 떠돌이가 되어 헤매고 다니리라는 것이었다.

물론 엘리사도 화려한 바구니 이야기에 귀가 솔깃하긴 했지만——웬만한 사람이라면 평범한 비누 상자에 담겨 이 세상에 나타났다는 이야기가 썩 내키지는 않을 것이다.——진실을 존중한다면 섣불리 받아들일 수는 없는 이야기였다.

개 코를 능가하는 그녀의 후각은 그녀가 태어나서 처음 맡
았던 냄새를 확실하게 기억했다. 그렇지만 그 냄새는 바티
스트 마포의 깨끗한 이불 홑청 냄새가 아니라, 남자의 땀
냄새와 담배 냄새로, 시골 염소의 악취보다도 더 고약했다.

엘리사는 양부모의 저택 발코니에서 태평양을 내려다보
며 자랐다. 저택은 발파라이소 항구의 언덕빼기 높은 곳에
있었고 그 당시 런던에서 유행하던 스타일을 따라서 지은
것이었다. 하지만 그곳 토지의 여건과 칠레의 기후, 생활
방식으로 인해 몇 가지 결정적인 변형이 가해진 결과, 뒤
뜰 구석에는 창문도 없는 지하 감방 같은 방들이 암세포가
퍼져 가듯 하나씩 생겨나, 어설프고도 우스꽝스러운 저택
이 만들어졌다. 항구 창고에서는 도둑맞기 쉽기 때문에 제
레미 소머스가 회사의 귀중한 물품들을 보관하기 위해 만
든 것이었다.

"이 나라는 도둑놈들이 판을 치는 나라야. 이 세상 어디
에서도 여기만큼 물건들을 보관하는 데 돈이 드는 나라는
없을 거야. 거의 다 도둑맞거나, 그나마 도둑맞지 않고 남
은 얼마 안 되는 물건들은 겨울 장마에 휩쓸려 떠내려 가
거나, 여름에 불타 없어지거나, 아니면 지진이 나서 못 쓰
게 되지."

제레미는 노새에 짐을 싣고 와서 저택 뒤뜰에다가 풀어
놓을 때마다 투덜거렸다.

엘리사는 바다가 내다보이는 창가에 앉아, 수평선 너머
로 떠오른 범선들과 고래들의 숫자를 세면서 곧잘 이런 상
상을 했다. 자기는 얼어 죽을 것 같은 3월의 추운 아침에

자식을 홀딱 벗겨서 내다 버린 몰인정한 여자의 딸이 아니라, 한 조난객의 딸일 수도 있다는 상상이었다. 그래서 한 어부가 바닷가에 흩어진 난파선 파편들 사이에서 자기를 발견하고는 조끼에 감싸, 영국인 동네에서도 가장 큰 저택 앞에다가 데려다 놓은 것이라고 일기장에다 쓰기도 했다. 사실 바다에는 어느 정도의 낭만과 신비스러운 분위기가 느껴지기 때문에, 세월이 흐르면서 그녀는 그 이야기도 나쁘지만은 않다고 생각했다.

제레미의 동생이자 로즈의 오빠인 존 소머스는 만일 바닷물이 싹 빠져 없어진다면, 그때 드러난 모랫바닥은 인어들과 지친 물고기들로 가득 찬 드넓은 사막일 것이라고 이야기했다. 그는 이 세상 구석구석 돌아보지 않은 데 없이 모두 항해한 뱃사람으로, 어마어마한 해일이 공동묘지처럼 묵직한 침묵으로 말없이 밀려와 하나도 남김없이 싹 쓸어내 버린 풍경을 적나라하게 묘사했다. "해일은 끔찍하긴 하지만 그래도 언덕 위로 대피할 시간은 주지. 그렇지만 지진이 일어나면 모두 폐허가 되고 난 다음에야 성당 종소리가 재난을 알린단다."

엘리사가 나타났을 때, 제레미 소머스는 서른 살이었으며 대영제국 수출입 회사에서도 전도가 유망했고 상업계나 금융계에서는 믿을 만한 사람으로 호평이 나 있었다. 그의 말 한마디나 악수 한 번은 서명된 계약서 못지않은 효력을 발휘했다. 신용장이 바다를 건너오는 데는 몇 달이 걸릴 수도 있었기 때문에 그러한 신뢰는 모든 거래의 바탕이 되었다. 물려받은 재산이 없는 그에게는 명예가 목숨보다 더 값진 것이었다. 그는 힘든 고생 끝에, 세상 오지에 뚝 떨어져 있는 이 발파라이소 항구에서 확고한 위치를 잡게 되었다. 그렇기 때문에 잠잠했던 그의 일상을 송두리째 뒤흔들어 놓을 수도 있는 이 갓난아이는, 질서 정연하게 잘 계획된 그의 삶에서는 생각도 할 수 없는 일이었다. 그렇지만 엘리사가 그의 집에 나타났을 때 동생 로즈가 친어머니 못지않은 모성애로 아이에게 집착했기 때문에 마음이 약해져 엘리사를 내칠 수가 없었다.

그때 로즈는 스무 살이었지만, 이미 과거가 있는 여자여서 좋은 혼사를 치를 수 있는 가능성은 거의 희박했다. 그녀는 나름대로의 계산 끝에, 아무리 좋은 혼사를 치른다 해도 결국에는 밑지는 장사일 수밖에 없다는 결론을 내렸다. 오히려 제레미 오빠 옆이라면 남편하고는 꿈도 꿀 수 없는 독립된 생활을 누릴 수 있었다. 그녀는 나름대로 자신의 삶을 영위했으며, 노처녀에게 붙어 다니는 불명예스러운 표 딱지에는 꿈쩍도 하지 않았다. 그 당시에는 여자들이 아내와 어머니로서의 역할을 저버리면 여성 참정권론자들처럼 콧수염이 난다는 말이 돌았지만, 로즈는 오히려 결혼한 여자들이 부러워할 만한 삶을 살아야겠다고 마음먹었다. 그렇지만 그녀에게는 자식이 없었고, 자식만큼은 마음을 먹는다고 생기는 게 아니었다.

가끔 그녀는 천장까지 피가 튀겨 사방이 시뻘겋게 물든 방 한가운데에서, 피 범벅인 양탄자 위에 벌거벗은 채, 미친 여자처럼 산발을 하고 도마뱀을 낳는 꿈을 꾸었다. 그렇게 소리를 지르면서 깨어난 날은 하루 종일, 그 악몽에서 벗어나지 못해 비몽사몽으로 보냈다. 제레미는 동생의 신경쇠약을 걱정하며, 또 한편으로는 동생을 영국에서 그렇게 멀리 떼어 놓았다는 자책감으로 말없이 그녀를 지켜보았다. 물론 서로 합의한 그 생활에 대해서는 둘 다 만족하고 있었다. 그는 결혼은 생각도 해 보지 않았고, 독신 남자에게 생길 수 있는 가사 문제나 사교 생활에 따른 어려움은 로즈가 곁에서 해결해 주었다. 그리고 그 두 가지 문제는 그의 진로에서 매우 중요하기도 했다. 로즈는 내성적이고 조용한 그의 성격을 보완해 주었으며, 그렇기 때문에 그는 하루에도 몇 번씩 실쭉샐쭉 기분이 바뀌는 동생의 변덕과 불필요한 낭비벽을 묵묵히 참아 냈다. 엘리사가 나타난 날 로즈가 아이를 맡아 키우겠다고 고집을 피웠을 때도, 제레미는 감히 반대를 한다거나 막연하게 드는 의심을 내색할 수조차 없었다. 그는 아이 이름을 짓는 것부터 시작해서 아이와 관련된 싸움에서는 모두 점잖게 백기를 들 수밖에 없었다.

"이름은 우리 어머니처럼 엘리사라고 하고, 우리의 성을 붙일 거예요."

로즈는 아이에게 우유를 먹이고 목욕을 시키고 난 다음, 아이를 손수 자신의 숄로 감싸안으며 이미 결정을 내린 듯 공포했다.

"그건 절대 안 돼, 로즈! 사람들이 뭐라고 수군거리겠어?"

"그건 내가 알아서 할게요. 사람들은 오빠가 이 불쌍한 고아를 받아들였다며 오빠를 성자라고 할 거예요, 제레미.

가족이 없는 것보다 더 불행한 건 없어요. 오빠가 없었다면 나는 어떻게 되었을까?"

로즈는 자신이 조금이라도 감상주의에 빠져 들면 제레미가 질겁한다는 걸 잘 알면서도 이렇게 대답했다.

소문은 피할 길이 없었다. 아이가 어머니의 이름을 따르고, 몇 년 동안은 동생 로즈의 방에서 함께 잠을 자고, 집 안을 시끌벅적하게 만들어도 속수무책이었던 것처럼, 제레미 소머스는 그 소문도 묵묵히 감수할 수밖에 없었다. 로즈는 대영제국 수출입 회사 앞에 버려진, 호화찬란한 바구니에 대한 믿기 어려운 이야기를 만들어 퍼뜨렸지만, 그걸 믿는 사람은 아무도 없었다. 그렇지만 사람들은 그 아이가 로즈의 실수로 생긴 아이일 것이라고는 생각하지 않았다. 사람들은 로즈가 일요일마다 성가대에서 노래 부르는 것을 보았으며, 홀쭉하고 날씬한 그녀의 허리로는 전혀 의심을 살 수가 없었다. 그래서 사람들은 아이가 제레미와 거리의 여자 사이에서 태어났기 때문에, 로즈가 그 아이를 맡아 기르는 것이라고 수군거렸다. 그렇지만 제레미는 굳이 그 이상한 헛소문에 과감히 맞서려고 하지도 않았다. 그는 맹목적이고 비이성적인 아이들의 행동을 싫어했지만, 엘리사는 곧 그의 마음을 정복하고 말았다. 그는 드러내지는 않았지만, 오후에 소파에 앉아 신문을 읽을 때 엘리사가 자기 발밑에 와서 꼬물거리며 노는 걸 보고 흐뭇해했다. 그렇지만 그는 사람 손길이 슬쩍 스쳐 가기만 해도 온몸이 뻣뻣하게 굳어졌으며 약간의 신체 접촉에도 새하얗게 질리는 사람이라, 아이에게는 그 어떤 애정 표현도 하지 않았다.

그해 3월 15일, 갓난아이가 소머스의 저택에 출현했을 때, 부엌일과 집안일을 도맡아 하던 마마 프레시아는 그 아이를 내다 버려야 한다고 주장했었다.

　"친어머니가 내다 버린 건 이 아이가 재수가 없기 때문이에요. 그러니까 그 아이는 건드리지 않는 게 상책이에요."

　그러나 안주인의 확고한 결심 앞에서는 말발이 먹히지 않았다.

　미스 로즈가 아이를 안아 들어올리자마자, 아이는 집 안이 떠나갈 듯 큰 소리로 울어 젖혔으며, 그 울음은 집안 사람 모두의 애간장을 녹이고도 남았다. 아무리 달래도 아이가 울음을 그칠 기미를 보이지 않자, 미스 로즈는 바느질 방에 있던 장롱 서랍에 쿠션들을 채워 임시로 요람을 만들게 하고는, 유모를 찾으러 정신없이 뛰쳐나갔다. 그러고는 잠시 후에 시장에서 만난 한 여자를 데리고 돌아왔다. 유모가 될 여자를 가까이에서 찬찬히 살펴볼 겨를도 없이, 블라우스 밑으로 터질 듯이 부풀어 오른 커다란 젖가슴만 보고는 서둘러 데리고 온 것이었다. 그 여자는 약간 덜떨어진 시골 여자로, 제 어미 못지않게 굶주림에 찌든 불쌍한 사내아이와 함께 그 집에 들어왔다. 사내아이는 엉덩이에 붙어 있던 똥딱지를 떼기 위해 미지근한 물에 한참을 담가 불려야 했으며, 여자는 이를 없애기 위해 락스를 푼 항아리에 온몸을 담그게 해야 했다. 엘리사와 유모의 아이 모두 급성 설사를 동반한 복통에 시달렸지만, 집안 주치의나 독일 약제사도 속수무책이었다. 급기야는 배고픔과 고통과 서러움으로 인한 아이들의 울음소리에 질려 미스 로즈도 함께 울음을 터뜨리고 말았다. 결국 사흘째가 돼서야 마마 프레시아가 탐탁지 않은 표정으로 궁시렁거리며 참견했다.

"이 여자 젖꼭지가 곪은 게 보이지 않아요? 아이에게 우유를 먹일 염소를 사고, 계피를 끓인 물을 달여서 먹이세요. 그렇지 않으면 금요일 전에 이 세상을 뜨고 말 거예요."

그 당시 미스 로즈는 스페인어를 제대로 더듬거리지도 못했지만, 염소라는 말만 겨우 알아듣고는 마부를 시켜 염소를 사 오게 하고, 유모를 내보냈다. 염소가 도착하자마자 미스 로즈가 질겁을 하며 지켜보는 가운데, 마마 프레시아는 부풀어 오른 짐승의 젖꼭지 밑에 엘리사의 입을 직접 갖다 대었다. 미스 로즈는 그런 무지막지한 광경은 난생처음 목격하는 것이었다. 그렇지만 미지근한 우유와 계피 달인 물이 곧 상황을 진정시켜 주었다. 아이는 울음을 그치고 일곱 시간을 내리 잔 후, 생기발랄하고 건강한 모습으로 깨어났다. 그리고는 불과 며칠도 지나지 않아 갓난아이 특유의 생글거리는 표정을 지었으며, 몸무게도 눈에 띄게 불어났다.

미스 로즈는 염소가 뒤뜰에서 음매 하고 돌아다니면, 엘리사가 젖꼭지를 찾아 킁킁거리며 코를 벌름거린다는 것을 깨닫고는 젖병을 샀다. 아이가 염소를 자기 어머니로 착각하고 자라는 건 차마 볼 수가 없었던 것이다. 그때의 복통만이 엘리사가 어렸을 때 심하게 앓았던 병이었으며, 다른 병들은 마마 프레시아의 약초들과 주문들로 초반에 퇴치되었다. 심지어는 그리스 선원에 의해 발파라이소에 퍼졌던, 아프리카 홍역이라고 하는 심한 돌림병도 거뜬히 물리쳤다. 심하게 아팠을 때에는, 전염을 막기 위한 민간요법의 하나로, 마마 프레시아가 밤마다 엘리사의 배꼽 위에 날고기 한 조각을 얹어 놓고는 빨간 모직 천으로 꽉 조여 매었다.

그 후 미스 로즈는 엘리사를 자신의 장난감으로 만들어 버렸다. 그녀는 엘리사에게 춤과 노래를 가르치고, 어린 엘리사가 쉽게 외울 수 있는 시를 들려주고, 머리를 땋아 주고, 정성껏 옷을 입히면서 몇 시간이고 보냈다. 그렇지만 다른 재미있는 일이 있거나 두통이 생기면 엘리사를 마마 프레시아에게 딸려 부엌으로 보냈다. 어린 엘리사는 바느질방과 뒤뜰을 오가며 자랐다. 저택 한쪽에서는 영어로, 다른 쪽에서는 스페인어와 마푸체어——그녀의 유모인 마마 프레시아가 쓰는 인디오 말이었다.——를 섞어서 말했다. 또 어느 날은 공작부인처럼 화사하게 차려입었고, 어느 날은 고아들이나 입는 앞치마를 대충 걸치고 맨발로 닭과 개들 사이를 뛰어다니며 놀았다.

미스 로즈는 엘리사를 자신이 주최하는 음악 모임에 소개했으며, 초콜릿을 마시기 위해 마차를 타고 그곳에서 제일 좋은 제과점에 갔다. 또 그녀를 데리고 쇼핑을 가거나, 부둣가에 정박된 배들을 구경가기도 했다. 그렇지만 미스 로즈는 자신만의 비밀 공책에 뭔가를 쓰거나, 소설을 읽을 때는 엘리사를 일체 떠올리지도 않은 채 몇 날 며칠을 보내기도 했다. 그러다가 갑자기 엘리사가 생각나면 그녀를 찾아내서 자책감에 뽀뽀를 퍼붓고 맛있는 과자들을 잔뜩 먹이고 인형처럼 예쁘게 차려입혀 산책에 데리고 나갔다. 미스 로즈는 엘리사에게 요조숙녀에 걸맞는 교육은 물론, 가능한 한 광범위한 교육을 시키고자 했다. 피아노를 가르치려는데 엘리사가 발버둥을 치며 말을 듣지 않았을 때에는, 엘리사의 한쪽 팔을 붙잡고는 언덕 밑에 있는 수녀원으로 질질 끌고 가기도 했다. 생벽돌로 둘러쳐진 벽 사이로 쇠장식이 달린 두꺼운 떡갈나무 문이 있었고, 그 위로 소금이 섞인 바닷바람에 탈색되어 '고아원'이라는 글자가 희미하게 보였다.

"오빠와 내가 너를 돌보게 된 걸 고마워해라. 이곳은 사생아나 버려진 아이들이 오는 곳이야. 네가 원하는 게 이거니?"

그러면 아이는 묵묵히 고개를 가로저었다.

"그렇다면 몸가짐이 단정한 여자아이답게 피아노를 배우는 게 좋을게다."

엘리사는 별다른 재능이나 관심 없이 피아노를 배웠다. 그래도 엄격한 교육을 받은 덕에 열두 살이 되었을 때에는 음악 모임에서 미스 로즈의 노래에 맞춰 반주까지 할 수 있었다. 제대로 피아노를 연습하지 않은 채 몇 년이 흘러도 잘 쳤으며, 또 그 덕에 훗날 '이동식 사창가'에서 밥벌이도 할 수 있었다. 미스 로즈가 그 고상한 예술을 엘리사에게 공들이며 가르쳤을 때에는 꿈도 꾸지 못했던 일일 것이다.

수많은 세월이 흐른 후, 엘리사와 그녀의 친구인 타오 치엔은 함께 정성껏 가꾼 아름다운 정원에 앉아 오순도순

이야기를 나누고 중국 차를 즐기며 평안한 오후 시간을 보냈다. 그때 엘리사는 변덕이 죽 끓듯 하던 그 영국 여인을 떠올리면서 자신에게 독립심을 심어 준 것에 대해 깊이 고마워했다. 또한 마마 프레시아는, 그녀의 유년 시절 두 번째 정신적 지주였다. 엘리사는 마마 프레시아의 널찍한 검정 치마 꽁무니에 매달려 집안일을 일일이 쫓아다녔으며, 그때마다 수많은 질문들을 퍼부어 그녀의 정신을 쏙 빼놓았다.

그렇게 해서 엘리사는 인디오들의 전설과 신화를 알게 되었고, 동물들과 바다의 비밀을 푸는 법을 배웠으며, 혼령들과 꿈이 전하는 메시지를 해독할 수 있었다. 그리고 요리도 배웠다. 엘리사는 지칠 줄 모르는 타고난 후각만으로, 두 눈을 감고서도 음식의 재료와 향료, 양념 들을 척척 알아맞추었다. 그러고는 시를 외우듯 그것들의 사용법을 줄줄이 나열했다. 마마 프레시아의 복잡한 원주민 전통 요리나 미스 로즈의 달콤한 케이크도 곧 해독되었다. 엘리사는 요리에 타고난 자질을 갖고 태어났다. 일곱 살이 되자 전혀 혐오스럽지 않다는 듯 소 혓바닥의 껍질을 벗기고 닭 내장을 발라냈다. 또 전혀 피곤한 기색도 없이 고기만두 스무 개를 빚었으며, 몇 시간을 콩을 까면서 보내기도 했다. 그때마다 엘리사는 입을 헤벌리고 마마 프레시아가 이야기하는 살벌한 인디오 전설을 들었다. 때로는 성자들의 삶에 대해 마마 프레시아가 자기 나름대로 그럴듯하게 각색한 이야기들을 들었다.

로즈와 존은 어렸을 때부터 단짝처럼 늘 붙어 다녔다.

로즈는 선장인 오빠를 위해 조끼와 양말을 뜨면서 겨울을 보냈으며, 존은 여행에서 돌아올 때마다 동생 로즈를 위해 선물들로 가득 찬 트렁크와 책들이 들어 있는 커다란 상자를 신경 써서 가지고 왔다. 그러면 그 책들 중 몇 권은 열쇠가 채워진 로즈의 옷장 안에 고이 간직되었다. 제레미는 집안의 가장이자 집주인으로서 여동생의 우편물들을 뜯거나, 그녀의 일기를 읽어 보거나, 가구 열쇠들을 복사해서 열어 볼 수 있었지만 그렇게 한 적은 한 번도 없었다. 제레미와 로즈는 한 가족이면서도, 서로가 서로에게 엄격하고 냉정했다. 그들에게는 서로를 의지한다는 걸 제외하고는, 거의 아무런 공통점이 없었다. 그리고 때로는 그것이 서로를 은근하게 경멸하는 한 방법이기도 했다.

제레미는 로즈의 생활비 전부를 대 주었다. 그렇지만 그녀가 사치스럽게 이것저것 사들이는 경비는 절대 주지 않았으며, 또 어디서 돈이 나서 제멋대로 쓰고 다니는지 묻지도 않았다. 그저 존이 대 주겠지 추측만 할 뿐이었다. 그리고 로즈는 그 대가로 집안일을 효율적이고 품위 있게 이끌어 나갔다. 늘 돈을 어디에 쓰는지 출처는 명확하게 밝혔지만, 구차하게 세세한 항목까지는 밝히지 않았다. 높은 안목에 자연스러운 유머 감각을 갖춘 로즈는 두 사람의 생활을 윤기 있고 기품 있게 만들었으며, 그 당시 가정이 없는 남자는 능력이 없다는 사람들의 믿음에 금이 가게 했다.

"남자는 선천적으로 거칠지. 반면 여자는 도덕적 가치들과 기품 있는 행동을 선호해."

제레미 소머스의 주장이었다.

"아이, 오빠! 하지만 우리는 내 성격이 오빠 성격보다 더 거칠다는 걸 잘 알고 있잖아요!"

로즈가 빈정거렸다.

카리스마적인 붉은 머리에 그곳에서는 결코 찾아볼 수 없는, 설교자에 딱 들어맞는 아름다운 목소리를 가진 제이컵 토드가 스페인어 판 성경 300권을 잔뜩 짊어지고 1843년 발파라이소에 도착했다. 그의 모습은 개신교를 전파하기 위해 전 세계를 떠돌아다니는 선교사들처럼 보였기 때문에 그 누구에게도 낯설지 않았다. 그렇지만 그의 경우에는 이번 여행이 종교적 열정이 아니라, 모험가의 호기심에서 비롯된 것이었다. 그는 런던의 단골 클럽에서 노름을 하다가 술에 취해서, 지구 어디에서고 성경을 팔 수 있다는 내기를 걸어, 화끈하게 호기를 부렸던 것이다. 친구들이 그의 눈을 가리고 지구본을 한 바퀴 돌렸고, 그는 손가락으로 스페인의 한 식민지, 지구의 남반구에 위치한 한 잊혀진 나라를 짚었던 것이다.

술에 취해 떠들썩하던 그의 친구들 중 어느 누구도 그곳에 생명체가 있으리라고는 생각도 못했다. 그렇지만 제이컵은 곧 그 지도가 옛날 지도라는 걸 알게 되었다. 그 식민지는 30년도 더 전에 독립해서 이제는 당당하게 칠레 공화국이 되어 있었다. 칠레는 개신교 사상은 명함도 내밀지 못하는 철저한 가톨릭 국가였다. 그렇지만 이미 내기는 시작되었으며, 그도 물러서고 싶은 마음이 없었다. 독신인 그는 애정이나 직업, 그 어떤 연줄에도 묶여 있지 않았으며, 말도 안 되는 그 허무맹랑한 여행에 이내 매료되었다. 가는 데 3개월, 또 돌아오는 데 3개월이 걸리며 대양을 두 곳이나 거쳐 가야 한다는 점을 감안한다면 대단한 용기를 필요로 하는 내기였다. 그는 친구들의 환호를 받으며, '영국 국내외 성경 협회'에서 성경 구입과 여비에 관련된 재정 지원을 받아 발파라이소로 가는 배를 타고 기나긴 항해를 시작했다. 친구들은 그가 미지의 야만인 나라에서 교황 옹호자들의 손에 불행한 운명을 맞게 될 것이라 장담했다. 내기는 1년 내에 성경을 팔아, 일일이 사인이 적힌 영수증들을 하나도 빠뜨리지 않고 전부 가지고 돌아오는 것이었다.

제이컵 토드는 도서관 고서 보관실에서 그전에 칠레에 있었던 유명 인사들과 선원들, 상인들의 서신들을 읽어 보았다. 그들은 칠레를 백만이 조금 넘는 인구를 가진 혼혈 국가로, 수려한 산과 가파른 해안, 비옥한 계곡, 깊은 숲과 만년설로 이루어진 나라라고 묘사했다. 그곳을 방문했던 사람들의 이야기에 따르면, 칠레는 아메리카 대륙 전체에서도 종교에 있어서는 가장 배타적인 나라로 명성이 자자했다. 그럼에도 불구하고 신심이 강한 선교사들은 개신교를 전파하고자, 스페인어나 인디오 말은 한 마디도 못하면서 칠레에서도 완전 오지인 남쪽 땅에 발을 내딛었다. 그곳 남쪽 땅은 대륙이 부서져 쪼개진 듯 작은 섬들이 염주알처럼 흩어져 있는 곳이었다. 여러 사람들이 추위와 굶주림에 죽어 갔으며, 어쩌면 그곳 신자들에 의해 개죽음을 당했을지도 모른다고 조심스레 추측되기도 했다. 그렇다고 도시가 더 나은 것도 아니었다. 칠레 사람들은 남에 대한 배려가 종교적 배타성보다는 좀 더 강하게 작용했기 때문에 예의상 그들에게 설교는 허락했지만, 그다지 귀를 기울이지는 않았다. 극소수의 개신교 목사들이 설교하는 것을 보러 가는 것은 쇼를 보러 가는 것과 다름없었다. 사람들은 이단자들을 구경하러 가는 것이었다. 그렇지만 제이컵 토드는 선교사가 아니라 성경을 파는 상인으로 가는 것이었기 때문에, 그 어느 것에도 겁먹지 않았다.

그는 도서관의 고서 보관실에서, 칠레가 1810년에 독립하면서부터 이민자들에게 문호를 활짝 개방했다는 사실을 알게 되었다. 수백 명이나 되는 이민자들이 태평양을 끼고 길고 가느다랗게 뻗어 있는 그 나라에 정착했다. 영국인들은 상인이나 무기상을 하며 많은 돈을 벌었으며, 그중 많은 사람들은 가족들과 함께 그곳에 정착했다. 영국인들은 자기들만의 관습과 신앙, 신문, 클럽, 학교, 병원까지 갖추어, 칠레 안에 자그마한 국가를 형성했다. 그렇지만 괄목할 만한 좋은 성과를 이루었기 때문에, 반감을 불러일으키기보다는 오히려 문명의 상징으로 여겨졌다. 그들은 태평양의 해상 교통을 장악하기 위해 발파라이소에 정착했으며, 발파라이소는 공화국 초반기만 해도 별다른 발전도 없이 가난한 한 시골 부락이었지만 20년도 채 지나지 않아 중요한 항구로 변모했다. 그곳에는 남미 최남단에 위치한 혼 곶을 거쳐 대서양에서부터 들어오는 범선들이 정박했으며, 나중에는 마가야네스 해협을 통과하는 증기선들도 정박했다.

눈앞에 펼쳐진 발파라이소는 여행에 지친 그에게 놀라움

그 자체였다. 여러 나라의 국기들을 매단 100여 척 이상의 배들이 그곳에 정박해 있었으며, 산들은 정상이 눈으로 하얗게 뒤덮인 채 너무나도 가까이 있어 마치 파란색 잉크를 푼 시퍼런 바다에서 금세라도 튀어나온 듯한 인상을 주었다. 그리고 바다에서는 인어들의 향기가 떨치기 힘든 유혹으로 다가오는 듯했다. 제이컵 토드는 평화로운 그 겉모습 아래로, 부서진 스페인 범선들과 정복자들에 의해 발목에 채석장 돌을 매단 채 죽어간 원주민들의 유골이 가득 차 있었다는 건 몰랐다. 배는 만으로 들어와, 공중에서 커다란 날개를 퍼덕거리며 끼룩대는 수천 마리의 갈매기들 사이에 닻을 내렸다. 작은 배들이 수도 없이 파도 위를 깨알처럼 가득 메우고 있었다. 절망에 찬 몸부림을 치며 아직 살아서 퍼덕거리는 커다란 장어나 농어를 가득 실은 배들도 있었다. 사람들의 말에 의하면, 발파라이소는 태평양의 상업 중심지로, 항구 창고들마다 전 세계 시장을 겨냥한 금속과 양털, 알파카 털, 곡식, 가죽이 가득 쌓여 있다고 했다.

여러 척의 작은 배들이 범선의 승객들과 화물들을 육지로 실어 날랐다. 제이컵은 선원들과 부두 노동자들, 여행객들, 노새들, 마차들로 북새통을 이루어 정신없는 부두에 내려서면서, 깎아지른 듯한 구릉들로 마치 원형극장처럼 빙 둘러싸인, 움푹 패인 도시를 보게 되었다. 그곳은 유럽의 여느 대도시들과 마찬가지로 사람들로 들끓고 지저분했다. 제이컵이 보기에는, 불만 났다 하면 삽시간에 잿더미로 변할 수도 있기 때문에, 좁다란 골목들마다 생벽돌과

판자로 지은 집들이 빼곡이 들어차 있다는 게 상당히 비합리적으로 보였다. 그는 비쩍 마른 말 두 마리가 끄는 마차에 짐 바구니들과 궤짝들을 싣고 영국 호텔에 도착했다.

광장 주변에는 잘 지어진 건물들과 조잡하다 싶을 정도로 장식된 성당들, 넓은 정원과 과수원으로 둘러싸인 단층 저택들이 ·있었다. 그는 대충 100개 정도의 구역들을 지나쳐 왔다고 생각했지만, 이내 자신의 착각이었음을 깨달았다. 그 도시는 좁은 골목들과 통로들로 이루어진 미궁이었다. 멀리 강한 바닷바람에 노출되어 다 쓰러진 집들과 그물들이 커다란 거미줄처럼 엉겨 있는 어촌의 모습이 눈에 들어왔다. 그리고 더 멀리로는 야채와 과일나무들이 심어진 비옥한 들판이 펼쳐졌다. 런던 못지않은 초현대식 마차부터 문이 없는 4인석 마차, 가두 마차, 바퀴가 두 개 달린 포장 마차, 굶주림에 찌든 어린아이들이 몰고 다니는 노새 떼, 황소들이 끄는 달구지까지 도시 한복판을 버젓이 돌아다녔다. 골목에서는, 할 일 없는 개들과 길을 잃고 헤매고 다니는 암탉들 사이에서, 수도사들과 수녀들이 가난한 사람들을 위해 구걸을 하고 있었다. 아이들을 뒤에 둘러멘 채, 보따리들과 바구니들을 잔뜩 이고 있는 여자들도 눈에 띄었다. 그 여자들은 맨발이었지만 머리부터 검은 망토를 뒤집어쓰고 있었다. 그리고 대부분의 남자들은 한가해 보였으며, 원추형의 모자를 쓰고 문지방 앞에 앉아 있거나 무리를 지어 이야기를 나누고 있었다.

제이컵 토드는 하선 한 시간 만에 영국 호텔의 우아한 살롱에 앉아, 카이로에서 수입된 블랙 시가를 피우며, 한참 지난 영국 잡지를 뒤적이고 있었다. 그는 안도의 한숨을 내쉬었다. 보기에는 별다른 문제 없이 적응할 수 있을 것 같았으며, 연금 관리만 잘하면 그곳에서도 런던 못지않게 편안한 생활을 누릴 수 있을 것 같았다. 그가 종업원을 기다리고 있는데——이곳에서는 아무도 서두르는 사람이 없는 것 같았다.——그때 그가 타고 온 범선의 선장인 존 소머스가 다가왔다.

존 선장은 검은 머리에, 신고 있는 밤색 구두 못지않게 까무잡잡한 피부를 가진 덩치가 큰 사람으로, 자신이 술 잘 먹고, 여자 좋아하고, 노름 좋아한다는 걸 은근히 과시하는 남자였다. 그들은 여행 중에 꽤 친해졌으며, 망망대해를 항해하면서 길고 길었던 밤 시간과, 혼 곶에서 세상 남쪽 맨끝을 돌아서 갈 때의 춥고 어수선했던 낮 시간에 카드를 치면서 함께 시간을 보냈었다. 존 소머스는 깔끔하게 면도하고 머리끝에서 발끝까지 검정색 정장을 입은 안색이 창백한 남자와 동행하고 있었으며, 그를 자신의 형인 제레미 소머스라고 소개했다.

제이컵은 그렇게 딴판인 형제를 만나기도 쉽지 않을 거라고 생각했다. 그들은 달라도 너무 달랐다. 존은 솔직 담백하고 조금은 시끌벅적한 사람으로, 건강함과 강인함 그 자체였다. 반면 그의 형은 길고 긴 겨울 속에서 옴짝달싹 못하고 붙잡혀 있는 귀신의 형상을 하고 있었다. 그는 별달리 뚜렷한 특색이 없어, 함께 있어도 있는 것 같지 않고 나중에 별로 기억나지도 않을 사람이라고 제이컵 토드는 결론지었다. 그 두 사람은 제이컵의 초대를 기다리지도 않은 채, 멀리 이국 땅에서 만난 교포들만이 누릴 수 있는 그런 친숙함으로 제이컵의 테이블로 다가왔다. 드디어 여종업원이 나타나, 존 소머스 선장이 위스키 한 병을 청했다. 그렇지만 그의 형은 영국인들이 종업원들과 손쉽게 의사소통을 하기 위해 만든 은어로 차를 청했다.

"나라 사정은 어떻게 돌아가고 있습니까?"

제레미가 질문을 던졌다. 그는 약간은 오염된 악센트로, 입술은 거의 움직이지도 않은 채 중얼거리듯 나지막한 목소리로 말했다.

"300년 전부터 영국에는 아무 일도 없지요."

선장이 말했다.

"토드 씨, 제 결례를 용서해 주십시오. 당신이 호텔로 들어서는 걸 보았습니다. 그리고 당신이 들고 온 짐들도 보았지요. 제가 보기에는 성경이라고 표기된 상자들도 여러 개 되던 것 같은데…… 제가 잘못 본 겁니까?"

제레미 소머스가 물었다.

"예, 맞습니다. 성경들입니다."

"목사님이 새로 오신다는 말을 들은 적이 없는데……."

"세상에! 3개월을 함께 항해했으면서도, 나는 당신이 목사라는 걸 몰랐어요, 토드 씨!"

선장이 탄성을 질렀다.

"사실 저는 목사가 아닙니다."

시가 연기를 들이마시다가 무안해진 제이컵 토드가 얼른 대답했다.

"그렇다면 선교사이시군요. 추측건대 티에라델푸에고로

가실 생각이군요. 파타고니아 인디오들은 선교하실 수 있을 겁니다. 그렇지만 아라우칸 인디오들은 잊으세요. 그들은 가톨릭교도들이 이미 꽉 잡고 있으니까요."

제레미 소머스가 평했다.

"아라우칸 인디오들도 얼마 남아 있지 않지. 그 사람들은 떼죽음당하는 걸 병적으로 즐기는 것 같아."

"그들은 아메리카 대륙에서도 가장 잔인한 인디오들입니다, 토드 씨. 대부분은 스페인 사람들에 대항해 싸우다가 죽었습니다. 식인종들이었어요."

"살아 있는 포로들을 토막 내 죽였지요. 저녁 식사로 생고기를 즐기거든요." 그러고는 선장이 덧붙였다. "누군가 우리 식구들을 죽이고, 마을을 불태우고, 땅을 훔치려 든다면 당신이나 나도 똑같이 할 겁니다."

"존, 잘한다, 잘해! 이제는 식인종들을 변호하려 들다니!"

그의 형이 못마땅한 표정으로 대답했다.

"어쨌든, 토드 씨, 가톨릭 신자들은 건드리지 마세요. 괜히 원주민들을 자극시켜서는 안 되지요. 이곳 사람들은 미신을 상당히 잘 믿어요."

"토드 씨, 대체적으로 다른 사람들의 믿음은 미신으로 보지요. 그리고 우리의 믿음은 종교이고요. 티에라델푸에고에 사는 파타고니아 인디오들은 아라우칸 인디오들과는 전혀 달라요."

"거친 건 마찬가지요. 그들은 그 끔찍한 기후에도 벌거벗고 산답니다."

제레미가 말했다.

"토드 씨, 당신의 종교를 한번 가져가 보시오. 그들이 팬티 입는 것이나 배울 수 있을지, 어디 두고 봅시다."

제이컵 토드는 그 인디오들에 대한 이야기는 들은 적도 없었다. 게다가 자기 자신조차 믿지도 않는 걸 설교할 마음은 추호도 없었다. 그렇지만 자신의 이번 여행이 술에 취해 내기를 걸어서 온 것이라고는 감히 밝힐 수가 없었다. 그는 선교 활동을 준비할 생각이지만 재정 문제가 아직 해결되지 않았다며 대충 얼버무렸다.

"그 선한 사람들한테 포악한 신의 말씀을 전하러 왔다는 걸 알았다면, 대서양 한복판에서 당신을 배 밖으로 내던져 버렸을 거요, 토드 씨."

여종업원이 위스키와 차를 가지고 와서 그들의 대화가 잠시 중단되었다. 검정색 원피스에 하얗게 풀 먹인 헤어네트와 에이프런을 두른, 과일나무처럼 싱싱한 여자였다. 제이컵 토드는 그녀가 몸을 숙여 쟁반을 내려놓자, 왠지 가슴이 설레었다. 곱게 빤은 화분 향기와 갈탄을 넣은 다리미 냄새가 묘하게 뒤섞여 그의 마음을 심란하게 했던 것이다. 그는 지난 몇 주간 여자를 상대해 보지 못해 외로움이 역력한 표정으로 그녀를 한참 바라보았다. 존 소머스는 여종업원이 떠날 때까지 기다렸다.

"여보시오, 조심하시오. 칠레 여자들이 얼마나 끝내주는데!"

"내가 보기에는 안 그런데. 칠레 여자들은 키가 땅딸막한 데다가 엉덩이는 펑퍼짐하고 목소리도 앵앵거려요."

"칠레 여자들 때문에 선원들이 배를 버리고 도망친단 말이오!"

선장이 탄성을 질렀다.

"인정하지. 나는 여자에 관해서는 별로 전문가가 아니니까. 그럴 시간이 없어. 사업하랴, 누이 돌보랴 바쁘거든. 그걸 잊은 건 아니겠지?"

"잠시도요. 형이 나한테 끊임없이 일깨워 주니까. 보세요, 토드 씨. 나는 우리 집안의 문제아예요. 얼간이지요. 사람 좋은 제레미 형만 아니었다면……."

"저 여자는 스페인 여자 같아요."

제이컵 토드가 그때 다른 테이블을 서빙하고 있는 그 여종업원에게서 눈길을 떼지 못한 채 말을 꺼냈다.

"마드리드에서 두 달 있었는데, 그때 저 여자처럼 생긴 여자들을 많이 봤어요."

"이곳에서는 상류층을 포함해서 전부 혼혈이에요. 물론 자신들은 인정하지 않지요. 인디오의 피가 흐르고 있다는 걸 무슨 몹쓸 병 숨기는 것처럼 딱 잡아떼지요. 그걸 나무랄 수는 없습니다. 인디오들은 원체 더럽고 술주정뱅이에다가 게으른 걸로 정평이 나 있으니까요. 정부는 유럽 이민자들을 끌어들임으로써 인종을 좀 개선해 보려고 하지요. 남쪽에서는 이민 온 사람들한테 땅을 거저 나눠 준다니까요."

"정부가 선호하는 스포츠는 인디오들을 죽이는 거예요. 그들의 땅을 빼앗기 위해서지요."

"존, 너무 과장이 심하지 않니?"

"총을 쏴서 죽이는 것만 인디오들을 제거하는 건 아니지. 그들을 알코올중독자로 만드는 것으로도 충분하니까. 물론 살인이 훨씬 더 재미있지만. 토드 씨, 어쨌든 우리 영국인들은 그런 데는 취미가 없습니다. 우리는 땅에는 별로 관심이 없거든요. 손을 더럽히지 않고도 돈을 벌 수 있는데 무엇 하러 감자를 심겠습니까?"

"이곳에서는 의욕만 있다면 기회는 얼마든지 있어요. 이 나라에서는 뭐든지 자기 하기에 달려 있어요. 돈을 벌고 싶다면 북쪽으로 가세요. 그곳에는 은, 구리, 초석, 구아노가 있어요……."

"구아노요?"

"새똥이에요."

선장이 설명해 주었다.

"그게 뭔지 모르겠는데요, 소머스 씨."

"제레미, 토드 씨는 돈 버는 데는 별 관심이 없어. 하느님 말씀을 전하러 온 사람이야, 그렇죠?"

"개신교 집단은 부유하고, 사람들도 꽤 돼요. 당신을 도와 줄 겁니다. 내일 우리 집에 오세요. 내 동생 로즈가 수요일마다 음악회를 주관합니다. 사람들을 사귈 수 있는 좋은 기회가 될 거예요. 오후 5시에 마차를 보내겠습니다. 즐거운 시간을 보내실 수 있을 겁니다."

헤어지면서 제레미 소머스가 그를 초대했다.

그날 제이컵 토드는 꿈도 꾸지 않고 깊은 잠에 푹 빠져 들었다. 그러고는 그 다음 날 욕조에서 한참 몸을 담가 영혼 깊숙한 곳까지 찌들어 있던 소금기를 제거하고 원기를 회복한 다음, 항구 주변을 산책하러 밖으로 나왔다. 그렇지만 아직도 항해 때의 잔재가 남아서인지 걸음걸이가 뒤뚱거렸다. 그는 바다와 나란히 나 있는 대로를 서두르지 않고 천천히 산보했다. 해안에서 그다지 멀리 떨어져 있지 않은 곳이라 파도가 칠 때마다 물살이 튀었다. 그는 카페에 들어가 술 몇 잔을 마신 후, 시장에 있는 한 식당에서 식사를 했다.

그는 2월의 추운 겨울 날씨에 영국을 떠나, 별만 총총한 끝도 없는 망망대해를 건너, 또다시 잔인한 추위가 시작되는 남반구에 도착했다. 그는 망망대해를 건너면서 고릿적의 옛사랑까지 떠올릴 정도로, 지루함에 넌덜머리가 나 있었다. 그렇지만 그렇게 먼 길을 떠나면서도 이곳 날씨가 어떤지 알아볼 생각도 하지 못했다. 가난한 나라들은 대체적으로 덥고 습하기 때문에, 칠레도 인도처럼 덥고 습한 나라일 거라 막연히 추측만 했을 뿐이었다. 그렇지만 막상 와 보니, 뼛속까지 스며드는 차가운 바람과 쓰레기가 뒤섞인 모래 소용돌이에 몸을 맡겨야 했다.

그는 얽히고설킨 작은 골목길에서 여러 번 길을 잃고 헤매다가, 처음 왔던 길로 다시 되돌아오곤 했다. 그는 수많은 계단들이 가파르게 나 있는 좁다란 골목길로 올라섰다. 그 옆으로는 초라한 집들이 아슬아슬하게 붙어 있었다. 어떻게 그런 곳에 집들이 들어설 수 있는지 신기하기만 할 뿐이었다. 그는 가급적 창문으로 남의 집안을 들여다보지 않으려고 나름대로 신경을 쓰며 걸어갔다. 그러다가도 로터리와 연결되는 유럽풍의 광장들과 느닷없이 맞닥뜨리기도 했다. 그곳은 군악대들이 연인들을 위해 음악을 연주하는, 낭만이 가득한 광장이었다. 또 노새들이 거침없이 밟고 지나가는 초라한 정원을 거닐기도 했다. 큰길 옆으로는 굵직한 나무들이 위풍당당하게 자라고 있었다. 그렇지만 그 나무들은 언덕 위에서부터 절벽 끝으로 떨어지는, 악취가 풍기는 오물을 마시며 자라고 있었다.

상업 구역에는 영국인들이 압도적으로 많았으며, 다른 나라에 와 있는 것 같은 착각이 들 정도로 전혀 색다른 분위기였다. 간판들은 모두 영어로 씌어 있었으며, 영국인들은 묘지기들이 들고 다니는 것 같은 검정색 우산까지, 런던 사람들과 똑같은 복장으로 돌아다녔다. 그러나 중심에서 조금만 떨어져도, 가난에 찌든 풍경이 느닷없이 펼쳐지기 때문에 마치 무방비 상태로 있다가 갑자기 따귀 한 대를 세차게 얻어맞는 느낌이 들었다. 사람들은 넋 나간 듯 횡한 표정으로 헐벗고 돌아다녔다. 낡아서 다 닳아빠진 군복을 입은 군인들도 눈에 띄었으며, 성당 문 앞에 늘어선 거지들도 보였다. 정오 12시가 되자 모든 성당들의 종소리가 일제히 울려 퍼졌으며, 그 순간에는 모든 것이 일체 정지되는 듯했다. 행인들은 발걸음을 멈추었으며, 남자들은 모자를 벗고, 몇 안 되던 여자들은 무릎을 꿇은 채, 모두가 십자가를 그었다. 그 광경은 종이 열두 번 치는 동안만 지속되었으며, 곧 아무 일도 없었다는 듯 거리는 평소의 활기를 되찾았다.

영국인들

제레미 소머스가 보낸 마차는 약속 시간보다 30분 늦게 호텔에 도착했다. 마부가 술에 잔뜩 취해 있었지만, 제이컵 토드에게는 달리 선택의 여지가 없었다. 마부는 그를 태우고 남쪽을 향해 마차를 몰았다. 두 시간이나 비가 내려서, 어떤 거리는 지나다니지도 못할 정도로 엉망이었다. 물웅덩이와 진흙이 뒤엉켜, 잠깐 방심했다가는 말이 빠져서 나오지도 못할 정도로 깊은 함정이 파여 있었다. 길 옆에서는 어린아이들이 황소를 두 마리씩 데리고 있다가, 돈을 받고는 웅덩이에 빠진 마차들을 꺼내 주었다. 그렇지만 마부는 술에 취해 몽롱한 상태에서도 용케 구덩이들을 피해 곧 언덕길로 들어섰다.

대부분의 외국인들이 거주하는 '세로 알레그레'에 도착하자, 그곳의 모습은 앞서 보던 풍경과는 전혀 딴판이었다. 허름한 집들과 가난에 찌든 빈민가의 모습은 자취를 감추었다. 마차는 널찍한 저택 앞에 멈춰 섰다. 그렇지만 어딘지 모르게 뭔가 어설픈 저택이었다. 지대가 고르지 못한 곳에 지어진 데다가, 뭔가를 과시하려는 듯한 망루들과 불필요한 계단들이 빚어낸 작품이었다. 게다가 많은 횃불들이 밝혀져 있어 밤을 무색하게 할 정도로 대낮같이 훤했다.

잘 맞지 않아 헐렁한 하인복을 입은 인디오가 나와서 문을 열어 주었다. 하인은 제이컵의 외투와 모자를 받아 들고는, 그를 넓은 살롱이 있는 곳까지 안내했다. 살롱은 고급 가구들과 오페라 분위기가 감도는 초록색 비로드 벽지로 꾸며졌다. 벽에는 여러 장식들이 걸려 있었으며, 1센티미터의 빈 공간도 없었다. 제이컵은 유럽에서와 마찬가지로, 칠레에서도 벽에 빈 공간이 있으면 그게 가난의 상징인 줄로만 알고 있다고 생각했다. 한참 후에야 칠레인들이 사는 수수한 집을 방문하고 나서 그게 아니란 걸 알았다. 그림들은 밑에서부터 감상할 수 있도록 비스듬하게 걸려 있었고 천장은 높아서 꼭대기가 제대로 보이지도 않을 정도였다. 커다란 벽난로에서는 굵은 장작들이 타고 있었으며, 석탄을 넣은 난로들도 여러 개 되었지만, 열이 균등하게 퍼지지 않아 발은 얼어붙고 얼굴은 벌겋게 달아올랐다. 유럽풍으로 옷을 입은 사람들이 열댓 명이 되었으며, 유니폼을 입고 서빙을 하는 하녀들도 몇 있었다. 제레미와 존 소머스가 먼저 나와 그를 맞이했다.

"내 동생 로즈를 소개하지요."

제레미가 살롱 안쪽으로 그를 데리고 가면서 말했다.

그때 제이컵 토드는 벽난로 오른쪽에 앉아 있던 한 여인을 보게 되었으며, 그 순간 그 여인은 그의 영혼을 송두리째 뒤흔들어 놓았다. 로즈 소머스가 한순간에 그의 넋을 빼놓았던 것이다. 아름답기도 했지만 그보다는 자신만만하고 활달한 그녀의 모습이 더 매력적이었던 것이다. 그녀에게는 존 선장의 과장된 너스레나, 그의 형 제레미의 사람을 질리게 하는 교만도 없었다. 언제라도 교태를 부리며 까르르 웃을 준비가 되어 있는 듯, 장난기와 총기가 가득한 여자였다. 웃을 때에는 눈가에 가느다란 잔주름들이 잡혔지만, 웬일인지 그런 모습이 그의 마음을 한층 사로잡았다. 나이는 가늠할 수가 없었다. 대충 스무 살에서 서른 살 사이인 것 같았지만, 그녀가 여왕처럼 위풍당당한 자태를 지녔기 때문에 10년이 지나도 지금과 똑같은 모습일 것이라는 생각이 들었다. 그녀는 복숭아빛 태피터 드레스를 입고 있었으며, 수수한 산호 귀걸이 외에는 일체 아무런 장신구도 달지 않았다.

입술을 대지 않은 채 손에 살짝 키스해야 예의에 걸맞은 인사였지만, 제이컵 토드는 얼이 빠진 상태라 자기도 모르는 사이에 입술을 대고 질퍽하게 키스를 하고 말았다. 그런 그의 인사는 상황에 맞지 않은 엉뚱한 행동이라 둘 다 어색한 분위기에 사로잡혔다. 제이컵은 검을 꽉 쥐듯 로즈의 손을 붙잡고 있었으며, 로즈는 침 자국을 보고 있었다. 하지만 그가 보는 앞에서 괜히 무안을 줄 수도 없는 일이라, 감히 침을 닦아 낼 생각은 하지 못했다. 공주처럼 깜찍하게 차려입은 한 소녀가 나타날 때까지 그들은 그렇게 한참을 있어야 했다. 그제야 제이컵 토드는 멍한 상태에서 깨어나 정신이 번쩍 들면서, 소머스 형제가 짓궂게 그를 놀리고 있다는 걸 알았지만, 모른 척 시치미를 떼고 깜찍한 소녀에게로 향했다. 마치 그 소녀를 정복이라도 하겠다는 듯, 약간은 과장된 관심을 보이면서 말이다.

"이 아이가 엘리사예요. 우리가 돌보는 아이예요."

제레미 소머스가 말했다.

제이컵 토드는 두 번째 실수를 저질렀다.

"돌보는 아이라니요?"

"제가 한 가족이 아니라는 뜻이지요."

엘리사가 바보를 대하는 어조로 차분하게 설명했다.

"가족이 아니라고?"

"말을 안 들으면 나를 수녀원으로 보낸댔어요."

"엘리사! 무슨 말을 하고 있는 거니? 토드 씨, 개의치 마세요. 아이들이란 원체 엉뚱해서. 당연히 엘리사야 우리 가족이지요."

미스 로즈가 일어서면서 그들의 말을 가로막았다.

엘리사는 하루 온종일 마마 프레시아와 함께 저녁 만찬을 준비했다. 부엌은 뒤뜰 쪽에 있었지만, 미스 로즈가 가운데에다가 좁은 통로를 만들어 저택과 부엌을 연결시켰다. 음식을 나를 때 차갑게 식거나, 비둘기 깃털이 떨어져 기분이 상하는 걸 방지하기 위한 것이었다. 부뚜막의 연기와 기름에 찌들어 시커멓게 그을린 그 부엌이야말로 누구도 거역할 수 없는 마마 프레시아만의 왕국이었다. 부엌에는 고양이와 개, 거위, 닭 들이 왁스 칠도 되지 않은 거친 벽돌 바닥 위를 제멋대로 돌아다녔다. 그곳은 엘리사에게 젖을 먹였던 염소가 겨울을 나는 곳이기도 했다. 이미 나이가 들어 많이 늙었지만, 가족을 죽이는 기분이 들어서인지 어느 누구도 감히 염소를 잡을 생각은 하지 못했다.

엘리사는 빵을 구울 때 밀가루 반죽이 한숨을 토해 내듯 신비롭게 한껏 부풀면서 내는 냄새를 좋아했다. 그리고 케이크를 장식하기 위해 설탕을 섞은 캐러멜 냄새와 커다란 초콜릿 덩어리가 우유에 녹을 때 나는 향긋한 냄새도 좋았다. 수요 모임이 있을 때마다 하녀들은——두 명의 인디오 처녀들로, 그 집에서 먹여 주고 재워 주는 대가로 일하고 있었다.——은식기에 광을 내고, 테이블보를 다림질하고, 크리스털을 닦았다. 정오에는 마부를 제과점에 보내, 식민지 시대 때부터 비밀스럽게 전해지는 비법으로 만든 파스텔을 사 오게 했다. 그때 마마 프레시아가 신선한 우유를 가죽 주머니에 담아 말 마구에 매달아 놓으면, 마부가 제과점에 다녀오는 사이에 우유는 버터가 되어 있었다.

오후 3시면 엘리사가 미스 로즈의 부름을 받고 방으로 달려갔다. 그곳에 마부와 하인들은 사자 발 장식이 달린 청동 욕조를 들여놓고 욕조 안에는 얇은 천을 간 다음, 멘트와 로메로 잎사귀로 향을 낸 뜨거운 물을 부었다. 로즈와 엘리사는 물이 식을 때까지 어린아이들처럼 욕조 안에서 첨벙거리며 놀았다. 그러고 나면 하녀들이 옷들을 한 아름 들고 와서 스타킹, 단장화, 무릎까지 내려오는 속바지, 바티스트 블라우스를 입혀 주었으며, 허리를 가느다랗게 돋보이게 하기 위해 풍성한 페티코트까지 엉덩이에 걸쳐 주었다. 그러고는 그 위에다가 풀 먹인 속치마를 세 개 더 입히고, 마침내 맨 위에 드레스를 입혔다. 드레스는 머리하고 손만 빼고는 온몸을 뒤덮었다. 거기에다가 미스 로즈는 고래 뼈로 만든 딱딱한 코르셋을 착용했다. 꽉 조여 매서, 깊이 숨을 내쉬거나 팔을 양어깨 위로 들어 올릴 수도 없을 정도였다. 고래 뼈가 부러지면 바늘처럼 몸을 찔러 댔기 때문에 혼자서는 옷을 입을 수도, 몸을 구부릴 수도 없었다.

그건 일주일에 딱 한 번 하는 목욕으로, 토요일에 머리를 감는 것만이 그와 비교될 수 있는 성스러운 의식이었다. 건강을 해치지 않기 위해 무슨 일이 있어도 머리는 반드시 감아야 했다. 미스 로즈는 평소에는 비누 사용을 가급적 자제했다. 대신, 마담 퐁피두 시대부터 프랑스에서 유행했다고 들은 바 있는, 우유를 적신 스펀지로 몸을 문지르고, 바닐라 향이 나는 샤워 콜로뉴로 몸을 깨끗이 닦아 내는 방법을 사용했다. 엘리사는 미스 로즈에게서만 풍기는 독특한 향 때문에 사람들이 아무리 많은 곳에서도 두 눈을 감고 그녀를 찾아낼 수 있었다.

미스 로즈는 서른이 넘었어도 투명하고도 탄력 있는 피부를 유지했다. 나이가 들어 교만해진 여자의 양피지 같은 얼굴이 아니라 젊은 영국 여성들 특유의 피부를 유지하고 있었다. 미스 로즈는 피부를 맑게 하는 장미와 레몬을 섞어 만든 화장수와 피부를 부드럽게 하는 아마릴리스 꿀, 머리카락에 윤기를 주는 만자니야 찻물, 그리고 존 오빠가 먼 동양에서부터 가져온 이국적인 발삼 향 로션 세트로 자신의 외모를 가꾸었다. 존의 말에 의하면 동양에는 이 세상에서 가장 아름다운 여자들이 살았다.

미스 로즈는 런던에서 출간된 잡지들을 보고 아이디어를 얻어, 손수 자기 바느질 방에서 옷을 만들어 입었다. 그녀는 기발하고도 감쪽같이 옷을 고쳐 입었으며, 몇 년간 사용한 리본과 꽃 장식, 깃털을 가지고 새것으로 만들었다. 외출할 때 그녀는 칠레 여자들처럼 온몸을 뒤덮는 검정색 망토를 입지 않았다. 그녀에게 그건 정신 나간 짓이었다. 차라리 길거리에서 술집 여자 취급을 당하더라도 짧은 망토에 모자를 쓰고 다녔다.

미스 로즈는 모임에 새로운 얼굴이 나타난 데 만족해서 제이컵 토드의 무례한 키스를 용서해 주었다. 그녀는 제이컵의 팔짱을 끼고는 살롱 구석에 있는 원형 탁자로 데리고 가 술을 권했다. 여러 종류의 리큐어가 있었는데, 미스 로즈는 그중에서도 자신이 직접 만든 칵테일을 은근히 권했다. 계피와 소주, 설탕을 섞어서 만든 이상한 혼합주로, 도저히 삼킬 수가 없어 제이컵은 몰래 화분에다가 부어 버릴 수밖에 없었다. 그러고 나서 로즈는 그를 사람들에게 소개했다. 창백한 안색에 수줍음이 많은 딸을 데리고 온 가구 제조업자인 아펠그렌 씨, 영국 여학교의 교장인 마담 콜베르, 모자 가게들 중에서 가장 유명하다는 상점을 운영하고 있는 에벨링 씨와 그의 아내를 소개시켜 주었다. 에벨링 씨의 아내는 제이컵에게 달려들어 마치 영국 왕가가 자기네 친척이라도 되는 것처럼 그들의 안부를 물었다. 그 외에도 외과 의사들인 페이지와 포엣도 소개받았다.

"박사님들은 클로로포름으로 수술을 한답니다."

미스 로즈가 감탄스러운 표정으로 그들을 소개했다.

"이곳에서는 아직도 새로운 단계이지만, 유럽에서는 상당히 앞서 있지요."

"영국에서는 주로 산부인과에서 많이 사용하는 걸로 알고 있습니다. 빅토리아 여왕은 그걸 사용하지 않습니까?"

제이컵 토드는 거기에 대해서는 전혀 문외한이었지만 가만히 있을 수가 없어 질문을 던졌다.

"이곳에서는 그걸 시술하는 데 가톨릭 신자들의 반대가 많습니다. 토드 씨, 성경에서는 벌로 여자들에게 출산의 고통을 내렸다고 이야기하지요."

"여러분, 불공평한 것 아닌가요? 남자들에게 내린 벌은 이마에 땀을 흘려 가며 일을 하는 건데, 멀리 갈 것도 없이, 이 살롱에 계신 신사 분들은 남의 땀으로 편안한 생활을 하시는 분들이니 말입니다."

미스 로즈가 발끈해서 얼굴을 붉히며 쏘아붙였다.

외과 의사들은 어색한 미소를 지었지만, 제이컵 토드는 그녀를 주의 깊게 살펴보았다. 그가 기억하는 바에 의하면 런던에서의 사교 모임은 보통 30분 만에 해산되지만, 그는 밤새도록 그녀 곁에 있고 싶었다. 그리고 그 모임에 모인 사람들 역시 더 있으려는 듯한 느낌을 받았다. 그는 이곳에서의 사교 모임이 극히 제한적이며, 어쩌면 소머스 씨의 집에서 모이는 이 모임이 일주일에 딱 한 번 있는 유일한 모임일 수도 있다는 생각이 들었다.

제이컵이 그런 추측을 하고 있을 때 미스 로즈가 음악회를 공포했다. 하녀들이 살롱을 대낮같이 훤하게 밝히며 촛대들을 들고 들어와서는, 피아노와 기타, 하프 옆으로 의자들을 옮겨 놓았다. 여자들이 반원을 그리며 앉고, 남자들은 그 뒤로 빙 둘러섰다. 볼이 토실토실한 남자가 피아노에 앉자, 백정 같은 그의 손에서 아름다운 멜로디가 흘러나왔다. 그리고 가구 제조상의 딸이 기막히게 절묘한 목소리로 스코틀랜드 옛 민요를 불렀다. 그 순간 제이컵은 놀란 쥐새끼 같았던 그녀의 첫인상을 완전히 지워 버렸다. 그러고 나서 여학교 교장이 불필요할 정도로 긴 영웅시를 낭독했다. 제레미 소머스의 못마땅한 표정이 역력한데도, 로즈는 존 오빠와 함께 이중창으로 야한 노래를 두 편이나 불렀다. 그런 다음 로즈가 제이컵 토드에게 그가 잘 부르는 노래로 답해 달라고 청해, 그는 이번 기회에 그의 타고난 목소리를 한껏 발휘할 수 있었다.

"토드 씨! 진짜 대단해요. 당신 같은 사람을 발견하다니! 우리는 당신을 놔주지 않을 거예요. 이제 앞으로 수요일마다 여기 와야 해요!"

박수가 끝나자 미스 로즈가 탄성을 질렀다. 그녀는 제이컵 토드가 얼이 빠져 멍하니 자기를 바라보는데도 전혀 개의치 않았다.

제이컵 토드는 입에 단내가 나면서 현기증이 났다. 로즈 소머스의 칭찬 때문인지, 칵테일 때문인지, 아니면 소머스 선장과 함께 피운 독한 쿠바산 시가 때문인지 가늠할 수가 없었다. 그 집에서 음식이나 술을 거절하는 건 주인의 기분을 상하게 하는 것이었다. 그는 곧 그게 칠레 특유의 미덕이라는 걸 알게 되었다. 칠레에서는 손님들이 더 이상 버틸 수 없을 때까지 계속 마시고 먹도록 권해야 손님 대접을 잘하는 것이었다.

저녁 9시에 만찬이 준비되었다는 발표가 있자, 모두 한 줄로 나란히 서서 식당으로 자리를 옮겼다. 그곳에는 또 다른 푸짐한 요리들과 새로운 디저트가 기다리고 있었다. 자정 무렵에 여자들은 식탁에서 일어나 살롱으로 자리를 옮겨 계속 이야기를 나누었으며, 남자들은 식당에서 계속 브랜디를 마시며 담배를 피웠다. 결국 제이컵 토드가 쓰러지기 일보 직전이 돼서야, 사람들이 마차를 타고 떠났다. 티에라델푸에고에서의 선교 활동에 높은 관심을 보였던 에벨링 부부가 그를 호텔까지 데려다 주겠다고 자청했다. 제이컵 토드도 칠흑 같은 어둠 속에서, 소머스 씨의 술에 취한 마부와 함께 악몽과도 같았던 그 길을 다시 가야 한다는 생각에 끔찍해하고 있던 터라 얼른 그들의 제안을 받아들였다. 하지만 호텔로 돌아가는 길이 한없이 멀게만 느껴졌으며, 정신을 차려 대화도 할 수 없을 정도로 멀미가 나서 속이 엉망이 되었다.

"내 아내는 아프리카에서 태어났습니다. 그곳에서 진정한 믿음을 전파하던 선교사들의 딸이었지요. 토드 씨, 그게 얼마나 큰 희생을 수반하는지 잘 알고 있습니다. 인디오들을 위한 당신의 그 숭고한 사업에, 저희들도 참여할 수 있는 기회를 주셨으면 합니다."

헤어지면서 에벨링 씨가 진지하게 말했다.

그날 밤 제이컵 토드는 잠을 이룰 수가 없었다. 로즈 소머스의 모습이 잔인하게 그를 괴롭혔다. 제이컵은 날이 밝기도 전에 로즈와 한번 진지하게 사귀어 봐야겠다고 마음 먹었다. 그녀에 대해서는 아는 게 아무것도 없었다. 그렇지만 그건 중요하지 않았다. 어쩌면 그의 운명은 장차 아내가 될 여자를 만나기 위해 내기에 져서 칠레에 오는 것이었는지도 몰랐다. 곧장 그 이튿날부터 시도할 수도 있었겠지만 지독한 복통에 시달려 침대에서 일어날 수조차 없었다. 그는 의식을 잃은 채 고통에 시달리며 꼬박 한나절하고 하룻밤을 그렇게 지냈다. 그러다가 간신히 힘을 내서 문가로 다가가 도움을 청했다. 그의 부탁으로 호텔 지배인이 이 도시에서 제이컵이 유일하게 아는 사람들인 소머스 형제들에게 사람을 보냈다. 그러고는 그새 악취가 풍기는 방을 청소해야 했다. 정오쯤이 되자 제레미 소머스가 발파라이소에서 가장 유명하다는 치료사를 데리고 호텔에 나타났다. 알고 보니, 그 치료사는 영어도 조금은 할 줄 아는 사람이었다. 그는 제이컵의 팔과 다리에서 피를 한 움큼씩 뽑아 그를 더 지치게 만든 다음에, 칠레에 처음으로 발을 내딛는 외국인들은 모두 한번씩은 지독하게 병을 앓는다고 설명했다.

"걱정하실 필요는 없습니다. 내가 알기로 죽는 사람은 극소수입니다."

치료사가 키니네를 얇은 종이에 싸서 제이컵에게 주었지만, 그는 역겨워서 도저히 삼킬 수가 없었다. 그는 한때 인도에서도 있어 봤기 때문에 말라리아 증세와 키니네로 치료될 수 있는 증세도 알고 있었지만, 지금 그가 앓고 있는 병은 그것들과는 전혀 상관도 없는 것이었다. 치료사가 떠나자마자, 호텔 보이가 들어와 다시 방을 청소하고는 피 묻은 천들을 가지고 나갔다.

제레미 소머스가 페이지 박사와 포엣 박사의 연락처를 남겨 주었지만, 얼마 후에 환자를 만나겠다는 덩치 큰 여 자가 들이닥치는 바람에 그들에게는 연락할 시간조차 없었 다. 그 여자는 푸른색 비로드 드레스에 흰색 구두, 꽃수를 놓은 모자를 쓴 동화 속의 인물 같은 깜찍한 여자아이의 손을 잡고 나타났다. 로즈가 보낸 마마 프레시아와 엘리사 였다. 치료사들을 신뢰하지 않는 로즈가 그들을 보낸 것이 었다. 그 두 여인이 너무나도 당당히 제이컵의 방으로 들 이닥쳤기 때문에 병으로 약해진 제이컵 토드는 항의조차 할 수가 없었다. 마마 프레시아는 치료사의 자격으로, 엘 리사는 통역관의 자격으로 온 것이었다.

"우리 유모가 그러는데 아저씨 파자마를 벗기겠대요. 나 는 안 볼게요."

아이는 그렇게 설명을 하고는, 인디오 여자가 제이컵의 옷을 훌러덩 벗기고 그의 전신을 소주로 문지르는 동안 벽 쪽을 보고 서 있었다.

그리고는 침대에 뜨거운 벽돌을 넣고 그를 담요로 돌돌 만 다음, 약초를 달인 후 꿀로 단맛을 낸 노란 액체를 큰 숟가락으로 떠서 제이컵의 입에 들이댔다.

"이제 우리 유모가 병한테 시를 읊어 줄 거예요."

아이가 말했다.

"뭐라고?"

"겁먹지 마세요. 하나도 안 아플 거예요."

마마 프레시아는 두 눈을 감은 채, 마푸체어로 주문을 외면서 제이컵의 몸통과 배 위를 두 손으로 훑어 내리기 시작했다. 그는 참을 수 없는 졸음이 밀려와, 마마 프레시아가 주문을 끝내기도 전에 깊은 잠에 곯아떨어져 두 여자들이 언제 돌아갔는지도 몰랐다. 그러고는 열여덟 시간을 내리 자고 난 다음 땀 범벅이 되어 깨어났다. 그 다음 날 아침 마마 프레시아와 엘리사가 다시 돌아와, 마사지를 한 번 더 해 주고는 닭 육수 한 잔을 마시게 했다.

"우리 유모가 그러는데 절대 맹물은 마시지 말래요. 뜨거운 차만 마시래요. 그리고 과일도 먹지 말래요. 안 그러면 다시 죽을 것 같을지도 모른대요."

어린아이가 통역해 주었다.

제이컵 토드가 일주일 만에 간신히 몸을 추스려 거울 앞에 섰을 때는, 자기가 보기에도 그런 몰골로는 미스 로즈 앞에 나타날 수 없을 정도였다. 몸무게가 많이 줄어 겉보기에도 쇠약했으며, 두 발자국도 채 떼지 못해 헐떡거리며 의자에 주저앉아야 했다. 로즈에게 고맙다는 편지와 함께, 마마 프레시아와 엘리사에게도 초콜릿을 보낼 수 있을 정도가 되었을 때에는 미스 로즈가 하녀를 데리고 친구와 함께 산티아고로 여행을 떠나고 난 후였다. 그리고 그 여행은 당시 기후 조건이나 도로 여건상 상당히 위험할 수도 있는 여행이었다.

미스 로즈는 연극도 관람하고, 좋은 음악도 듣고, 또 '일본 백화점'에서 쇼핑도 하기 위해 늘 초가을이나 화창한 봄에 그 멀고 힘든 여행을 연례행사로 해 왔다. 일본 백화점은 분홍색 유리 가스등 조명에 늘 은은한 재스민 향이 풍기는 곳으로, 그곳에서는 발파라이소에서는 구하기 어려운 물건들을 구할 수 있었다. 그렇지만 이번에는 위험한 겨울 여행을 감행할 만한 확실한 이유가 있었는데, 바로 초상화를 그리기 위해서였다. 국내 예술가들의 학파를 조성하기 위해 정부 초청으로 그 유명한 프랑스 화가 몽부아쟁이 칠레에 왔던 것이다.

화가는 얼굴 부분만 그리고, 나머지는 그의 조수들이 그렸으며, 시간을 아낀다는 명목하에 레이스를 직접 화폭에 갖다 붙일 정도였지만, 그런 파렴치한 방법에도 불구하고 그의 서명이 적힌 초상화보다 더 값진 것은 없었다. 제레미 소머스는 로즈의 초상화를 그려 살롱에 걸어야 한다고 강력히 주장했다. 그림은 금화 6온스에다가, 손 하나를 그릴 때마다 1온스씩 더 추가가 되었지만, 그와 같은 경우는 돈을 아껴야 할 계제가 아니었다. 몽부아쟁의 고객들이 이야기하는 것처럼, 그 위대한 몽부아쟁의 진품을 소유할 수 있는 기회가 일생에 다시 있는 건 아니었다.

"돈이 문제가 아니라면 손을 세 개쯤 그렸으면 좋겠어. 그럼 그가 그린 그림들 중에서도 가장 유명한 그림이 될 거야. 일단 우리 집 벽난로 위에 걸린 다음에는 박물관에 걸리겠지."

미스 로즈가 말했다.

그해에는 학교 교과서나 노인들의 기억에 두고두고 남을, 사상 최악의 극심한 홍수가 일어났다. 그 홍수로 100여채의 집들이 휩쓸려 내려갔으며, 간신히 비가 잦아들어 물이 빠지기 시작하면서는 마치 하느님이 도끼를 휘둘러 대듯, 약한 지진들이 여러 차례 일어나면서 끝내는 비로 인해 약해졌던 모든 게 한꺼번에 무너져 내렸다. 불량배들은 돌무더기 속을 휘젓고 돌아다니며 혼란스러운 틈을 타 약탈을 일삼았다. 게다가 도둑질을 하다가 걸린 사람들은 가차없이 처형하라는 명령을 받은 군인들이 폭력에 눈이 멀어 한술 더 떴다. 사람들이 질러 대는 고통스러운 신음을 듣는 재미로 그들은 더 열심히 칼을 휘둘러 댔으며, 결국에는 죄 없는 사람들까지 다 죽기 직전에야 그 명령은 철회되었다.

일주일이나 복통을 앓아 아직 몸이 약한 데다가 감기까지 걸려, 제이컵 토드는 호텔에 갇혀 무료한 시간을 보내야 했다. 그는 쉴 새 없이 구원의 손길을 청하며 울려 대는 성당 종소리에 넌덜머리를 내며, 철 지난 신문들을 뒤적이고, 함께 카드 칠 수 있는 상대나 물색하며 시간을 보냈다. 그러다가 한번은 위장약을 사러 약국에 간 적이 있었다. 약국은 좁아 터진 곳에, 허연 먼지가 수북하게 쌓인 시퍼런 유리병들이 여기저기 굴러다니는, 혼란 그 자체였다. 그런데 그곳에서 일하는 독일 약제사가 그에게 전갈 기름과 지렁이 추출물을 권하는 것이었다. 제이컵 토드는 자신이 런던에서 그렇게까지 멀리 온 걸 그날 처음으로 후회했다.

밤에는 취객들의 술주정과 싸우는 소리에 제대로 잠을 잘 수도 없었다. 게다가 밤 12시에서 새벽 3시 사이에는 시신들을 매장했기 때문에 그 소리에 더 잠을 이룰 수가 없었다. 도시의 맨 윗부분인, 언덕 꼭대기에 공동묘지가 있었는데 태풍으로 묘지가 파헤쳐져 언덕 아래로 관이 굴러 떨어지면서 유골들이 모두 한데 뒤섞여 버린 것이다. 10년 전만 해도 돈 있는 사람들은 성당에, 가난한 사람들은 산골짜기에, 외국인들은 해안가에 묻혔기 때문에, 많은 사람들은 그때가 죽은 사람들에게 훨씬 더 나았다는 이야기를 했다. 정부 당국에서 유카리 나무들을 쌓아 화형대를 만들어 시신들을 불태웠기 때문에 시신들을 태우는 역겨운 악취까지 바람결에 휩쓸려 왔다. 제이컵 토드는 얼굴을 손수건으로 싸서 틀어막고는 칠레가 구제불능의 나라라는 결론을 내렸다.

제이컵 토드는 어느 정도 몸이 괜찮아지자 종교 행렬을 구경하러 나갔다. 매년 일주일이나 되는 부활절 기간이나, 다른 여러 축제 중에 늘 종교 행렬이 있었기 때문에 그다지 특기할 만한 일은 아니었다. 그렇지만 이번에는 비를 그치게 해 달라고 하늘에 호소하는 민중들의 행렬이었다. 신도들은 길게 행렬을 이루어 성당에서부터 출발했다. 화려한 금실로 수를 놓은 의상과 보석들로 장식한 성자들의 동상들을 들것에 매고, 검정 옷을 입은 기사들의 무리가 맨 앞에서 앞장 섰다. 또 한 무리는 목 부위에 가시관이 걸려 있는, 십자가에 못 박힌 예수 그리스도의 상을 들고 갔다.

사람들은 그 그리스도 상이 이 세상에서 유일하게 기후를 평정할 수 있는, 가장 큰 기적을 일으키는 '5월의 그리스도' 상이라고 했다. 이번에 특별히 산티아고에서부터 가져온 것이었다. 200년 전에 끔찍한 지진이 일어나 산티아고 전체가 파괴되었을 때, 성 아우구스틴 성당도 전부 무너져 내렸지만, 그 그리스도 상이 있던 제단만이 유일하게 무사했다는 것이었다. 그때 가시관이 머리에서 목으로 미끄러져 내려왔는데, 사람들이 가시관을 제 위치에 돌려놓으려고 할 때마다 지진이 일어나 가시관을 목에 그대로 두었다는 것이었다.

종교 행렬은 수많은 수도사들과 수녀들, 심한 금식으로 핏기 하나 없이 축 늘어진 신자들, 목이 터져라 노래 부르고 기도하며 따라오는 가난한 민중들, 거칠고 투박한 옷을 입은 고행자들, 끝에 날카로운 쇠가 달린 가죽끈으로 맨등에 채찍질해 대는 고행자들을 모두 한자리에 모아 놓았다. 사람들은 기절해서 쓰러졌다가도, 여자들이 달려와 상처를 닦아 주고 마실 것을 줘서 제정신이 들면 또다시 종교 행렬로 달려가서 합류했다. 못지않게 광신적으로 자신을 학대하는 인디오들의 행렬과 찬송가를 연주하는 악사들의 행렬도 지나갔다.

사람들이 절규하며 웅얼거리는 기도 소리는 흡사 거센 물살이 급류를 타고 흘러내리는 듯했으며, 비가 내려 축축한 공기는 향과 땀 냄새로 진동을 했다. 화려하지만 보석도 없이 까만 정장을 입은 귀족들의 행렬도 있었고, 맨발에 누더기 옷을 걸친 헐벗은 자들의 행렬도 있었다. 그들은 한 광장에 있으면서도 절대 서로 섞이거나 부딪히지 않았다. 행렬이 계속되면서 애절한 부르짖음은 강도를 더해

갔으며, 자비를 구하는 마음도 더 절실해졌다. 신자들은, 이번 재난이 자기들이 지은 죄 때문에 하느님이 벌 주시는 거라며, 자기가 지은 죄를 용서해 달라고 울부짖었다. 사람들이 회개를 하고자 한꺼번에 몰려드는 바람에 성당에는 충분한 공간이 없어 사제들은 노천에서 비를 맞거나 우산을 쓴 채 사람들의 고해성사를 들어 주어야 했다.

제이컵 토드에게는 그 광경이 상당히 매혹적으로 다가왔다. 그는 여러 곳을 여행하고 다니면서도 그 장면만큼 이국적이고도 섬뜩한 광경은 보질 못했다. 절제를 강조하는 개신교에 익숙해 있던 그에게는 마치 중세 시대의 한복판에 와 있는 듯한 착각이 들 정도였다. 런던에 있는 그의 친구들은 누구도 그의 말을 절대 믿지 않을 것이다. 멀찌감치에서도 그들이 느끼는 전율과 아픔, 원시성이 그대로 전해지는 듯했다.

그는 마트리스 성당 앞에 있는, 작은 광장의 기념비 주춧돌 위로 간신히 기어 올라갔다. 거기서는 사람들의 모습을 훤히 내려다볼 수 있었다. 그런데 그때 갑자기 누군가 그의 바짓부리를 잡아 끌어당기는 게 느껴졌다. 아래를 내려다보니 겁에 질린 여자아이가 서 있었다. 그 아이는 머리 위로 망토를 뒤집어쓴 채, 얼굴이 피와 눈물로 범벅이 되어 있었다. 그는 화들짝 놀라서 뒤로 물러섰지만, 이미 그의 바지는 더럽혀졌다. 그는 홧김에 욕을 내뱉고는, 그 상황에 적합한 스페인어가 떠오르질 않아 아이에게 저리 가라는 손짓을 했다. 그렇지만 그 꼬마아이가 완벽한 영어로, 길을 잃어버렸다며 자기를 집에 데려다 줄 수 있는지 묻는 바람에 깜짝 놀랐다. 그제야 제이컵 토드는 아이를 자세히 들여다보았다.

"저 엘리사 소머스예요. 기억나세요?"

아이가 웅얼거렸다.

엘리사는 미스 로즈가 초상화를 그리러 산티아고에 가고, 제레미 소머스는 사무실 창고가 물에 잠겨 거의 집에 들어오지 못하는 틈을 이용해서, 감히 종교 행렬에 올 생각을 했던 것이다. 그래서 마마 프레시아에게 조르고 매달려, 결국에는 그녀의 항복을 받아 내고 말았다. 소머스 남매는 엘리사 앞에서 가톨릭 의식이나 인디오들의 종교 의식에 대해 말도 꺼내지 못하게 했으며, 더욱이 아이가 의식에 참가하는 건 철저한 금기 사항이었다. 그렇지만 마마 프레시아도 평생에 한번은 '5월의 그리스도'가 보고 싶어 몸이 근질거리던 차였다. 하지만 소머스 남매는 절대 이해하지 못할 일이기 때문에, 둘이 몰래 집을 빠져나와 걸어서 언덕을 내려간 다음, 달구지를 타고 광장 근처에 내려서 인디오 고행자들의 행렬에 합류했던 것이다.

그날 종교적 열광으로 많은 사람들이 정신이 없는 가운데, 엘리사가 마마 프레시아의 손만 놓치지 않았더라면 모든 건 계획대로 잘되었을 것이다. 마마 프레시아도 사람들의 광기에 전염이 되어, 엘리사가 없어졌는데도 아무런 눈치도 채지 못했던 것이다. 엘리사는 소리를 질러 대기 시작했지만, 그녀의 목소리는 사람들이 울고불고하며 기도하는 소리와 신도들이 두들겨 대는 서글픈 북소리에 묻혀 들리지도 않았다. 엘리사는 유모를 찾아 사방으로 뛰어다녔지만, 여자들이 모두 검은 망토를 뒤집어쓰고 있어 누가 누군지 제대로 분간이 되지 않았다. 그리고 그녀의 발은 진흙과 촛농, 피가 뒤엉킨 길 위에서 자꾸 미끄러지기만 했다.

그런데 그때 갑자기 여러 갈래로 나눠져 오던 행렬들이 하나로 뭉쳐져, 병든 짐승처럼 모두 함께 앞으로 느리게 나아가는 것이었다. 그리고 성당에서는 종소리가 미친 듯이 울려 퍼지고, 항구에서는 모든 배들이 사이렌 소리를 정신 없이 울려 댔다. 엘리사는 조금씩 정신이 들면서 생각이 맑아질 때까지 한참을 놀라서 얼어붙은 듯 멍하니 서 있었다. 종교 행렬의 열기가 좀 진정되어 모두가 무릎을 꿇고 앉자, 추기경이 성당 앞 교단 위로 올라가 직접 찬송을 부르며 미사를 주도했다.

엘리사는 세로 알레그레로 가야 한다고 생각했지만, 혼자 외출한 적도 없었고 방향 감각도 전혀 없었기 때문에 집에 도착하기도 전에 날이 어두워질까 봐 두려웠다. 그래서 사람들이 해산할 때까지 움직이지 않고 가만히 서 있기로 작정했다. 그러면 마마 프레시아가 자기를 찾으러 올 것만 같았다. 그러고 있을 때 광장 기념비에 매달린 키 큰 빨간 머리의 남자가 눈에 띄었다. 단번에 엘리사는 유모와 함께 돌봐 주었던 그 병자라는 걸 알아보았다. 그래서 엘리사는 아무런 망설임 없이 그가 있던 곳까지 갔던 것이다.

"너 여기서 뭐 하는 거니? 다쳤어?"

제이컵 토드가 소리를 질렀다.

"길을 잃었어요. 저를 집에 데려다 주실 수 있어요?"

제이컵 토드는 손수건을 꺼내 아이의 얼굴을 닦아 주고는, 잠시나마 아이를 찬찬히 살펴보았다. 다행히 눈에 띄는 상처는 없었다. 아이의 얼굴에 묻은 피는 채찍을 휘두르던 고행자들의 피인 것 같았다.

"너를 소머스 씨의 사무실로 데려다 줄게."

그렇지만 엘리사는 그러지 말라고 제이컵에게 사정하며 매달렸다. 제레미 삼촌이 자기가 종교 행렬에 있었던 걸 알게 된다면 마마 프레시아를 해고할지도 모르는 일이었다. 그는 마차를 빌리러 사방으로 뛰어다녀 봤지만, 때가 때이니만큼 결코 쉬운 일은 아니었다. 엘리사는 절대 그의 손을 놓지 않은 채 아무 말 없이 가만히 따라다녔다. 제이컵 토드는 자기 손을 꽉 쥐고 있는 그 아이의 자그맣고 따스한 손길을 느끼며, 난생 처음으로 정이 뭔지 느낄 수 있었다. 제이컵 토드는 짙은 갈색 눈을 가진 그 어린 얼굴에 깊은 감동을 받아 이따금씩 몰래 아이의 얼굴을 훔쳐보았다. 마침내 노새 두 마리가 끄는 마차가 눈에 띄었다. 마부는 평소 가격의 두 배에 해당하는 가격에 그들을 언덕 위쪽으로 데려다 주었다. 그들은 아무 말 없이 묵묵히 마차를 타고 갔으며, 한 시간 후에야 제이컵 토드는 엘리사를 집 앞에 내려 주었다. 엘리사는 고맙다는 말로 작별 인사를 했지만 집에 들어왔다가 가라는 말은 하지 않았다. 그는 부서질 것같이 작은 엘리사가 발끝까지 내려오는 검정 망토를 뒤집어쓰고 멀어지는 모습을 지켜보았다. 그런데 갑자기 아이가 뒤로 돌더니 그를 향해 뛰어와, 양팔을 그의 목에 감고는 뺨에 뽀뽀를 하는 것이었다. "고마워요." 제이컵 토드는 그 마차를 타고 호텔로 돌아왔다. 그는 그 어린 꼬마아이에게서 느꼈던, 달콤하면서도 서글픈 그 야릇한 감정에 놀라 이따금씩 자기 뺨을 만져 보았다.

종교 행렬은 사람들이 단체로 회개할 수 있는 기회를 마련해 주었으며, 또 제이컵 토드가 직접 확인할 수 있었던 것처럼, 곧 비가 그치면서 '5월의 그리스도'의 찬란한 명성을 재차 확인할 수 있는 기회도 되었다. 48시간도 채 지나지 않아 하늘이 맑게 개면서 해가 수줍은 듯 모습을 드러냈던 것이다. 그리고 그간의 고통도 막을 내리리라는 낙관론이 지배했다. 홍수와 전염병으로 인해, 소머스 집안에서의 수요일 모임이 다시 재개되기까지는 전부 9주라는 시간이 흘러야 했으며, 또 제이컵 토드가 미스 로즈 앞에서 자신의 감정을 수줍게나마 감히 표현할 때까지는 다시 몇 주가 더 흘러야 했다. 그러다가 마침내 그가 자신의 마음을 고백했을 때 미스 로즈는 못 들은 척했다. 그렇지만 그가 쉽게 굴복하지 않고 집요하게 나오자 미스 로즈도 따끔한 말로 그에게 응답했다.
"결혼해서 딱 하나 좋은 것은 과부가 될 수 있다는 거예요."
"남편이 아무리 멍청해도 없는 것보다는 있는 게 나아요."
그가 평소의 활달한 유머 감각을 잃지 않고 대답했다.
"하지만 내 경우에는 아니에요. 남편은 걸림돌만 될 뿐이에요. 남편이 줄 게 뭐가 있겠어요? 나한테는 이미 다 있어요.”

　“어쩌면, 자식들?”

　“토드 씨? 내가 몇 살인 줄이나 알아요?”

　“열일곱 살 이상은 안 됐을 것 같아요!”

　“놀리지 마세요. 다행히 나에게는 엘리사가 있어요.”

　“미스 로즈. 나는 여간 고집이 센 사람이 아니에요. 난 절대 물러서지 않아요.”

　“토드 씨, 당신에게 고마워할게요. 하지만 없는 것보다 있는 게 나은 건 청혼자들이에요.”

　어찌 됐든, 제이컵 토드가 성경을 팔기로 약속했던 3개월 이상을 칠레에서 머물렀던 건 로즈 때문이었다. 소머스 일가는 그에게 완벽한 사회적 발판을 마련해 주었다. 그들 덕분에 제이컵 토드는 부유한 외국인들과 쉽게 친해질 수 있었으며, 그들이 티에라델푸에고에서의 토드의 선교 활동을 도와주겠다며 발 벗고 나섰다. 그는 한때 파타고니아 인디오들의 말을 배우려고 시도해 보기도 했지만, 도서관에서 졸린 눈을 비비며 책들을 뒤적여 본 결과, 사회 전반적으로 그 언어에 대한 무지가 절대적이기 때문에 그 말을 할 줄 아나 모르나 매한가지라는 걸 깨달았다. 사람들이 듣고 싶어 하는 말만 하면 그걸로 충분했으며, 그리고 그걸 위해서는 그의 유창한 혀가 있었다.

　칠레의 부유층 고객들에게 성경을 팔기 위해서는 그의 어설픈 스페인어 실력을 향상시켜야만 했다. 그는 스페인에서 살았던 두 달과 언어에 대한 남다른 능력으로 20년 전에 이곳에 온 다른 많은 영국인들보다 훨씬 더 빨리, 더 정확하게 스페인어를 구사했다. 처음에는 지나치게 자유롭고 진보적인 자신의 정치 사상을 내세우지 않았지만, 사교 모임이 있을 때마다 사람들이 늘 그를 에워싸고 질문을 던지며, 그의 말에 경청한다는 걸 알게 되었다. 그의 노예 폐지론이나 평등주의, 민주주의에 관한 연설들은 그 선량한 사람들을 깜짝 놀라게 했다. 그의 연설을 듣고 나면 남자들은 거기에 대해 끝도 없는 논쟁을 펼쳤으며, 나이 든 여자들은 끔찍하다며 탄성을 질러 댔다. 그렇지만 젊은 여자들은 그에게 푹 빠져 들어 흠뻑 매료되었다. 대부분의 사람들은 그를 싱거운 소리 잘하는 재미있는 사람으로 여겼으며, 그래서 화끈한 그의 사상들도 재미있게만 받아들였다. 그렇지만 영국인들에게는 빅토리아 여왕이 하느님과 대영 제국 못지않게 신성한 존재였기 때문에, 영국 왕가에 대한 그의 조소에는 다들 분개했다.

그는 돈이 많지는 않았지만, 궁핍하다고 할 수도 없었다. 그래서 변변한 일자리 하나 없어도, 어느 정도는 편안하게 즐기며 살 수 있었으며, 그 덕에 신사 소리는 듣고 살았다. 그가 매인 사람이 아니라는 게 알려지면서 그를 옭아매려는 처자들도 없지 않았다. 그렇지만 그는 로즈 소머스를 알고 난 다음부터 다른 여자들에게는 눈길도 주지 않았다. 그는 로즈 소머스가 왜 혼자 사는지 수천 번도 더 넘게 혼자 생각했는데, 불가지론자이자 이성주의자인 그에게는 하늘이 그녀에게 혼자 사는 운명을 주었다는 대답밖에는 나올 게 없었다.

"미스 로즈, 언제까지 저를 힘들게 할 건가요? 그러다가 제가 제 풀에 지쳐 당신을 포기하면 어떡하려고 그러십니까?"

제이컵 토드는 그녀에게 자주 이런 농담을 던졌다.

"토드 씨, 당신은 절대 지치지 않을 거예요. 고양이를 쫓아다니는 게, 잡는 것보다 훨씬 더 재미있으니까요."

그 좁은 사회에서는 유창한 언변을 지닌, 그 가짜 선교사야말로 신선한 충격이었다. 사람들은 그가 확실하게 성경을 공부했다는 걸 알면서부터는 그에게 설교도 부탁했다. 가톨릭 당국의 신경을 건드리면서 자그마한 영국 교회도 하나 존재하고 있었지만, 개신교 신도들은 주로 가정집에서 예배를 드렸다. "마리아와 악마도 없는 교회가 어디 있어? 양키들은 죄다 이단이라니까. 교황도 믿지 않고 기도도 할 줄 모르니. 그냥 찬송가만 냅다 불러 댄다니까. 하긴 성체도 안 받지." 하고 소머스 가에서 주일예배 차례가 돌아올 때마다 마마 프레시아가 자지러지게 놀라며 중얼거렸다.

제이컵 토드는 유태인들의 「출애굽기」를 간략하게 읽은 후, 성경에 나오는 유태인들처럼 낯선 이국 땅에서 적응해야 하는 이민자들의 어려움에 대해 이야기하려 했으나, 제레미 소머스가 사람들에게 그를 선교사로 소개한 다음 티에라델푸에고에 사는 인디오들에 대한 이야기를 해 달라고 청했다. 제이컵 토드는 그곳이 어디에 있는지, 왜 그런 암시적인 이름을 가졌는지도 몰랐지만, 한 영국 선장이 그 야만인들을 세 명 생포해 영국으로 데려갔다는 이야기로,

청중들을 눈물과 감동의 도가니에 몰아넣었다. "얼음장 같은 추위에서도 벌거벗고 다니며, 사람들을 잡아먹으며 살았던 그 가련한 인간들은 3년도 채 안 되는 기간에 때와 장소를 가려 옷을 입을 줄 알게 되었으며, 독실한 기독교인이 되어 문명인으로 살았습니다. 심지어 그 맛없는 영국 음식도 잘 참아 냈지요." 그렇지만 그 인디오들이 다시 제 고향으로 돌아가자마자, 영국이라는 나라는 구경도 못해 보고, 예수라는 이름은 한 번도 듣도 보도 못한 사람들처럼 다시 그들의 옛날 생활 방식으로 되돌아갔다는 말은 굳이 밝히지 않았다.

제레미 소머스의 제안으로 그 자리에서 즉시 선교 활동을 위한 기금이 모아졌으며, 그 기금은 제이컵 토드가 다음 날 영국 은행의 발파라이소 지점에 계좌를 하나 열어도 될 정도로 많은 액수였다. 계좌에는 일주일에 한 번씩 개신교도들이 내는 성금이 입금되었으며, 토드가 자기 연금으로는 충분치 않을 때 용돈을 충당하기 위해 은행 문턱을 자주 들락거려도 예금액은 나날이 불어났다. 돈이 많이 들어올수록, 선교 활동을 미루기 위한 핑계거리와 장애는 더 많이 생겼으며, 그렇게 2년이 흘렀다.

제이컵 토드는 발파라이소가 고향 못지않게 편안했다. 칠레인들과 영국인들은 여러 면에서 공통점을 지녔다. 관리인들과 변호사들에게 일체를 맡겨서 해결한다는 점, 전통과 국가적 상징 같은 것에 무모할 정도로 집착한다는 점, 그리고 자신들이 개인주의적이라는 것을 은근히 자랑하며, 허세 부리는 걸 싫어한다는 점을 들 수 있었다. 그들은 허세 부리는 걸 벼락부자들의 상징으로 생각해서 대 놓고 무시했다. 또 곁에서 보면 친절하고 절제가 있는 것처럼 보이지만 실제로는 상당히 잔인할 수도 있는 사람들이었다. 그렇지만 영국인들과는 달리, 칠레인들은 돌출된 행동을 끔찍이 싫어했으며, 망신당하는 걸 가장 두려워했다.

제이컵 토드는 자기가 스페인어만 정확히 구사할 줄 안다면, 자기 집에서처럼 편할 거라는 생각을 했다. 그는 한 영국인 미망인이 경영하는 하숙집에서 기거했다. 하숙집 주인은 불쌍한 고양이들을 돌보았으며, 항구에서 가장 유명한 핫케이크를 구워 냈다. 제이컵 토드는 고양이 네 마리를 데리고 침대에서 잠을 잤으며, 그 고양이들은 누구보다도 좋은 동반자였다. 그리고 그는 하숙집 주인의 달콤한 핫케이크로 매일 아침 맛있는 식사를 했다.

그는 항구 빈민가를 돌아다니면서 알게 된 가장 미천한 사람부터 권력을 틀어쥔 집안까지, 모든 계층의 칠레인들을 두루 사귀었다. 그는 제레미 소머스의 소개로 '유니언 클럽'에 명예 회원으로 참여하기도 했는데, 그건 사회적으로 유명하고 중요한 외국인들에게만 주어지는 특권이었다. 그 클럽은 지주들과 보수 정치가들의 모임 장소였으며, 그곳에서는 성으로 회원들의 가치가 결정되었다. 제이컵 토드는 카드도 잘 치고, 주사위도 잘 던지는 덕분에 사람들에게 인기가 좋았다. 그는 교묘하게 돈을 잃기 때문에, 아무리 많은 돈을 따도 눈치 채는 사람은 거의 없을 정도였다.

제이컵 토드는 그 클럽에서 지역 유지인 아우구스틴 델 바예와 친구가 되었다. 그는 남쪽 지방에 양떼들을 많이 소유하고 있었지만 스코틀랜드에서부터 데려온 십장들 덕택에 그곳에는 발을 내디딘 적도 없었다. 아우구스틴 델 바예와의 새로운 우정 덕택에 제이컵 토드는 무거운 분위기가 느껴지는 칠레 귀족들의 저택을 방문할 기회가 있었다. 저택들은 대부분 네모 반듯하고 어둠침침한 건물로, 거의 아무런 장식도 없는 널찍한 빈방들로 이루어졌다. 내부는 주로 묵직한 가구들과 장례식장에서나 볼 법한 촛대들이 놓여 있었으며, 마치 핏자국이 선연한 십자가와 석고로 된 마리아 상, 스페인의 옛 귀족들처럼 옷을 입은 성자들의 전시장 같았다. 저택들은 거리 쪽으로 등을 진 채 안쪽으로 향해 있으며, 불편하고 조잡하지만 높다란 쇠창살이 달려 있었다. 그렇지만 재스민과 오렌지, 장미꽃이 흐드러지게 핀 안뜰과 서늘한 복도들도 있었다.

봄이 시작되자 아우구스틴 델 바예가 자신의 농장으로 소머스 일가와 제이컵 토드를 초대했다. 그렇지만 그곳으로 가는 길은 악몽과도 같았다. 말을 잘 타는 사람이면 네다섯 시간이면 충분히 갈 수 있는 거리였지만, 그의 식구들과 손님들로 이루어진 행렬은 새벽에 출발해서 한밤중이 될 때까지도 도착하지 못했다. 바예 일가는 황소들이 끄는 달구지에 탔으며, 그곳에 테이블과 비로드 소파까지 싣고서 이동했다. 그 뒤로는 짐을 실은 노새 떼와 하인들이 걸어서 따라갔다. 도둑들이 언덕을 도는 곳에서 도사리고 있다가 갑자기 들이닥칠 수도 있었기 때문에 하인들은 구식

나팔총으로 무장을 했다. 짐승들이 맥 빠질 정도로 느릿느릿 기어가는 것 외에도, 웅덩이가 도처에 널려 있어 빨리 갈 수가 없었다. 달구지들이 웅덩이에 빠져서 한참을 옴짝달싹 못했으며, 또 중간에 틈틈이 쉬어야 했다. 그러면 하인들은 파리 떼들이 구름처럼 몰려드는 가운데 바구니에 싣고 온 음식들을 꺼내 시중을 들었다.

제이컵 토드는 농사에 대해서는 아는 게 전혀 없었다. 그렇지만 한번만 휙 둘러봐도, 그 비옥한 땅에서는 모든 게 풍성하게 잘 자란다는 걸 알 수 있었다. 과일들이 나무에서 떨어져 그대로 땅바닥에서 썩어도, 굳이 그걸 주우려는 사람은 없었다. 농장에서의 생활은 몇 년 전 그가 스페인에서 봤던 생활 양식 그대로, 끈끈한 혈연 관계와 체통으로 뭉친 대가족 제도였다. 그 집주인은 자손들의 운명을 자기 손에 꽉 움켜쥐고 있어야 직성이 풀리는 봉건적인 가장으로, 초창기 스페인 정복자들 때부터 이루어진 자신의 혈통에 상당한 자부심을 갖고 있었다. "내 고조부들은 산티아고 도시를 세우기 위해 그 무거운 철갑옷을 입고 수천 킬로미터도 더 되는 길을 걸어 산을 넘고, 강을 넘고, 또 이 세상에서 가장 혹독한 사막을 건너셨지요."

아우구스틴 델 바예는 자기 계층 내에서는 권위와 강직의 상징으로 여겨졌지만, 다른 계층에게는 천하의 개망나니로 비쳐졌다. 그는 사생아들을 수도 없이 많이 만들어 냈으며, 기분이 안 좋아 흥분해서 눈에 보이는 게 없으면 가차없이 소작인들을 죽이기도 했다. 물론 그 죽음들은, 그가 저지른 다른 여느 죄와 마찬가지로 사람들의 입에 절대 오르내리지 않았다. 그의 아내는 40대였지만, 고개를 아래로 떨구고 흔들어 대는 풍 걸린 노인네 같았다. 그녀는 어려서 죽은 자식들을 위해 늘 상복을 입고 다녔으며, 꽉 끼는 코르셋과 종교, 남편, 이 세 가지에 짓눌려 살았다. 아들들은 미사를 보고 산책을 나가고 낮잠을 자고 카드를 치고 시끌벅적하게 떠들며 거리낌없이 돌아다녔지만, 딸들은 늘 몸종의 감시를 받으며 사각거리는 속치마 소리를 내며 신비스러운 요정처럼 집안과 정원을 오갔다. 딸들은 어렸을 때부터 순결과 신앙, 복종에 길들여졌으며, 그들의 운명은 자기들과 어울리는 집안과 정략결혼을 하고 아이를 낳는 것이었다.

　그들은 들판에서 투우를 관람했는데 그것은 용맹과 죽음이 한데 어우러진, 그 아름다운 스페인의 투우와는 상당히 거리가 멀었다. 열정과 영광으로 가득 차 번쩍거리는 의상을 입고 나와 으스대던 투우사는 온데간데 없고, 창으로 소를 찔러 괴롭히며 입만 살아서 욕지거리나 퍼부어 대는 겁 없는 술주정뱅이들만 있었다. 그들은 먼지 속에서 악담과 질펀한 웃음을 흘리며 소뿔을 겨냥했다. 이 투우에서 가장 위험한 것은, 상처를 입어 흥분되었지만 목숨은 아직 붙어서 날뛰는 짐승을 투우장 밖으로 끌고 나가는 일이었다. 제이컵 토드는 사람들이 모두 지켜보는 가운데 소가 처참한 죽음을 맞지 않아도 돼서 그나마 고마웠다. 영국인 정서를 가진 그에게는 소가 죽느니 차라리 투우사가 죽는 게 훨씬 나았던 것이다.

　남자들은 오후 나절에는 카드를 치며 시간을 보냈다. 그들은 얼굴빛이 가무잡잡한 천한 하인들을 무슨 근위병들이나 되는 것처럼 거느리고 왕자 못지않은 시중을 받으며 카드를 쳤다. 하인들은 바닥에서 눈도 떼지 못했으며, 나지막한 소리로 말했고 큰 소리는 내지 못했다. 노예는 아니지만 노예와 다름없었다. 그들은 주인의 보호를 받으며 집과 농사 지을 땅을 받는 대가로 일했다. 명목상으로는 자유인이었지만, 주인이 아무리 폭군 같고 삶의 여건이 열악하다 하더라도, 달리 갈 데도 없었기 때문에 주인 곁에 남아있을 수밖에 없었다. 노예제도는 별다른 소란 없이 10년도 훨씬 전에 폐지되었다. 그곳에서는 대목장이 없었기 때문에 아프리카 흑인들의 거래가 그다지 신통치 않았다. 그렇지만 자기네들 땅을 빼앗기고 비참하게 살아가는 인디오들이나, 짐승들처럼 농장과 함께 더불어 거래되고 상속되는 소작인들에 대해서는 아무도 언급하지 않았다. 친차 섬의 구아노 채취장에 보내진 중국인 노예와 폴리네시아인 노예들에 대해서도 아무런 언급이 없었다. 그건 배에서 내리지만 않으면 아무런 문제가 없었기 때문이었다. 대륙 내에서는 노예를 법적으로 금지하지만 바다에서는 상관이 없었던 것이다.

남자들이 카드를 치는 동안, 미스 로즈는 바예 부인과 그녀의 딸들과 무지 지루한 시간을 보냈지만 그런 티는 드러내지 못했다. 반면에 아우구스틴 델 바예의 딸 중에 파울리나는 생기 없이 축 늘어져 있는 그 집안 여자들과는 전혀 딴판이었다. 로즈는 파울리나와 함께 말을 타고 그 드넓은 벌판을 함께 질주할 수 있었다. 파울리나는 엘리사보다 몇 살 더 많았지만, 그날은 미스 로즈와 동갑내기같이 어울려서 마냥 즐거운 시간을 보냈다. 두 여자는 말에 박차를 가하며 머리카락을 바람에 흩날리고 얼굴을 햇살에 그대로 드러낸 채 질주했다.

요조숙녀들

엘리사 소머스는 펜화에서나 볼 수 있는 가냘픈 얼굴을 가진 작고 마른 체구의 어린아이였다. 1845년에 열세 살이 되어 가슴과 허리의 윤곽이 드러나기 시작했지만 그때까지도 코흘리개 어린아이 같았다. 물론 엘리사에게서 가장 예쁘다고 손꼽을 수 있는 귀엽고 우아한 표정은 그때 이미 나타났다. 깐깐한 미스 로즈 덕분에 엘리사의 등뼈는 창처럼 곧았다. 엘리사가 몇 시간이고 내리 피아노를 치고, 수를 놓을 때에는 등에 쇠막대를 묶어 똑바른 자세를 취하게 했던 것이다. 그녀는 키는 많이 자라지 않았으며 늘 어린아이와 같은 얼굴이었다. 그리고 그런 어린 인상 덕택에 살아가면서 많은 덕을 보기도 했다. 하지만 실제로도 어린아이와 다름없었다. 그녀는 사춘기 때에도 어릴 때 쓰던 침대에서 인형들 속에 누워 손가락을 빨면서 잠을 잤다. 엘리사는 제레미 소머스의 마음 내켜 하지 않는 표정이 강한 마음의 상징인 것 같아 그의 표정을 흉내 냈다. 나이가 들면서는 고리타분해하는 그 표정이 지겨워 그만두었지만, 열심히 흉내 내고 연습한 덕에 그녀의 성격을 길들이는 데는 적잖은 도움이 되었다.

엘리사는 하인들이 하는 일도 거들었다. 빵을 굽는 날도 있었고 옥수수를 빻거나 이불을 햇볕에 내다 말리거나 흰 빨래를 삶는 날도 있었다. 그러고는 살롱 커튼 뒤에 쭈그리고 앉아, 제레미 소머스의 서재에 있는 고전 작품들과 미스 로즈의 연애소설, 철 지난 신문 등, 손에 닿는 것이면 아무리 재미가 없는 것이라도 닥치는 대로 몇 시간이고 게걸스럽게 해치워 버렸다. 엘리사는 제이컵 토드에게 스페인어판 성경을 선물로 받아 내서, 어렵사리 인내심을 발휘하며 힘들게 읽어 내려갔다. 학교에서는 영어로 교육을 받기 때문에 쉬운 일은 아니었다. 그녀는 구약성서에 나오는, 음란하면서도 야하고 화끈한 이야기에 괜히 마음이 동해 흠뻑 빠져들었다. 남의 아내를 유혹하는 왕, 무시무시한 벼락으로 혼쭐 난 예언가들, 자기 친딸에게서 자식을 보는 아버지처럼 야릇한 이야기에 심취되었다. 고물들을 쌓아 놓은 다락방에서는 존 삼촌의 항해 서류들과 여행 책자들, 지도들을 찾아냈으며, 그건 엘리사로 하여금 세상 지리를 밝게 하는 데 많은 도움을 주었다.

미스 로즈가 채용한 가정교사들은 엘리사에게 프랑스어, 글쓰기, 역사, 지리, 그리고 라틴어도 조금 가르쳐 주었다. 그리고 그건 산티아고에서 최고로 좋은 여학교에서 배우는 것보다 훨씬 더 많은 것을 배우는 것이었다. 따지고 보면 학교에서는 기도와 바른 예의 범절밖에는 거의 가르치는 게 없었다. 가리지 않고 아무것이나 닥치는 대로 읽는 데다가, 존 삼촌이 들려주는 황당무계한 이야기들까지 가세하여 엘리사의 상상력은 실로 무궁무진해졌다. 존 삼촌은 선물들을 잔뜩 갖고 집에 나타났으며, 순금 옥좌에 앉은 흑인 황제들이나, 사람들의 눈을 자개 상자에 담아 모으는 말레이 해적들, 늙은 남편들을 화장할 때 같이 화장되는 공주들과 같은, 듣도 보도 못한 이야기들을 들려 주면서 엘리사가 상상의 나래를 마음껏 펴도록 해 주었다. 존 삼촌만 왔다 하면 엘리사는 학교 숙제나 피아노 수업은 안중에도 없었다. 그녀는 삼촌의 범선이 지나갈 위치를 상상하며 지도에 핀을 꽂으면서 1년 내내 삼촌을 손꼽아 기다리며 살았다.

엘리사는 제 또래의 아이들과는 거의 어울리지 못했다. 그녀는 저택 안의 폐쇄된 세상 안에서, 칠레가 아닌 영국에 있는 듯한 착각 속에 살았다. 제레미 소머스는 비누부터 시작해서 신발까지 모두 카탈로그를 보고 주문했으며, 북반구의 달력에 따라 겨울에는 얇은 옷을 여름에는 외투를 입고 살았다. 엘리사는 주의가 깊고 관찰력이 뛰어났으며 절대 도움을 청하는 일이 없을 정도로 독립심이 강하고 명랑했다. 게다가 엘리사는 마음먹은 대로 투명인간이 되는 신통한 재주도 지녔다. 그녀는 가구나 커튼, 꽃무늬 벽지 사이로 쥐도 새도 모르게 곧잘 자취를 감추곤 했다. 어느 날 잠옷이 온통 벌겋게 물이 든 채로 잠에서 깬 엘리사는 미스 로즈에게 가서 피가 아래로 몽땅 빠져나갔다고 말했다.

"절대 아무한테도 이야기하지 말아라. 그건 아주 사적인 거란다. 이젠 너도 어엿한 여자가 되었단다. 그러니 그에 걸맞게 행동해야지. 이제 어리광은 끝이다. 마담 콜베르가 운영하는 여학교에 가야 할 때가 되었구나."

그게 엘리사의 양어머니가 설명한 전부였다. 그것도 엘리사는 바라보지도 않은 채 그녀가 손수 가장자리를 대서 만든 자그마한 수건들을 꺼내면서 서둘러 이야기한 것이었다.

"이제 너도 좋은 시절은 다 끝났다. 몸이 변할 거야. 머릿속에 오만 잡생각이 들면서 어떤 놈이 됐든지 간에 사내놈이면 저 하고 싶은 대로 다 너한테 하려 들 거다."

나중에 마마 프레시아가 엘리사에게 주의를 주었다. 엘리사는 마마 프레시아한테만큼은 그 소식을 숨길 수가 없었다.

마마 프레시아는 생리를 영원히 멈추게 할 수도 있는 약재들을 알고 있었지만, 주인님들이 무서워 그걸 엘리사에게 줄 생각은 못했다. 엘리사는 그녀의 주의를 진지하게 받아들여서, 절대 그런 일이 일어나지 않도록 조심해야겠다고 마음먹었다. 엘리사는 실크로 가슴을 꼭꼭 동여맸다. 존 삼촌이 말한 것처럼 그 방법이 몇 세기를 두고 중국 여자들의 발을 작게 할 수 있었다면, 지금 자기 가슴이 크지 못하게 하는 데도 들어먹을 거라 생각했던 것이다. 그러고는, 몇 년간 봐 온 것처럼 미스 로즈가 공책에 뭔가를 열심히 쓰던 게 다 그 오만 잡생각을 쫓아내기 위해 쓰는 것이라 미뤄 짐작하고는, 자기도 글을 쓰기로 마음먹었다.

그리고 설명 마지막 부분——어떤 놈이 됐든지 간에 사내 놈이면 저 하고 싶은 대로 다 너한테 하려 들 거다.——에 관해서는 그다지 중요하게 생각하지 않았다. 장차 자기 미래에 남자가 나타날 것 같지가 않아서였다. 20년도 채 되지 않은 그녀의 생애에는 모두 나이 많은 남자들뿐이었다. 이 세상에 그녀 또래의 남자는 존재하지도 않았다. 유일하게 자기 남편이 되었으면 하고 바란 남자들은 존 소머스 선장과 제이컵 토드뿐이었다. 그렇지만 존 소머스 선장은 삼촌이고, 제이컵 토드는 발파라이소 전체가 다 알 정도로 미스 로즈를 사랑하기 때문에 자기 능력밖이었다.

몇 년 후, 엘리사는 자신의 유년 시절과 사춘기 시절을 되돌아보면서, 미스 로즈와 토드 씨가 잘 어울리는 한 쌍이 아닐까 생각을 했다. 미스 로즈는 토드 씨의 거친 성격을 부드럽게 했을 것이며, 토드 씨는 미스 로즈를 지겨운 생활에서부터 구해 줬을 것이다. 그렇지만 이야기는 전혀 다르게 진척되었다. 그 두 사람은 다시 수많은 세월이 흐른 후, 둘 다 머리가 허옇게 새고 고독에 익숙해지고 나서야, 캘리포니아에서 야릇한 상황으로 재회했다. 그때 그는 다시 예전과 똑같은 집요함으로 미스 로즈에게 구애를 했으며, 미스 로즈는 똑같은 고집으로 그의 구애를 거절했다. 그렇지만 그건 모두 한참 뒤의 이야기이다.

제이컵 토드는 무슨 일이 있어도 소머스 저택에는 빠지지 않고 찾아왔다. 그만큼 모임에 열심이고 정확히 시간을 지켜서 오는 사람도 없을 정도였다. 특히 미스 로즈가 노래를 부를 때에는 더 열심히 참석했으며, 그만큼 미스 로즈의 농담을 받아 주는 사람도 없었다. 심지어 그 농담이 그의 마음에 깊은 상처를 주는 잔인한 농담이라도 그는 전혀 개의치 않았다. 미스 로즈는 모순이 많은 여자였다. 하지만 그도 마찬가지 아니었던가? 제이컵 토드는 '저렇게 매력적인 여자가 왜 아직도 결혼을 하지 않았을까?'라고 자주 혼자서 생각했다.

그 나이의 독신 여성에게는 미래가 없었으며, 사교계에서도 찬밥이었다. 외국인 동네에서는 과거에 그녀가 영국에서 추문을 일으켜서 지금 칠레에서 오빠나 돌보면서 사는 것이라고 수군거렸지만, 그는 자세한 내용은 알려고도 하지 않았다. 확실하게 알고 나서 괴롭다면 차라리 모르는 게 약일 수도 있다는 생각이었다. 과거는 중요하지 않다는 말을 자기 자신에게 몇 번이고 되풀이했다. 잠깐 생각을 잘못하거나 방심만 해도 여자의 명예에는 금이 가 좋은 혼사가 어려웠다. 자신의 구애만 받아 준다면 아낌없이 미래를 바치겠지만 그녀는 그럴 마음도 없는 것 같았다. 그렇다고 아예 그를 내치려고도 하지 않았다. 미스 로즈는 제이컵 토드와 밀었다 당겼다 하는 줄다리기를 은근히 즐겼다.

"토드 씨는 이상한 생각을 품은 흉조(凶鳥) 같은 사람이야. 말 이빨에다가 손은 또 얼마나 축축한지. 그 남자가 이 세상에서 마지막 남은 총각이라고 해도, 나는 절대 그 사람하고는 결혼하지 않을 거다."

미스 로즈가 웃으면서 엘리사에게 말한 적이 있었다.

엘리사에게는 그 말이 그다지 기분 좋게는 들리지 않았

다. 제이컵 토드가 '5월의 그리스도' 종교 행렬 때 자기를 구해 줬을 뿐 아니라, 비밀도 철저히 지켜 줘서 그에게는 늘 빛을 진 기분이었다. 그리고 엘리사는 그와는 한편이라는 이상야릇한 그 기분이 좋았다. 그에게서는 존 삼촌에게서와 마찬가지로 큰 개에게서 나는 냄새가 났다. 그리고 살롱의 두꺼운 초록색 비로드 커튼 뒤에 숨어서 그와 제레미 소머스가 나누는 이야기를 듣고 난 다음에는, 그에 대한 막연하게 좋았던 인상이 절대적인 충성으로 바뀌었다.

"토드 씨, 엘리사의 거취 문제에 대해 결정을 내려야만 합니다. 사교계에서는 그 아이에게 해당하는 자리가 없어요. 이젠 사람들이 질문을 하기 시작한답니다. 그리고 엘리사도 틀림없이 자기와는 상관없는 그런 미래를 꿈꾸고 있을 겁니다. 여자의 영혼 속에 도사리고 있는 상상은 그 어느 악마보다 더 위험한 겁니다."

"과장하지 말아요. 엘리사는 아직 어려요. 그렇지만 똑똑하기 때문에 자기 앞가림은 잘할 겁니다."

"여자한테는 똑똑한 게 오히려 해가 되지요. 로즈는 엘리사를 마담 콜베르의 여학교에 보내려고 합니다. 그렇지만 저는 여자들은 교육을 시키면 드세지기만 한다는 주의예요. 각자 제 몫이 따로 있는 거지요. 그게 제 신조입니다."

"제레미, 세상이 변하고 있어요. 미국에서는 모든 인간이 법 앞에 평등하답니다. 사회 계급도 철폐되었습니다."

"우리는 지금 여자에 대해서 말하는 거지, 남자에 대해서 말하는 게 아니에요. 게다가 미국은 전통이나 역사도 없는 장사치들과 모험가들의 나라입니다. 평등은 어디에도 존재하지 않아요. 심지어 짐승들 사이에서도 존재하지 않습니다. 칠레에서는 더하고요."

"제레미, 우리는 외국인이에요. 스페인어는 제대로 더듬거리지도 못해요. 칠레의 사회 계급이 우리한테 뭐가 그리 중요합니까? 우리는 결코 이 나라에 소속될 수가 없어요……."

"우리가 모범을 보여야 해요. 우리 영국인들이 집안 단속도 제대로 하지 못한다면 다른 사람들한테 뭘 더 바라겠어요?"

"엘리사는 이 집안에서 자랐어요. 엘리사가 컸다는 이유로 내보내려 한다면 미스 로즈도 가만히 있지 않을 거예요."

그리고 그의 말대로 되었다. 로즈는 자기가 아플 수 있는 병이란 병은 모두 총 동원하여 제레미 오빠에게 시위했다. 처음에는 복통을 호소했으며, 나중에는 하루아침에 그녀를 장님으로 만든 끔찍한 두통을 호소했다. 며칠 동안 집안 전체는 무덤과도 같은 침묵 그 자체였다. 커튼도 굳게 내려지고, 모두 발뒤꿈치를 들고 다녀야 했으며, 소곤거리며 말을 해야 했다. 음식 냄새가 증상을 더 악화시켰기 때문에 음식도 할 수가 없어, 제레미 소머스는 클럽에서 식사를 하고 병원에 문병 가는 사람처럼 비장한 얼굴로 기가 죽어 집에 돌아왔다.

로즈가 이상하게 눈이 멀고 계속 아팠으며, 또 그것 말고도 집안의 하인들까지 합세해서 침묵을 지켰기 때문에 제레미도 오래 고집을 피울 수는 없었다. 게다가 그것도 모자라, 그들 남매간의 대화 내용을 어떻게 알았는지, 마마 프레시아까지 미스 로즈를 절대적으로 지지하는 강력한 동지가 되었다. 제레미 소머스는 스스로를 교양 있고 실질적인 남자로 생각했으며, 마마 프레시아처럼 미신을 잘 믿는 여자가 자기에게 아무리 은근히 겁을 준다고 해도 눈썹 하나 깜짝하지 않을 자신이 있다고 생각했다. 그렇지만 그 인디오 여자가 모기를 쫓아낸다는 핑계로 사방에다가 검은 초들을 켜 놓고, 샐비어 약초의 연기를 피워 놓았을 때에는 화도 나고 무섭기도 해서 자기 서재에 박혀 꿈쩍도 하지 않았다. 밤만 되면 마마 프레시아가 서재 문 건너편에서 맨발을 질질 끌고 걸어다니면서, 그다지 낮지 않은 목소리로 주문과 악담을 웅얼거리며 돌아다니는 소리가 들렸다. 제레미는 수요일에 그의 브랜디 병 안에 도마뱀 한 마리가 죽어 있는 걸 발견하고는 더 이상 이렇게 살 수는 없다는 결론을 내렸다.

그는 처음으로 동생의 방문을 노크하고는, 그녀의 방 안으로 들어갔다. 그에게는 그 방이 여성 특유의 신비스러움이 도사리고 있는 성전과도 같은 곳이었지만, 사실 여자들의 세계에 대해서는 전혀 알고 싶지도 않았다. 그는 바느질 방, 부엌, 빨래방, 하녀들의 숙소인 어둠침침한 다락방, 뒤뜰 끝에 있는 마마 프레시아의 오두막집과 같이 여자들이 거처하는 곳은 철저히 무시했다. 그의 세상은 살롱, 세련된 카오바 책상이 있는 서재, 멋들어진 당구대를 갖춘 당구장, 스파르타풍의 절제된 가구를 갖춘 그의 침실과 이태리 대리석이 깔린, 개인적 용무를 보기 위한 작은 방이 전부였다. 그는 또 인간의 분비물을 거름으로 사용하기 위해 요강을 쓰는 게 전염병의 원인이 된다는 기사를 읽은 적이 있었기 때문에, 뉴욕의 카탈로그에서 본 현대식 시설을 장차 그곳에 설치할 생각이었다.

그는 어둠에 익숙해질 때까지 한참을 기다려야 했다. 늘 동생에게서 나는 바닐라 향과 약 냄새가 뒤섞여 그를 당혹스럽게 했다. 여위어 고통에 시달리는 로즈의 여윈 모습이 제대로 보이지도 않았다. 그녀는 마치 죽음을 예행 연습이라도 하듯, 가슴 위에 양팔을 십자가 모양으로 얹어 놓고는 베개도 없이 침대에 등을 지고 앉아 있었다. 그 옆에서는 엘리사가 그녀의 눈 위에 얹어 주기 위해 천을 녹차에 적셔 짜고 있었다.

"엘리사, 우리 좀 혼자 내버려 두겠니?"

제레미 소머스가 침대 옆에 있는 의자에 앉으면서 말했다.

엘리사는 고개를 숙여 가볍게 인사를 하고는 밖으로 나왔다. 그렇지만 집 안의 어디가 허술한지 손바닥처럼 훤하게 꿰뚫고 있는 엘리사는 얇은 칸막이 사이에 귀를 대고는 그들의 대화를 엿들을 수 있었다. 엘리사는 나중에 그 내용을 마마 프레시아에게도 알려 주었으며, 자기 일기장에다가도 적어 놓았다.

"좋아, 로즈. 이렇게 싸움을 계속할 수는 없지 않니? 함께 합의점에 이르도록 하자. 네가 원하는 게 뭐니?"

제풀에 지친 제레미가 물었다.

"제레미, 아무것도 없어요……."

미스 로즈가 한숨을 내쉬며 모기만 한 소리로 대답했다.

"마담 콜베르의 학교에서는 절대 엘리사를 받아 주지 않을 거다. 거기에는 상류층과 좋은 집안의 딸들만 가는 데야. 엘리사가 입양된 아이라는 건 세상 천지가 다 아는 사실이야."

"그건 내가 알아서 할게요!"

미스 로즈는 다 죽어 가는 여자답지 않게, 불끈해서 소리질렀다.

"로즈야, 내 이야기 좀 들어 봐. 엘리사는 더 교육시킬 필요가 없어. 앞으로 혼자서도 먹고살 수 있도록 기술을 가르치는 게 나아. 너랑 내가 엘리사를 돌보지 못하게 되면 그때에는 어떻게 되겠니?"

"교육을 잘 받으면 결혼도 잘할 수 있어요."

로즈가 녹차를 적신 천을 바닥에 내동댕이치면서 침대에서 몸을 일으켜 세웠다.

"로즈, 솔직히 말해서 엘리사는 예쁘지도 않아."

"제레미, 그건 오빠가 걔를 눈여겨보지 않아서 그래요. 하루가 다르게 얼마나 예뻐지고 있는데. 예뻐질 거야. 내가 장담할 수 있어요. 두고 봐요! 남자들이 줄을 설 테니까!"

"고아에다가 지참금도 없는데?"

"지참금은 있을 거예요."

미스 로즈가 머리를 산발한 채 맨발로 장님처럼 비틀거리며 침대에서 나오면서 대답했다.

"어떻게? 우리가 그 점에 대해서는 한 번도 말해 본 적이 없었는데…….”

“전에는 그 이야기를 할 필요가 없었으니까요, 제레미.
혼기가 찬 여자한테는 사업을 시작해도 좋을 만한 거액의
지참금 말고도, 보석하고 몇 년을 입을 수 있는 옷감과 살
림에 필요한 혼수품들이 필요해요.”

“그럼 신랑은 뭘 하는데? 한번 이야기해 봐.”

“집을 준비하고, 평생 여자를 책임져야지요. 어찌 됐든
엘리사가 결혼을 하려면 아직 몇 년은 더 있어야 해요. 그
럼 그즈음에는 지참금이 준비되어 있을 거예요. 존하고 내
가 알아서 할게요. 오빠한테는 한 푼도 달라고 하지 않을
게요. 그렇지만 지금은 그런 이야기 하면서 시간을 낭비할
필요가 없어요. 엘리사를 오빠 친딸처럼 생각해야 해요.”

“내 친딸이 아니야, 로즈.”

“그럼, 내 딸처럼 대해 줘요. 적어도 그건 할 수 있겠
죠?”

“알았다. 그러마.”

결국에는 제레미 소머스가 굴복하고 말았다.

그리고 녹차가 기적을 일으켰다. 로즈는 48시간 내에 완
치되어 시력을 회복했으며, 그 어느 때보다 화사하고 눈부
셨다. 미스 로즈는 먼저 알아서 오빠의 비위를 맞추며 시
중을 들었다. 그에게 그렇게 다정하게 웃는 낯으로 대한
적은 단 한 번도 없었다. 곧 집은 평상시의 리듬을 되찾았
다. 마마 프레시아의 맛있는 원주민 요리와 엘리사가 구운
향기로운 빵, 소머스 가문의 명성을 한층 돋우어 준 부드
러운 파스텔이 부엌에서 나와 식당으로 향했다.

그때부터 엘리사에 대한 미스 로즈의 에매모호했던 행동
은 완전히 뒤바뀌었다. 그전에는 볼 수 없었던 모성애로 엘
리사를 학교에 보낼 준비를 정성껏 했으며, 그와 동시에 마
담 콜베르도 집요하게 추궁했다. 미스 로즈는 엘리사를 제
대로 교육시키고 지참금도 주겠다고 결심했다. 또 미모는
꾸미기 나름이기 때문에 엘리사가 아름답지 않아도 아름답
게 할 수 있다고 생각했다. 미스 로즈는 어떤 여자라도 자
기가 아름답다는 자신감에 가득 차서 행동하면 다른 사람들
도 아름답게 생각한다는 주의였다. 엘리사에게는 자기처럼
든든한 지원자가 될 수 있는 오빠들도 없었기 때문에, 제대
로 자립시키기 위해서는 좋은 혼사가 최우선이었다. 미스
로즈도 결혼이 좋다고는 생각하지 않았다. 아내는 자식이나
하인보다 더 권리가 없는 남편의 소유물에 불과했다. 그렇
지만 재산도 없이 혼자 사는 여자는 더 불리했다. 결혼한
여자는, 남편만 잘 요리하면, 적어도 남편 하나만은 마음대
로 주무를 수 있었다. 그리고 운이 좋아 일찍 과부가 된다
면……

  "엘리사, 나는 남자들과 똑같이 자유를 누릴 수만 있다
면 내 인생을 절반이라도 뚝 잘라서 주겠다. 그렇지만 우
리는 여자고 지긋지긋하게 살아갈 수밖에 없단다. 우리가
할 수 있는 것이라곤 그나마 우리가 가지고 있는 얼마 되
지 않는 걸 이용해서 최대한 이익을 뽑아내는 거란다."

  미스 로즈는 자기가 혼자 날고자 시도했던 그 딱 한 번
의 경험, 현실과 정면 충돌하여 박살이 났던 그 이야기는
엘리사에게 하지 않았다. 괜히 쓸데없는 이야기로 어린아

이에게 반항심을 심어 주고 싶지는 않았다. 그녀는 엘리사가 자기보다는 더 좋은 운명을 살았으면 하고 바랐다. 내숭도 떨고, 앙탈도 부리고, 함정도 팔 줄 아는 여자로 만들 작정이었다. 그게 순진한 것보다 100배는 더 낫다는 걸 그녀 자신이 그 누구보다 더 잘 알았다.

미스 로즈는 오전에 3시간, 오후에 3시간씩 틀어박혀, 엘리사와 함께 영국에서 가져온 교재들로 공부했다. 교양 있는 여자에게는 프랑스어가 필수라, 가정교사를 두고 프랑스어를 더 강도 있게 가르쳤다. 그리고 나머지 시간에는 손수 엘리사의 바느질을 검사하여 웨딩드레스, 이불 홑청, 수건, 테이블보, 정성껏 수를 놓은 속옷 등을 준비해, 라벤더 향수를 뿌려 마로 잘 싸서 궤짝에 보관했다. 그러고는 세 달에 한 번씩 궤짝 안의 내용물들을 꺼내 햇볕에 널어 말렸다. 결혼할 때까지 몇 년을 기다려야 하는데 그 전에 습기가 차고 좀이 슬어 못 쓰게 되는 걸 방지하기 위해서였다. 미스 로즈는 결혼 지참금으로 줄 보석들을 보관하기 위해 보석함을 하나 사서는, 존 오빠에게 건네 줬다. 그가 책임지고 여행에서 가져온 선물들로 보석함을 채워 넣어야 했다. 인도산 사파이어, 브라질산 에메랄드와 자수정, 베니스산 금반지와 금목걸이, 심지어는 자그마한 다이아몬드가 박힌 머리핀까지 모아 두었다. 제레미 소머스는 자세한 내용은 몰랐으며, 두 남매가 얼마나 어마어마하게 준비를 하고 있는지 전혀 눈치조차 채지 못했다.

엘리사에게는 피아노 수업이야말로 매일 반복되는 고문이었다. 그녀는 실수만 했다 하면 막대기로 학생들의 손가락을 탁탁 때리는 벨기에 선생님에게서 수업을 받았다. 그 외에 댄스 학원에도 등록했다. 그리고 이 댄스 선생님의 충고로 미스 로즈는 엘리사가 똑바로 자랄 수 있도록 몇 시간이고 머리 위에 책을 올려놓고 걷도록 강요했다. 엘리사는 숙제도 열심히 하고, 피아노도 열심히 치고, 또 머리 위에 책을 얹지 않아도 똑바로 걸어다녔다. 그렇지만 밤에는 맨발로 하녀들이 자는 뒤뜰로 몰래 빠져나가, 가끔씩 짚방석 위에서 마마 프레시아를 껴안고 새벽녘이 될 때까지 곤히 잠을 잤다.

대홍수가 난 지 2년 후에는 상황이 오히려 호전되어, 칠레는 좋은 기후와 정치적 안정, 경제적 풍요를 누릴 수 있었다. 그렇지만 칠레 사람들은 워낙 자연 재해를 많이 당해서 그렇게 잠잠하게 잘 있다가도 무슨 큰 변을 당하게 될지 몰라 은근히 두려워들 하고 있었다. 게다가 북쪽 지방에서는 금과 은이 어마어마하게 매장되어 있는 광맥이 발견되었다. 스페인 사람들이 아메리카 대륙을 정복하던 시절에, 그들이 금과 은을 찾아 전 대륙을 훑고 다니면서 눈에 띄는 것은 닥치는 대로 다 가져갔던 그 시절에, 칠레는 풍부한 물자들이 나오는 아메리카의 다른 나라에 비하면 턱도 없이 볼품없었기 때문에 세상 끝에 달려 있는 엉덩이쯤으로 생각되었다. 거대하고 험준한 산악 지방과 달 나라처럼 황량한 북쪽 지방의 사막 지대를 힘들게 행진하다 보면 정복자들의 가슴에 남아 있던 탐욕도 이내 사라져 버렸으며, 그나마 얼마 남아 있지 않던 그 탐욕도 거친 인디오들을 만나게 되면 처절하게 후회하는 마음으로 바뀌었다. 돈 한 푼 없이 지친 정복자들은 의기양양하게 귀향할 수가 없었기 때문에 그곳에 기를 꽂고 죽을 수밖에 없는 그 땅을 저주했다. 그런데 그 탐욕스러운 스페인 군인들의 눈에 꼭꼭 숨겨져 300년이 지난 지금, 마술처럼 갑자기 나타난 이 금광들이야말로 그들 후손들에게는 뜻밖의 행운이었다. 그러고는 그와 함께 산업과 무역 계층이 합류된 새로운 부유 계층이 형성되었다. 늘 주도권을 잡고 있던 옛 토지 귀족들은 자신의 권위가 위협받자, 그들 신흥 부자들에 대한 조소와 멸시가 그들 품격의 상징이 되었다.

그 졸부들 중의 하나가 아우구스틴 델 바예의 딸인 파울리나와 사랑에 빠지게 되었다. 형과 동업으로 개발한 금광 덕분에 순식간에 벼락부자가 된 펠리시아노 로드리게스 데 산타크루스가 바로 그였다. 그의 조상들이 개종한 유태인이었기 때문에 종교재판을 피하고 의심을 떨치기 위해 그들의 가문에다가 거창하게 '산타크루스(성스러운 십자가)'라고 갖다 붙였다는 추측 외에는, 그의 집안에 대해서는 전해지는 게 거의 없었다. 그리고 그 이유만으로도 거만한 바예 가문에게는 단번에 퇴짜 맞기에 충분했다.

제이컵 토드는 파울리나의 도전적이고 명랑한 성격이 미스 로즈를 연상시켜서, 아우구스틴의 다섯 딸들 중에서 그녀를 가장 귀여워했다. 밝고 거리낌없이 까르르 웃는 파울리나는 부채나 망토 뒤로 숨어서 살포시 미소 짓는 그녀의 자매들과는 너무 대조되었다. 그녀의 아버지가 그들의 사랑을 막기 위해 파울리나를 수녀원에 가두려 한다는 걸 알자마자, 제이컵 토드는 평소의 신중한 처신과는 달리, 파울리나를 도와주기로 결심했다. 그는 파울리나가 끌려가기 전에 하녀가 잠깐 한눈을 파는 틈을 타, 그녀와 함께 단둘이 몇 마디 주고받을 수 있는 자리를 마련했다. 제대로 이야기를 주고받을 시간조차 없다는 걸 안 파울리나는 꼬깃꼬깃 접은 편지를 가슴에서 꺼내 애인에게 전해 달라며 제이컵 토드에게 신신당부했다.

　그 다음 날 파울리나는 아버지에 의해 강제로 끌려갔다. 인디오들의 거주지 근처에 있는 남쪽 도시인 콘셉시온을 향해 몇 날 며칠을 힘들게 가야 하는 길이었다. 그곳에서 수녀들이 기도와 단식의 힘으로 파울리나를 제정신으로 돌려 놓기로 되어 있었다. 아버지는 딸이 반항하거나 도망칠 엄두조차 내지 못하도록 그녀의 머리를 삭발시켰다. 어머니는 딸의 잘린 머리카락을 모아 바티스트 천에 잘 싸서, 성자들의 가발을 만드는 데 쓰라며 마트리스 성당의 여신도들에게 선물로 보냈다. 그사이 제이컵 토드는 펠리시아노 로드리게스 데 산타크루스에게 편지를 전해 줬을 뿐 아니라, 파울리나의 오빠들에게 물어 알아낸 수녀원의 정확한 위치도 그에게 알려 주었다. 고마움을 표하고 싶은 마음에, 그가 그녀의 애인이 주머니에 넣고 다니던 순금 줄이 달린 시계를 꺼내 선물하려 했지만 제이컵 토드는 펄쩍 뛰며 거절했다.

　"이 은혜를 어떻게 갚아야 할지 모르겠습니다."

　당황한 펠리시아노가 중얼거렸다.

　"부담 느낄 것 없습니다."

제이컵 토드는 한참 동안 그 가련한 연인에 대해 아는 바가 아무것도 없었지만, 두 달 후에는 파울리나가 수녀원을 도망쳤다는 이야기가 사람들만 모였다 하면 화제였다. 체면을 중요시 여기는 아우구스틴 델 바예도, 없는 이야기까지 합세하여 더 선정적으로 퍼지는 소문을 막지 못했다. 몇 달 후에 파울리나가 제이컵에게 이야기한 바에 의하면, 겨울비가 부슬부슬 내리며 일찍 어두워지는 6월의 어느 날 오후에, 감시를 벗어나 제단의 은촛대까지 훔쳐서 수녀복을 입은 채 수녀원을 빠져나왔다는 것이었다. 제이컵 토드가 건네준 정보 덕택에 펠리시아노 로드리게스 데 산타크루스도 남쪽까지 따라와, 처음부터 은밀하게 연락을 취하며 다시 만날 수 있는 날만을 기다려 왔다는 것이었다. 그날 오후에도 펠리시아노가 수녀원 근처를 서성거리며 그녀가 나오기만을 기다리고 있다가 그녀를 만나게 된 것이었다. 그런데 촛대를 꼭 쥔 채 자신의 품에 와서 안기는 까까머리 수녀를 알아보는 데는 몇 초가 걸렸다.

"그렇게 보지 말아요. 머리는 자랄 거예요."

파울리나가 펠리시아노에게 진한 키스를 하며 말했다.

펠리시아노는 그녀를 지붕이 덮인 마차에 태워 발파라이소로 돌아가, 미망인인 자신의 어머니 집에 임시로 기거하게 했다. 이미 소문이 불거질 대로 불거져 도로 주워 담을 수도 없었지만, 그래도 가능한 한 그녀의 명예를 지켜 주고 싶었으며, 그곳이야말로 가장 적합한 곳이었다. 욱하는 마음에 아우구스틴은 자기 딸을 꼬셔서 빼내 간 놈에게 결투를 신청하려 했지만, 막상 결투를 신청했을 때에는 그가 사업차 산티아고에 가고 없었다. 그래서 이번에는 더럽혀진 집안의 명예를 되찾겠다고 무장까지 하고 나선 그의 아들들과 조카들의 도움을 받아 파울리나를 찾는 데 주력했다. 그사이 그녀의 어머니와 자매들은 사악한 길로 빠진 파울리나를 위해 한데 입을 모아 기도를 올렸다. 파울리나를 수녀들에게 보내라고 권했던 삼촌인 추기경은 그들의 흥분을 가라앉히고자 안간힘을 썼지만, 전형적인 사나이들인 그들은 신실한 크리스천의 충고를 받아들일 마음의 준비가 되어 있지 않았다. 펠리시아노의 여행은 그의 형과 제이컵 토드가 미리 짠 계획의 일부분이었다. 펠리시아노가 몰래 산티아고로 간 사이, 제이컵 토드와 그의 형이 파울리나 델 바예의 실종 소식을 자유주의파 신문에 실음으로써 발파라이소에서의 행동 기반을 마련하자는 것이었다. 그리고 그 기사가 연인들의 목숨을 살려 주었다.

결국 아우구스틴 델 바예는 법적으로 결투가 허용되지 않는다는 걸 인정하고는, 살인 대신에 결혼식을 올려 명예를 되찾는 게 낫겠다는 결론을 내렸다. 울며 겨자 먹기로 화해를 하고는 일주일 후, 모든 준비가 완료되고 나서야 펠리시아노가 돌아왔다. 도망을 갔던 연인들은 펠리시아노의 형과 변호사, 추기경과 함께 바예 집안의 저택에 모습을 드러냈다. 제이컵 토드는 신중하게 그 자리에는 나타나지 않았다. 파울리나는 아주 수수한 복장으로 나타났지만, 망토를 벗는 순간 여왕의 왕관이 당당하게 드러났다. 그녀는 장차 시어머니가 될 여자의 팔짱을 끼고 앞으로 나왔으며, 그녀는 파울리나가 정조를 지켰다는 걸 증명할 만반의 준비를 하고 나왔지만, 그럴 기회도 주어지지 않았다. 신문에 또 다른 기사가 나는 것만큼은 절대 막고 싶었던 아우구스틴 델 바예는 반항아인 딸과 탐탁지 않은 그녀의 애인을 받아들이는 수밖에는 다른 방도가 없었다. 그는 아들들과 조카들을 거느리고 마치 법정으로 변해 버린 듯한 식당에서 그를 맞아들였다. 그리고 그곳에서 뚝 떨어진 다른 방에 모여 있던 여자들은, 문 뒤에서 몰래 엿듣고 말을 전해 주는 하녀들을 통해 일이 어떻게 돌아가는지 상황을 파악하고 있었다.

하녀들이 전한 바에 의하면, 파울리나가 두창을 앓은 듯한 머리 위로 휘황찬란하게 번쩍거리는 다이아몬드들을 달고 나타나서는, 너무나 당당하게 아직도 자기가 촛대를 가지고 있다며 아버지에게 맞섰다고 했다. 사실 파울리나는 오로지 수녀들을 골탕 먹이려는 마음에서 촛대를 챙겨 들었던 것이다. 아우구스틴 델 바예가 홧김에 말채찍을 들었지만, 펠리시아노가 대신 앞으로 나서서 그 채찍을 맞으려 했고, 그때 지칠 대로 지친 추기경이 평소의 위엄 가득한 모습으로 중재에 나섰다. 신랑 신부의 얼굴에 생채기가 나면, 사람들이 수군대는 걸 막기 위해 올리려던 그 결혼식조차 올릴 수 없다는 이야기로 그를 설득했다.

"아우구스틴, 초콜릿 한 잔씩 돌리라고 하지. 그리고 점잖은 사람답게 앉아서 이야기하자고."

추기경의 제안이었다.

아우구스틴은 그의 말대로 했다. 그들은 이 일이 남자들의 일이니만큼, 파울리나와 로드리게스 데 산타크루스 미망인에게는 밖에 나가서 기다리라고 했다. 그러고는 진한 초콜릿을 몇 항아리를 들이마신 끝에 합의점에 도달했다. 그들은 서류를 작성하여 경제적인 사항들을 확실하게 밝혀 두고, 두 집안의 명예도 무사하게 구해 냈다. 그들은 공증인 앞에서 서명을 하고는 결혼식을 위한 세부 사항을 검토했다. 제이컵 토드는 한 달 후에 영원히 잊지 못할 멋진 파티에 참석했다. 바예 집안이 과할 정도로 성대하게 준비한 파티로, 그 이튿날까지도 춤과 노래와 음식이 넘쳐 났다. 그곳에 초대받아 갔던 사람들은, 신부는 너무 아름답고, 신랑은 행복에 겨워 주체를 못했으며, 딸을 비록 신흥 부자이긴 하지만 확실한 부잣집에 시집 보낸 그 부모는 행운이라고, 두고두고 부러워하며 이야기했다. 그리고 신랑 신부는 그 즉시 칠레 북쪽으로 떠났다.

실추된 명예

　제이컵 토드는 광산계의 백만장자인 펠리시아노와 재치가 번득이는 그의 아내 파울리나와 좋은 우정을 쌓았기 때문에 그들이 떠난 게 몹시도 서운했다. 그는 젊은 사업가들과는 마음이 잘 통하고 편했지만, 유니언 클럽의 회원들과는 삐걱거리기 시작했다. 제이컵 토드와 마찬가지로 신흥 기업가들은 유럽 사상에 젖어 있었으며, 50년 전의 구태의연한 사고방식을 가진 대지주 계급과는 달리 자유롭고 진보적이었다. 아직도 제이컵의 침대 밑에는, 이제는 생각도 나지 않는 성경들이 100여 권 처박혀 있었다. 성경을 두고 한 내기는 벌써 오래전에 물 건너간 이야기였다. 이젠 별다른 도움 없이도 혼자서 볼일을 볼 수 있을 정도로 스페인어를 충분히 익혔으며, 아직은 그의 구애가 받아들여진 건 아니지만, 로즈 소머스를 계속 사랑하고 있었다. 그리고 이 두 가지 이유는 그가 칠레에 남아 있는 충분한 이유가 되었다. 제이컵 토드에게는 미스 로즈의 계속되는 면박과 빈정거림이 하나의 달콤한 습관처럼 되었으며, 이제는 그 걸로 기죽지도 않았다. 그는 로즈의 면박과 빈정거림을 농담으로 여기고 똑같이 맞받아쳤으며, 그건 마치 두 사람만의 규칙으로 재미있게 즐기는 핑퐁 같은 게임이었다.

그는 지식인들과도 교류했으며, 인류의 사고에 새로운 지평을 제시한 과학적 발견뿐 아니라, 프랑스 철학자들과 독일 철학자들에 대해서도 밤새도록 토의했다. 그는 사고하고 독서하고 토의하는 데 많은 시간을 할애했다. 오랫동안 사용해서 너덜해진 두꺼운 공책에다가는 그의 생각들을 정리해 옮겨 적기도 했다. 그리고 런던에 책을 주문해서 사거나, 엘알멘드랄 지역에 있는 산토스 토르네오 서점에서 책을 사는 데 많은 돈을 지불했다. 엘알멘드랄 지역에는 프랑스인들이 거주했으며 발파라이소의 최고급 사창가가 자리 잡고 있는 곳이기도 했다. 서점은 지식인들과 작가 지망생들이 모이는 장소로, 제이컵 토드는 며칠을 내리 그곳에서 책을 읽기도 했다. 그가 책을 다 읽고 난 후 동료들에게 건네주면, 그들이 책을 번역하고 팸플릿을 만들어 사람들의 손에서 손으로 건네었다.

지식인 그룹 중에 가장 나이가 어린 호아킨 안디에타는 열여덟 살도 채 되지 않았다. 경험은 여러 모로 부족했지만 뛰어난 지도력을 갖춘 청년이었다. 매사에 민감한 반응을 보였으며, 그의 젊음과 가난에 비추어 볼 때 오히려 그점이 그를 더 눈부시게 만들었다. 호아킨은 말이 아니라 행동으로 보여 주는 젊은이로, 책에 나오는 사상들을 혁명적 열정으로 확실하게 전환시킬 수 있는 용기를 가진 몇 안 되는 사람들 중의 하나였다. 나머지 사람들은 서점 골방에 처박혀 술병을 앞에 두고 한도 끝도 없이 토론하는 걸 더 좋아했다.

제이컵 토드는 처음부터 호아킨을 눈여겨보았다. 그 청년은 제이컵 토드를 압도하는, 불안하면서도 애절한 뭔가가 있었다. 너덜너덜한 가방과, 양파 껍질처럼 투명하고 부서질 것같이 얇게 닳은 그의 옷이 한눈에 들어왔다. 그는 신발 바닥에 구멍이 난 걸 감추기 위해 다리를 위로 치켜들지 않고 앉았으며, 재킷도 벗은 적이 없었다. 제이컵 토드가 추측건대, 그의 남방도 천이나 가죽으로 덧댄 자국들 투성이일 것이다. 그는 변변한 외투 하나 없었지만, 겨울에는 제일 먼저 꼭두새벽같이 일어나 팸플릿을 돌리고 포스터를 붙이는 데 앞장 섰다. 그건 노동자들이 공장주들의 착취에 맞서고, 선원들이 선장들이나 선주들에게 맞서 일어나도록 선동하는 것이었지만, 그걸 읽어야 할 사람들이 대부분 문맹들이라 거의 소용없는 일이었다. 정의를 부르짖는 그들의 외침은 바람과 사람들의 무관심 속으로 고스란히 파묻힐 뿐이었다.

조심스럽게 알아본 결과, 제이컵 토드는 그 친구가 대영제국 수출입 회사에서 일하고 있다는 걸 알아냈다. 엄청난 노동 시간에 반해 쥐꼬리만한 월급을 받아 가며, 항구 사무실로 들어오는 물품들을 등록하는 일을 맡고 있었다. 그곳에서는 깃에 빳빳하게 풀을 먹인 옷을 입고 광이 나는 구두를 신어야 했다. 그는 창문도 없어 빛도 제대로 들어오지 않는 사무실에서 일을 했다. 그곳에는 책상들이 한없이 다닥다닥 붙어 있었으며, 몇 년 동안 아무도 건드리지 않아 먼지가 뿌옇게 쌓인 서류 뭉치들과 책들이 산더미처럼 쌓여 있었다. 제이컵 토드가 제레미 소머스에게 그 청년에 대해 물어봤지만, 그는 그런 사람이 있는 줄도 몰랐다.

"매일같이 얼굴을 마주치기는 하겠지만 아랫사람들하고는 개인적인 접촉이 없어 이름을 아는 사람이 거의 없습니다."

다른 경로를 통해 호아킨이 어머니와 함께 산다는 것도 알아냈다. 그렇지만 아버지에 대해서는 아무것도 알아낼 수가 없었다. 아버지는 지나가는 길에 잠깐 머물렀던 선원이었고, 어머니는 사회 계층 어디에도 소속되지 못한 사생아이거나 집안에서 버림받은 불쌍한 여자일 것이라는 막연한 추측만 들었다. 호아킨 안디에타는 안달루시아 사람처럼 생겼으며, 젊은 투우사의 힘과 기상이 느껴졌다. 그에게서는 모든 게 확실하고 탄탄해 보였으며, 또 절제가 있어 보였다. 태도 하나하나가 정확했으며, 눈빛이 강하고 자존심도 상당히 센 청년이었다. 그는 제이컵 토드의 유토피아 사상에 돌같이 단단한 현실감각으로 맞섰다. 제이컵 토드는 신부나 경찰도 없이, 도덕성 하나에만 의존해 민주적으로 운영되는 공동체 창설에 대해 곧잘 이야기했다.

"토드 씨, 당신은 달나라에 살고 있어요. 우리가 해야 할 일이 얼마나 많은데, 그런 헛소리에는 시간을 낭비할 가치도 없어요."

호아킨 안디에타가 그의 말을 자르곤 했다.

"완벽한 사회를 그려 보지 않고서 어떻게 완벽한 사회를 구축할 수 있단 말인가?"

제이컵 토드는 시간이 흐를수록 점점 부피를 더해 가는 그의 공책에다가 이런 질문들을 써 내려갔다. 그리고 거기에 그가 꿈꾸는 이상 도시의 계획서도 덧붙였다. 그 이상향에서는 주민 각자가 자신의 식량을 경작하며, 사유재산이 없어 아이들에 대한 권리도 주장할 수 없기 때문에 아이들은 공동체 속에서 건강하고 행복하게 성장할 것이다.

"우리가 살고 있는 이 나라의 비참한 상황부터 개선해야 합니다. 노동자들과 가난한 사람들, 인디오들과 힘을 합하고, 농부들에게 토지를 나눠 주고, 신부들에게서 힘을 뺏는 게 가장 먼저 해야 할 일들입니다. 토드 씨, 헌법을 바꿔야 해요. 여기서는 지주들만이 선거를 할 수 있답니다. 즉 부자들이 다스리는 거지요. 가난한 사람들은 끼지도 못해요."

처음에는 제이컵 토드도 호아킨을 돕기 위해 여러 모로 궁리했지만, 제이컵이 그를 도우려고 하면 할수록 호아킨이 기분 나빠하고 불편해했기 때문에 곧 그만두었다. 제이컵은 그에게 돈을 주기 위해 여러 가지 일들을 부탁하기도 했다. 그렇지만 호아킨은 일만 제대로 해 놓고는, 절대 어떤 형태로도 그 대가는 받으려 하지 않았다. 제이컵 토드가 그에게 담배나 브랜디 한잔을 대접하거나, 또는 태풍이 몰아치는 날 우산을 건네주면, 호아킨은 상대방이 당혹스럽고, 또 때로는 기분이 나쁠 정도로 매몰차게 거절했다. 호아킨은 자신의 사생활이나 과거에 대해서는 일체 입을 다물었다. 호아킨은 모임이 끝나기가 무섭게 연기처럼 사라져 버렸다. 그는 혁명에 관한 이야기를 하거나 책을 읽고 토론하기 위해, 잠깐 서점에 사람의 모습으로 나타나는 환영 같았다.

어느 날 밤, 제이컵 토드도 더 이상은 궁금함을 견딜 수가 없어 호아킨의 뒤를 밟아 미로처럼 엉킨 항구의 골목길로 들어섰다. 어두컴컴한 현관이나 정신없이 엉켜 있는 골목 안으로 몸을 숨겨 가며 뒤를 밟을 수가 있었다. 사람들의 말에 의하면 악마가 들어오지 못하도록 일부러 얼키설키 길을 만든 것이라고 했다. 그는 호아킨 안디에타가 바지를 걷어올리고 신발을 벗어 신문지에 싼 다음, 다 낡아 빠진 그 가방 안에다가 조심스럽게 집어넣고, 그 안에서 농부들이 신고 다니는 나막신을 꺼내 신는 걸 보았다. 그 늦은 시간에는 취객들과 쓰레기통 속을 뒤지는 도둑고양이들만 있었다. 제이컵 토드는 마치 도둑이 된 기분으로, 어둠 속에서 호아킨이 밟고 지나간 자리를 거의 그대로 밟고 따라갔다. 얼음장같이 차갑게 몰아닥쳐 따갑게만 느껴지는 바람을 피해, 손을 비벼 가며 헐떡거리는 그의 숨소리가 거의 그대로 전해졌다.

마침내 호아킨이 자그마한 빈민가로 연결된 골목 안으로 들어섰다. 그 도시에서 흔히 볼 수 있는 전형적인 비좁은 골목이었다. 똥오줌 내가 뒤섞인 악취가 제이컵 토드의 얼굴 위로 확 덮쳐 왔다. 이 동네로는 긴 쇠꼬챙이를 들고 도랑 뚜껑을 덮고 다니는 청소부가 거의 지나다니지 않던 것이다. 그는 호아킨이 단 한 벌인 그 신발을 벗어서 왜 신주 단지처럼 모셨는지, 그제야 이유를 알 수 있을 것 같았다. 무엇을 밟는지 통 분간이 되지 않았으며, 악취가 진동하는 기분 나쁜 늪 속으로 자꾸만 발이 빠져 들어가는 느낌이었다.

그믐날 밤이라, 다 떨어져 너덜거리는 창문 틈새로 희미한 빛이 스며들었다. 대부분의 창문들은 유리 없이 마분지나 널빤지로 덧댄 것들이었다. 문지방 사이로 집 안을 들여다볼 수가 있었는데, 하나같이 촛불로 희미하게 불을 밝힌 가난에 찌든 모습이었다. 그렇지만 희뿌연한 그 불빛이 오히려 환상적인 분위기를 자아냈다. 그는 호아킨 안디에타가 몸으로 바람을 막으며 성냥불을 켜서 열쇠를 꺼낸 다음, 꺼질 듯 너울거리는 그 불빛의 도움을 받아 문을 여는 걸 보았다. "아들 왔어?" 여자의 가느다란 목소리가 들려왔다. 생각했던 것보다 훨씬 더 맑고 앳된 목소리였다. 그러고는 이내 안에서 문이 닫혔다.

제이컵 토드는 어둠 속에서 한참 동안 그 단칸방을 지켜보았다. 마구 문을 두드리고 싶은 욕구가 강하게 솟구쳐 올라왔다. 그렇지만 그건 호기심 때문이 아닌, 친구에게 느끼는 진한 애정 때문이었다. "세상에. 내가 바보였지." 하고 그는 마침내 혼자 중얼거렸다. 그는 뒤를 돌아 나와, 술이나 한잔하고 신문이나 뒤척거리러 유니언 클럽으로 향했다. 그렇지만 그곳에 도착하기도 전에 후회가 되었다. 그가 방금 뒤로하고 온 그 처절한 가난과, 고급 가죽 가구들과 화려한 샹들리에로 빛나는 살롱의 호화스러움의 격차를 감당할 자신이 없어, 그는 그냥 자기 하숙집으로 돌아왔다. 칠레에 온 첫 주에 그를 나가떨어지게 했던 그 열병과 비슷한 강도로 강하고 뜨거운 연민이 밀려들어 왔다.

  그것이 1845년 말의 상황이었다. 그해, 대영 제국 함대는 개신교도들의 정신적 욕구를 충족시켜 주고자 발파라이소에 목사 한 명을 파견했다. 목사는 가톨릭 신자들을 격파하고, 개신교 교회를 세워 신도들에게 새로운 기상을 심어 주겠다는 각오로 그곳에 도착했다. 그리고 그가 처음으로 공식적으로 착수한 업무는 티에라델푸에고에서의 선교 활동 결과가 어디에서도 나타나지 않았기 때문에 그에 관련된 계좌를 조사하는 것이었다. 제이컵 토드는 새로 온 목사의 의욕이 좀 가라앉을 때까지 시간을 벌려는 생각으로 아우구스틴 델 바예의 농장에 초대받아 갔다. 그렇지만 2주 후에 돌아왔을 때에도 목사는 여전히 그 일에 집착하고 있었다.

  제이컵 토드는 한동안 그를 피해 이 핑계 저 핑계를 댔지만, 결국에는 조사관에게 불려 갔고 나중에는 개신교 교회 위원회에 불려 가야 했다. 그가 사기 쳤다는 증거들이 명약관화한 진실처럼 드러날 때마다 그는 말도 안 되는 변명과 궁색한 거짓말을 둘러대야만 했다. 계좌에 남아 있던 돈은 전부 되돌려주었지만, 그의 명예는 사정없이 바닥에 곤두박질쳤다. 이제 그에게는 소머스 집에서의 수요일 모임도 막을 내렸으며, 외국인 거주 지역에 사는 그 누구도 다시는 그를 초대하지 않았다. 길에서 보면 모두 그를 피했으며, 그와 함께 거래를 하던 사람들은 서둘러 그 거래를 끝냈다. 그가 사기꾼이라는 소식은 곧 칠레 친구들한테도 알려졌다. 그들은 제이컵 토드에게 은근하긴 하지만 확실하게, 쫓겨나는 개망신을 당하고 싶지 않으면 다시는 유니언 클럽에 얼씬거리지도 말라고 따끔하게 충고했다. 크리켓 시합이나 영국 호텔 바에도 출입이 통제되었다. 그는 곧 모두에게서 따돌림을 당했으며 심지어 자유주의 사상을 함께 나눴던 친구들도 그에게서 등을 돌렸다. 간간이 편지로 서로 안부를 주고받던 파울리나를 제외하고는 바예 가문 사람들은 아예 대 놓고 그에게 인사도 건네지 않았다.

파울리나는 북쪽 지방에서 첫 아들을 낳았다. 그리고 그녀가 보낸 편지에서 그녀가 결혼 생활에 만족하고 행복에 겨워하고 있음을 느낄 수 있었다. 사람들 말에 의하면 시간이 흐를수록 돈이 굴러 들어온다는 펠리시아노 로드리게스 데 산타 쿠르스는 흔히 볼 수 있는 그런 남편이 아니었다. 수녀원을 도망쳐 가족들의 반대를 무릅쓰고 자기와 결혼할 때 보여 주었던 파울리나의 과감성을 가사 일에만 썩히지 말고 두 사람의 이익을 위해 써야 한다는 게 그의 생각이었다. 그의 아내는 요조숙녀로 교육을 받아 간신히 글을 읽고 셈만 할 줄 알았지만, 실로 뛰어난 사업 감각을 지니고 있었다. 처음에는 펠리시아노도 자기 아내가 주식 거래뿐 아니라 광물들을 채취하여 이송하는 자세한 세부 사항까지 캐묻고 관심을 보이는 게 이상했지만, 아내의 기막힌 직감을 곧 존중하게 되었다. 결혼 일곱 달 만에 아내의 충고로 설탕 관련 주식들을 사들여 어마어마한 이익을 보았던 것이다. 펠리시아노는 고맙다는 답례로 19킬로그램이나 나가는 페루산 은 찻잔 세트를 아내에게 선물했다. 첫 아들을 임신하고 있어 배가 산더미같이 불러 제대로 움직이지 못하던 파울리나는 뜨개질하고 있던 무도화에서 눈길도 떼지 않은 채 그 선물을 거절했다.

"차라리 런던 은행에 내 이름으로 계좌를 하나 열어 주세요. 그리고 이제부터는 내가 당신한테 충고해서 벌어들이는 수익의 20퍼센트를 입금해 주세요."

"뭐 하러? 당신이 원하는 건 모두, 오히려 그 이상을 해 주지 않았나?"

펠리시아노가 벌컥 화를 내며 말했다.

"인생은 길고 무슨 일이 일어날지 알 수 없는 거예요. 자식까지 달린 가난한 과부는 되고 싶지 않아요."

파울리나가 배를 쓸어내리며 설명했다.

펠리시아노는 그 길로 문을 쾅 닫고 나가 버렸다. 그렇지만 타고난 그의 합리성이 화가 나서 언짢아진 기분을 억눌렀다. 게다가 파울리나에게는 그 20퍼센트가 강한 자극제가 될 수도 있겠다는 결론을 내렸다. 그는 결혼한 여자가 따로 자기 돈을 가지고 있다는 말은 듣도 보도 못했지만 어쨌든 파울리나가 원하는 대로 해 주었다. 결혼한 여자는 혼자 돌아다니거나, 법적 서류에 서명을 하거나, 경찰서에 가거나, 남편의 허락 없이는 아무런 거래도 할 수가 없었기 때문에 은행 계좌를 갖고 자기 마음대로 돈을 쓴다는 건 말도 안 되는 이야기였다. 은행이나 동료들에게 어떻게 설명해야 할지 난감했다.

"우리와 함께 북쪽으로 오세요. 미래는 광산에 있어요.

그곳에서 다시 시작하세요."

파울리나가 발파라이소에 잠깐 들렀다가 제이컵 토드의 처지가 안됐다는 이야기를 듣고는 그에게 제안했다.

"파울리나, 내가 그곳에서 뭘 할 수가 있겠어요?"

제이컵 토드가 나지막하게 웅얼거렸다.

"성경을 파세요."

파울리나는 농담을 했지만, 제이컵의 얼굴 위로 한없이 서글픈 표정이 어리자, 곧 미안한 마음이 들어 자기 집과 우정, 그리고 남편 회사에서의 일자리를 제공했다.

그렇지만 제이컵 토드는 공개 망신을 당한 후, 너무나도 팔자가 꼬여 축 늘어져 있던 상태라 북쪽 지방에 가서 새롭게 시작할 엄두도 내질 못했다. 게다가 옛날에 그를 부추기던 호기심과 늘 가만히 있지를 못하는 성격은, 잃어버린 명예를 되찾겠다는 집착으로 대체되었다.

"파울리나, 나는 패배자예요. 모르겠어요? 명예를 잃은 남자는 죽은 것이나 다름없어요."

"세월이 바뀌었어요."

파울리나가 그를 위로했다.

"옛날에는 여자의 잃어버린 명예는 피로서만 씻을 수 있었어요. 그렇지만 토드 씨, 잘 아시다시피, 내 경우에는 초콜릿 한 항아리로 씻었어요. 남자들의 명예는 우리 여자들의 명예보다 더 견고하답니다. 좌절하지 마세요."

옛날 그의 도움을 잊지 않고 있던 펠리시아노는 선교 활동비를 마지막 1센트까지 다 갚도록 돈을 빌려 주겠다고 나섰다. 그렇지만 토드는 어차피 그의 명예는 땅바닥에 내

동댕이쳐져 회복이 불가능하기 때문에 친구에게 빚을 지느니, 개신교 목사에게 빚을 지는 게 낫겠다는 결정을 내렸다. 그리고 얼마 후에는 영국인 미망인인 주인 아주머니가 온갖 잔소리를 퍼부어 대며 하숙집에서 쫓아냈기 때문에, 고양이들과 핫케이크와도 작별을 고해야 했다. 하숙집 주인 아주머니는 티에라델푸에고에서의 선교 활동에 성금을 내기 위해 부엌에서 두 배로 더 열심히 일했었다. 제이컵이 스스로의 유창한 언변에 취해, 그곳은 늘 겨울만 있으며 무시무시하게 휘몰아치는 바람이 밤낮으로 서글픈 소리를 내며 울어 댄다며 그녀의 혼을 쏙 빼놓았던 것이다. 자기가 한 푼 두 푼 모아서 낸 돈이 가짜 선교사의 호주머니로 들어간 걸 알게 되자 그녀는 분노에 치를 떨며 그를 쫓아내 버린 것이다.

　호아킨 안디에타가 다른 숙소를 찾아 주어서, 그의 도움으로 제이컵 토드는 항구의 조촐한 동네에 있는, 작지만 바다로 창이 나 있는 방을 얻을 수 있었다. 칠레 가족과 함께 사는 곳으로, 먼젓번 집처럼 유럽풍은 아니었지만 하얀 생벽돌로 빨간 기와지붕이 얹힌 옛날식 건축 양식이었다. 입구에 현관 하나, 살롱으로 쓰이는 가구 하나 없이 커다란 방, 식당, 부부용 침실, 아이들이 전부 한데 모여서 자는 창문 없는 작은 방과 세를 준 또 다른 방이 전부였다. 집주인은 학교 선생으로 일했고, 안주인은 부업으로 부엌에서 장식용 초를 만들었기 때문에 집 안에는 늘 초냄새가 진동했다. 제이컵 토드는 그의 책이나 옷, 머리카락, 심지어 영혼에서까지 이 달달한 냄새가 나는 것 같았다. 그 냄새를 질리도록 맡아서인지, 그는 몇 년 후 세상 건너편에 가서도 계속 초 냄새를 맡고 있는 것 같았다.

제이컵 토드는 빨간 머리 외국인의 명예 따위에는 전혀 아무런 관심도 보이지 않는 항구 근처의 빈민가에서만 생활했다. 가난한 사람들이 드나드는 선술집에서 식사를 했으며, 어부들과 함께 그물이나 배를 고치며 하루 온종일 시간을 보내기도 했다. 오히려 육체적 노동이 그의 마음을 편하게 해 주었다. 몇 시간이고 힘들게 일하다 보면 그가 받았던 치욕이 잠시나마 잊혀지기도 했던 것이다.

호아킨 안디에타만이 그를 꾸준히 찾아왔다. 그들은 방 안에 틀어박혀 정치를 토론하거나 프랑스 철학자들의 텍스트를 검토했다. 그러면 그사이 문 밖에서는 집주인의 아이들이 뛰어다니며 놀았고, 녹아서 흘러내린 금물처럼 파라핀 녹는 냄새가 진동을 했다. 선교 활동비에 관한 추문이 몇 주 동안 그 일대를 떠들썩하게 했기 때문에 호아킨 안디에타도 모를 리는 없겠지만, 그는 선교 활동비에 대한 이야기는 단 한 번도 꺼내지 않았다. 제이컵 토드가 자기는 절대 사기를 치려는 의도가 아니었으며, 모두 자기가 숫자에 둔한 데다가 깜박하기를 잘하고 운이 없어서 그랬던 거라 변명하려 했지만, 호아킨 안디에타는 아무 말도 필요없다는 듯 입술에 손가락을 갖다 대었다. 제이컵 토드는 무안하기도 하고 고맙기도 해서 얼떨결에 그를 와락 껴안았으며, 호아킨도 그를 꼭 껴안았다. 그렇지만 그들은 순간적으로 귀밑까지 얼굴이 벌게져 화들짝 떨어졌다. 두 남자는 당황해서 어쩔 줄을 모르며 동시에 뒤로 물러섰다.

전쟁이나 격심한 운동 때를 제외하고는 그 어떤 상황에서도 남자들끼리의 신체 접촉을 금하는데, 어떻게 하다가 그걸 거스르게 되었는지 얼떨떨한 표정이었다.

그 후 몇 달이 흘러도 제이컵 토드는 끝없는 방황의 나락에서 헤어나지를 못했다. 외모에도 전혀 신경을 쓰지 않았으며, 며칠 동안 면도도 하지 않은 휑한 몰골로 파라핀과 술 냄새를 진동하며 돌아다녔다. 진을 많이 마셔서 취하고 나면 미친 사람처럼 혼자 횡설수설이었다. 그는 정부나 영국 왕실, 군인, 경찰, 인도의 카스트제도에 비교될 수 있는 계급 차별에 대해 숨 쉴 틈도 없이 마구 욕을 퍼부어 댔다. 물론 일반적으로 종교도, 특히 기독교에 대해서도 심한 욕설을 퍼부어 댔다.

"토드 씨, 이곳을 떠나야만 합니다. 점점 이상한 사람으로 변하고 있어요."

하루는 제이컵 토드가 광장에서 경찰에게 끌려가기 일보 직전에, 호아킨 안디에타가 나타나 그를 구해 낸 다음, 감히 이런 이야기를 꺼낸 적도 있었다.

존 소머스 선장이 길가에서 미친 사람처럼 게거품을 물고 연설하고 있는 제이컵을 보았을 때도 호아킨과 똑같은 생각을 했다. 선장은 이미 몇 주 전에 입항해서 그곳에 머무르고 있었다. 그의 배는 혼 곶을 지나오다가 심하게 파손되어 장기간의 보수에 들어가 있었다. 그 때문에 존 소머스는 제레미와 로즈의 집에서 한 달을 통째로 지내야 했다. 그는 가족이라는 울타리에 갇혀, 다시는 인질 생활을 반복하고 싶지 않았기 때문에 영국에 돌아가자마자 좀 더

신식인 증기선에서의 일자리를 알아봐야겠다고 작정했다. 존 소머스는 가족을 사랑했지만 그들과 가까이 있고 싶지는 않았다. 그때까지는 증기선에 대한 유혹이 거의 없었다. 증기선은 날씨에 도전하여 돛을 움직임으로써, 유능한 선장의 자질을 입증할 수 있는 바다의 모험과는 거리가 멀었다. 그렇지만 미래는 좀 더 크고, 안전하고, 빠른 증기선에 있다는 걸 끝내 인정하지 않을 수 없었다.

존 소머스 선장은 머리카락이 빠지자 자신이 너무 틀어박힌 생활을 해서 그런 것이라는 생각이 들었다. 그는 곧 따분함에 주리를 틀었으며, 집을 빠져나와 굶주린 야수처럼 어슬렁거리며 항구 주변을 거닐었다. 제이컵 토드는 선장을 알아보자마자 모자챙을 내려 그를 못 본 척하려 했다. 또다시 아는 사람을 만나 망신을 당하고 싶지 않아서였지만 오히려 선장이 그를 불러 세웠다. 선장은 손바닥으로 어깨를 툭 치며 친근하게 인사를 건네 왔다.

"어이, 친구! 술이나 한잔하러 가지!"

그러고는 제이컵 토드를 근처 바까지 끌고 갔다.

그 바는 단골손님들 사이에서 술맛이 좋은 곳으로 정평이 난, 항구 구석에 있는 바였다. 게다가 그곳은 감자와 양파 샐러드를 곁들인 장어 튀김이 아주 유명한 곳이기도 했다. 돈이 궁해 요 며칠 사이 식사도 거의 거르다시피 했던 제이컵 토드는 맛있는 음식 냄새를 맡자 금세라도 쓰러질 것만 같았다. 고맙기도 하고 기쁘기도 한 마음에 그의 두 눈이 축축하게 젖어 들었다. 존 소머스는 제이컵 토드가 접시에 붙어 있는 마지막 빵 부스러기까지 말끔히 먹어치우는 동안 그가 무안해할까 봐 애써 다른 곳으로 시선을 돌렸다.

"나는 인디오들한테 선교 활동하는 걸 한 번도 좋게 생각해 보지 않았소."

제이컵 토드가 선장도 자신의 추문에 대해서 알고 있는지 궁금한 마음이 들려고 할 때, 막 선장이 말을 꺼냈다.

"그 불쌍한 사람들은 불행하게 기독교인이 될 필요가 없는 사람들이오. 이제는 뭘 할 거요?"

"계좌에 남아 있던 돈을 다 되돌려 주었어요. 그렇지만 아직도 빚이 많이 남아 있어요."

"갚을 길이 없겠군. 안 그래요?"

"지금으로서는 없어요. 그렇지만……."

"그렇지만은 무슨 그렇지만. 당신은 착한 기독교인들에게 선을 베풀 수 있도록 기회를 주었으며, 또 지금은 추문을 일으켜 한동안 지루하지 않게 해 주었소. 오히려 싸게 먹힌 거지. 내가 당신한테 앞으로 뭘 할 거냐고 물은 것은, 당신의 빚이 아니라 미래에 대해서 물은 것이었소."

"별다른 계획은 없어요."

"그럼 나랑 같이 영국으로 돌아갑시다. 여기는 당신이 있을 곳이 못 돼요. 이 항구에 외국인들이 몇이나 됩니까? 몇 되지도 않는 데다가 전부 다 알아요. 내 말 들어요. 그 사람들은 당신을 가만히 내버려 두지 않을 거요. 그렇지만 영국에서는 군중들 속에 묻힐 수 있소."

제이컵 토드가 너무나도 절망적인 표정을 지으며 컵 밑바닥만 들여다보고 가만히 있자 선장이 큰 소리를 내며 웃었다.

"내 동생 로즈 때문에 이곳에 남아 있는 거라는 말은 하지 마시오!"

하지만 그건 사실이었다. 미스 로즈가 조금이라도 자기에게 동정심이나 우정을 보여 주었더라면, 제이컵 토드는 사람들이 아무리 자기를 벌레 보듯이 혐오스럽게 보아도 그나마 견딜 만했을 것이다. 그렇지만 미스 로즈는 그를 만나 주지도 않았으며, 그가 잃어버린 명예를 조금이나마 해명하고자 보냈던 편지들을 뜯지도 않은 채 그대로 반송했다. 그렇지만 그는 자기가 보낸 편지들이 미스 로즈의 손에는 들어가지도 않았다는 건 전혀 몰랐다. 제레미 소머스가 동생과의 약속을 어겨 가며, 그녀가 마음이 약해져서 또다시 돌이킬 수 없는 멍청한 짓을 저지르지 못하도록 보호하고자 했던 것이다. 선장도 그 일은 몰랐지만 제레미가 미리 손을 써 놓았으리라는 건 추측할 수 있었다. 그리고 그런 상황에서라면 자기도 마찬가지로 했을 거라고 생각했다. 불쌍해진 성경 장사꾼이 동생 로즈의 청혼자가 되는 건 생각하고 싶지도 않았으며, 그건 간만에 형 제레미와도 같은 생각이었다.

"내가 미스 로즈를 좋아했던 게 그렇게 표가 났나요?"

제이컵 토드가 당혹스러워하며 물었다.

"비밀은 아니었다고 말할 수 있지."

"그녀가 절대 나를 받아 주지 않을 것 같아요……."

"나도 그럴 것 같소."

"선장, 당신이 가운데서 다리를 좀 놓아 준다면 정말이

지 고맙겠어요. 적어도 미스 로즈가 나를 딱 한 번만이라
도 만나 준다면 해명할 수 있을 텐데……."

"토드 씨, 나를 중매쟁이로 내세울 생각은 하지 마시오.
로즈가 당신의 사랑을 받아들였다면 당신도 벌써 알았을
것이오. 내 동생은 절대 수줍어하는 성격이 아니오. 그건
내 장담하리라. 당신한테 한 번 더 하는 말인데 이 지긋지
긋한 항구를 떠나는 것밖에는 달리 방도가 없소. 여기서는
끝내 거지가 돼서 인생을 마감하게 될 거요. 내 배가 3일
안에 홍콩을 향해 떠납니다. 그곳에 갔다가 영국으로 가지
요. 항해는 길겠지만, 당신도 뭐 그리 급한 것은 아니지
않소. 신선한 공기와 힘든 노동이 실연을 딛는 데는 최고
의 약이지요. 내가 장담하오. 나는 항구에 들를 때마다 사
랑에 빠지지만 바다로 채 돌아오기도 전에 말끔히 나아 버
린다오."

"뱃삯이 없는데요."

"선원으로 일하고 오후에는 나하고 카드를 치면 됩니
다. 3년 전 칠레에 올 때 그 실력을 잊지 않았다면 여행
중에 나를 홀딱 벗겨 놓을 것이오."

며칠 후에 제이컵 토드는 그곳에 도착했을 때보다 훨씬
더 빈털터리가 되어 배에 올랐다. 유일하게 호아킨 안디에
타만이 그를 배웅하러 부두에 나왔다. 늘 어두운 얼굴을
하고 있는 호아킨이 한 시간 동안 자리를 비울 수 있도록
상사의 허락을 받고 왔던 것이다. 그는 힘찬 악수로 제이
컵 토드와 작별 인사를 나누었다.

"친구, 다시 보세."

영국인이 말했다.

"그럴 것 같지는 않네요."

운명에 대해 좀 더 정확한 예감을 갖고 있는 칠레인이 대답했다.

청혼자들

제이컵 토드가 떠난 지 2년 후에 엘리사 소머스는 확실히 변해 있었다. 어렸을 때의 꼬물꼬물한 애벌레에서 부드럽고 단아한 여인으로 변신한 것이다. 엘리사는 미스 로즈의 보호하에 머리 위에 책 한 권을 얹고 뒤뚱거리고, 피아노를 배우며 사춘기를 보냈다. 또 그와 동시에 마마 프레시아의 밭에서 약초들을 키우며, 알려진 병이나 아직 알려지지 않은 병을 치료할 수 있는 여러 민간요법들을 배웠다. 일상생활의 무기력을 치료할 수 있는 겨자, 기운을 북돋아 줘 웃음을 되돌리게 하는 수국 잎사귀, 외로움을 덜타게 하는 오랑캐꽃, 급작스럽게 화를 내는 데 치료가 된다는 마편초 등의 효능을 배웠다. 가끔 마편초는 미스 로즈의 수프에 섞이기도 했다.

미스 로즈는 엘리사가 요리에 깊은 관심을 보이는 것을 달리 어떻게 막을 수가 없었다. 결국 마마 프레시아의 시커먼 냄비들 속에서 그 귀한 시간을 몇 시간씩 허비하는 걸 참고 볼 수밖에 없었다. 미스 로즈에게 요리는 엘리사의 교육에 있어 하나의 장식품 정도였다. 자기처럼 하인들을 부릴 수 있으면 그걸로 충분하다고 생각했으며, 냄비와 프라이팬으로 굳이 옷을 더럽혀가며 요리를 하는 것과는 거리가 멀다고 생각했다. 귀부인에게서는 마늘과 양파 냄새가 나면 안 되었지만, 엘리사는 이론보다는 실전을 더 좋아했다. 엘리사는 아는 사람들을 찾아다니며 좋은 레시피들을 연구해서 공책에 적고, 또 실제로도 연습해 맛깔나게 음식 맛을 내기도 했다.

엘리사는 케이크에 들어갈 향료들과 호두, 원주민 파스텔에 들어갈 옥수수를 빻으면서, 또는 식초 절임에 들어갈 야채나 잼을 만들 과일들을 썼으면서도 몇 시간이고 지루해하지 않았다. 열네 살이 되어서는 미스 로즈가 만드는 파스텔의 맛을 능가했으며, 마마 프레시아의 레시피도 능숙하게 익혔다. 열다섯 살에는 수요일 모임의 만찬을 책임졌으며, 칠레 요리들을 어느 정도 섭렵하자 이제는 마담 콜베르가 가르쳐 줬던 세련된 프랑스 요리와 존 삼촌이 가져다 준 인도의 이국적인 향료에도 관심을 보였다. 엘리사는 이름은 몰라도 냄새만으로 향료들을 구별할 수 있었다.

소머스 집안의 마부가 아는 사람들에게 심부름을 하러 갈 때면 늘 엘리사의 손에서 방금 나온 맛난 과자를 들고 갔다. 엘리사는 그 지역 사람들끼리 서로 맛있는 음식과 디저트를 나눠 먹는 습관을 예술의 경지로까지 끌어올렸다. 엘리사의 음식 솜씨가 워낙 뛰어나자 제레미 소머스는 그녀를 찻집 주인으로 만들면 어떨까 하는 생각까지 했다.

그렇지만 엘리사에 관한 그의 여느 의견들과 마찬가지로, 미스 로즈는 재고의 가치도 없이 단번에 퇴짜를 놓았다. 직업을 가진 여자는 그 직업이 아무리 존경받는 것이라 할지라도, 사교계에서 한 발 아래라는 것이었다.

반면에 미스 로즈는 엘리사를 위해 좋은 남편감을 찾고 있었다. 2년 동안 칠레에서 남편감을 찾다가 없으면 나중에는 영국으로 데려갈 작정이었다. 애인도 없이 스무 살이 되어 노처녀가 되게 하고 싶지가 않았던 것이다. 엘리사의 남편감은 그녀의 출생을 너그럽게 받아들이고, 그녀의 장점만을 칭찬해 줄 수 있는 사람이어야 했다. 칠레 사람들 중에서는 생각도 할 수 없었다. 칠레 귀족들은 사촌들끼리 결혼을 올렸으며, 중산계층은 미스 로즈의 관심 밖이었다. 그녀는 엘리사가 돈에 쪼들리며 어렵게 사는 걸 보고 싶지 않았다. 제레미가 사업상 여러 사업가들이나 광산업자들과도 가끔 교류했지만, 그들 대부분은 대귀족과 사돈 관계를 맺는 데만 혈안이 되어 있었다.

사실 엘리사의 미모만으로는 남자들의 관심을 끄는 데 역부족이었다. 엘리사는 자그맣고 마른 체구였으며, 얼굴이 우윳빛처럼 창백하거나 그 당시 유행하던 것처럼 가슴과 엉덩이가 풍만하지도 못했다. 두 번 정도 봤을 때야 겨우, 그녀의 단아한 아름다움과 귀여운 행동, 강한 눈빛이 눈에 띄었을 뿐이었다. 엘리사는 존 소머스 선장이 중국에서 가져온 도자기 인형 같았다. 미스 로즈는 엘리사의 변함없는 성격과 상황을 자기에게 유리하게 만들 줄 아는 그런 재주를 높이 살 수 있는 청혼자를 찾았다. 마마 프레시아는 그런 엘리사의 재주를 행운이라고 했으며, 미스 로즈는 머리가 좋은 거라 했다. 미스 로즈는 경제적으로 능력이 있고 성격이 좋은 데다가 엘리사에게 안정되고 존경받는 생활을 제공할 수 있는 남자를 원했다. 그렇지만 또한 엘리사가 마음대로 요리할 수 있는 남자였으면 하고 바랐다.

미스 로즈는 때가 되면 일상생활에서 남자를 고분고분하게 길들일 수 있는 방법도 엘리사에게 가르쳐 줄 생각이었다. 과감한 애정 표현으로 남편을 추켜 주고 또 일부러 모른 척해서 벌 주는 방법이나, 자기는 실제로 해 볼 기회가 없었지만 남자의 마음을 빼앗을 수 있는 비법과 수천 가지나 되는 섹스 체위 등을 가르쳐 줄 생각이었다. 감히 엘리사와 얼굴을 맞대고 그런 이야기들은 할 수 없었지만, 이중으로 열쇠를 채운 옷장 안에 깊이 보관하고 있는 여러권의 책들을 때가 되면 엘리사에게 빌려 줄 생각이었다. 모든 것은 글로 표현될 수 있다는 게 그녀의 지론이었으며, 이론에 있어서는 그 누구보다 자신이 있었다. 미스 로즈는 섹스에 있어서는 어느 과감한 체위라도 강의할 자신이 있었다.

"엘리사가 우리의 성을 가질 수 있도록 그 아이를 법적으로 입양해야만 해요."

미스 로즈가 제레미 오빠에게 요구했다.

"몇 년씩이나 써 오고 있는데 뭘 더 바라는 거니, 로즈."

"당당하게 결혼할 수 있도록이요."

"누구랑 결혼할 건데."

그때 미스 로즈는 아무 말 하지 않았지만 이미 염두에 둔 사람이 한 사람 있었다. 스물여덟 살 먹은 마이클 스튜어드라는 청년으로, 발파라이소 항구에 주둔하고 있는 영국 함대의 장교였다. 그리고 존을 통해서 그 청년의 집안이 좋다는 것도 알아냈다. 듣도 보도 못한 나라에서 온 데다가, 가난하고 출생도 불분명한 처자가 장남이자 유일한 상속자와 결혼한다면 곱게 비쳐지지는 않을 게 분명했다. 따라서 엘리사에게는 혹할 수 있을 정도의 지참금과 제레미가 그녀를 호적에 올리는 일이 반드시 필요했다. 엘리사를 제레미의 호적에만 올린다면 그녀의 출생이 그다지 큰 걸림돌이 되지 않았다.

마이클 스튜어드는 운동선수 체격에, 푸른 눈동자의 해맑은 눈을 가진 청년이었다. 구레나룻과 콧수염은 금발이었으며, 치아도 고르고 코도 귀족답게 생겼다. 아래턱이 밋밋해서 좀 민첩해 보이지 않는 게 흠이었지만, 미스 로즈는 나중에 좀 친해지고 나면 턱수염을 길러 그걸 감추어 보라고 충고할 생각이었다. 소머스 선장에 의하면, 행동거지가 반듯하고 경력도 좋아서 해군에서도 장래가 촉망되는 청년이라는 것이었다. 미스 로즈의 관점에서는 오랜 시간 항해를 한다는 것 자체가 결혼할 여자에게는 가장 큰 장점처럼 보였다. 생각하면 할수록 그 청년이 가장 이상적으로 여겨졌다. 그렇지만 엘리사의 성격으로 봐서는 단지 조건이 적당한 것으로는 그를 받아들일 것 같지가 않았다. 엘리사는 그를 사랑해야만 했는데, 희망이 없는 건 아니었다. 청년은 군복을 입으면 꽤 근사해 보였으며, 아직 군복을 벗은 모습을 본 사람은 아무도 없었다.

"스튜어드는 매너 좋은 바보일 뿐이야. 그와 결혼하면 엘리사는 아마 지겨워 죽을걸."

미스 로즈가 그녀의 계획을 털어놓았을 때 존 소머스 선장이 이야기했다.

"남편은 모두 지겨운 사람들이에요, 존. 제정신이 박힌 여자 중에 재미있으려고 결혼하는 사람은 아무도 없어요. 다 먹고살려고 결혼하는 거지."

엘리사는 아직 어린애였지만, 이미 교육도 마쳤고 곧 결혼 적령기였다. 아직 시간은 있었지만 그래도 다른 여자가 나타나 잽싸게 그 청년을 낚아채 가기 전에 민첩하게 행동으로 옮겨야 한다는 게 미스 로즈가 내린 결론이었다. 한 번 그런 결정을 내리자, 그녀는 별의별 핑계들을 다 대서 장교를 끌어들이는 데 주력했다. 음악 모임도, 몇 년 동안 수요일마다 참가했던 다른 사람들의 사정은 일체 고려하지 않고, 마이클 스튜어드가 하선하는 날짜에 맞춰서 열었다. 기분이 언짢아진 몇몇 사람들은 아예 발길을 끊었지만, 사실 미스 로즈가 원했던 건 바로 그것이었다. 그래야만 가라앉은 음악회 분위기를 즐거운 무도회 분위기로 바꿀 수 있었으며, 늙고 지루한 에벨링 씨나 스콧 씨, 아펠그렌 씨 대신에 외국인 거주지에 있는 결혼 적령기의 젊은 처녀 총각들로 물갈이를 할 수가 있었던 것이다. 축 늘어진 시 낭송회나 노래 경연 대회는 살롱 게임이나 댄스파티, 재치를 번득일 수 있는 단어 게임으로 대체되었다.

또 미스 로즈는 번거롭기는 하지만 전원에서의 점심 식사와 해안가 산책을 마련하기도 했다. 그러면 모두 가죽 돗자리와 짚으로 된 차일까지 챙겨서 묵직한 달구지에 싣고 새벽녘에 마차를 타고 떠났다. 하인들은 달구지에 여러 간식거리를 담은 바구니들을 잔뜩 싣고 가서, 야외에 텐트나 차양을 치고 식사를 준비했다. 과일나무들과 포도 넝쿨, 밀밭과 옥수수밭이 펼쳐진 비옥한 전원이 한눈에 펼쳐졌으며, 태평양이 구름처럼 흰 물거품을 몰고 왔다가 산산이 부서지는 가파른 해안가의 장관도 펼쳐졌다. 그리고 그 멀리로는 눈 덮인 산 정상이 위엄 가득한 모습을 드러내기도 했다. 미스 로즈는 엘리사와 스튜어드가 한 마차에 타고 같이 가면서 공놀이나 무언극 게임을 할 때 한편이 되도록 미리 손을 쓰기도 했다. 그렇지만 카드를 칠 때나 도미노 게임을 할 때에는 엘리사가 절대 지려고 하지 않아 가급적 그 두 사람을 떼어 놓아야 했다.

"애야, 남자가 더 잘났다고 느끼도록 해야 한단다."

미스 로즈가 엘리사에게 인내심을 갖고 설명했다.

"그런데 그게 무지 어려워요."

엘리사도 꿈쩍하지 않고 대답했다.

제레미 소머스는 여동생이 물 쓰듯이 돈 쓰는 걸 막지 못했다. 미스 로즈는 대량으로 천을 구입했으며, 아예 하녀 두 명을 따로 두고서 잡지책에서 보고 베낀 옷들을 하루 종일 바느질하게 했다. 향수, 터키산 산호초, 신비로운 눈화장을 연출하는 벨라도나와 콜, 피부를 맑게 하는 살아 있는 진주 크림 등을 사기 위해 밀수를 하는 선원들에게

적지 않은 빚을 지기도 했다. 미스 로즈는 온통 영국 장교에게만 관심을 쏟느라 처음으로 글을 쓸 시간조차 없었다. 그녀는 스튜어드가 바다로 항해 나갈 때 가지고 갈 수 있도록 모두 손수 집에서 만든 과자들과 잼들을 예쁜 병에 담아 선물하기도 했다.

"엘리사가 당신을 위해서 준비한 거예요. 그렇지만 워낙 수줍음을 많이 타서 이걸 당신에게 직접 전하지는 못하겠대요."

미스 로즈는 엘리사가 누구를 줄 건지도 모른 채 요리한 것이라고는 밝히지 않았다. 그래서 마이클이 엘리사에게 고맙다는 말을 하면 엘리사는 영문을 몰라 어리둥절했다.

마이클 스튜어드도 미스 로즈의 유혹을 눈치 채지 못한 것은 아니었다. 그는 아무 말 없이, 해군 마크가 찍힌 종이에 형식적이나마 간략한 편지를 써서 고마움을 표했으며, 하선해서 꽃을 안고 나타나기도 했다. 꽃을 이용해서 마음을 표현하고 싶었지만 영국에서 멀리 떨어진 그곳에서는 미스 로즈나 그 누구도 장미와 카네이션의 의미를 잘 몰랐기 때문에 아무 소용이 없었다. 게다가 꽃 색깔의 의미를 이해하는 사람은 더더욱 없었다. 마이클은 갈수록 더해 가는 자신의 열정을 표하고자 연분홍색 장미에서부터 차츰 붉기를 더해 진홍색 장미까지 색깔의 강도를 높여 가며 장미를 고르느라 진땀을 흘렸지만 아무 소용이 없었다.

애초에 그의 트레이드마크였던 수줍음과 과묵함은 차츰 시간이 흐르면서 사라지고 그는 듣는 사람이 거북할 정도로 말이 많아졌다. 그는 자신의 도덕적 견해를 지나치게 장황할 정도로 흥분해서 주장했으며, 엉뚱한 부연 설명까지 덧붙이느라 이야기의 핵심을 잃고 헤매기도 했다. 그는 단단한 근육과 대담성을 발휘할 수 있는 거친 운동에서만 진정으로 두각을 드러냈다. 그래서 미스 로즈는 정원 나뭇가지에 매달리는 곡예를 해 보라며 부추기기도 했고, 한번은 격렬한 스텝과 재주넘기를 보여 줄 수 있는 우크라이나 춤곡으로 그들을 즐겁게 해 달라고 부탁한 적도 있었다. 미스 로즈는 그가 하는 것이라면 뭐든지 과장될 정도로 흥분해서 박수갈채를 보냈으며, 반면 엘리사는 심각한 표정으로 침묵을 지켰다.

마이클 스튜어드는 앞으로 자기가 내디딜 일의 결과에 대해 심사숙고하고, 또 아버지에게 편지를 보내 자신의 계획을 의논하면서 그렇게 몇 주를 보냈다. 그렇지만 답장이 늦어지면서 어쩔 수 없이 몇 달 동안 그 에매모호함 속에서 살아야 했다. 그것은 그의 인생에서 가장 중요한 결정이었으며, 태평양에서 대영제국의 강적들을 쳐부술 때의 용기보다 더 큰 용기를 필요로 했다. 그는 거울 앞에서 수백 번도 넘게 연습을 해 본 다음에, 음악 모임에 가서, 드디어 산산조각이 날 것 같은 용기를 간신히 추스르고, 피리처럼 가늘게 떨리는 목소리를 가다듬어 복도에서 미스 로즈를 붙잡고 이야기를 꺼냈다.

"당신과 단둘이 조용한 데서 이야기하고 싶은데요."

마이클이 중얼거리듯 나지막하게 이야기했다.

미스 로즈는 그를 바느질 방으로 데리고 갔다. 그가 무슨 말을 할지 미리 직감했으며, 자신이 더 흥분한 데 내심

놀랐다. 양 볼이 발갛게 달아올랐으며 심장은 미친 듯이 마구 뛰었다. 그녀는 흐트러진 머리카락을 가다듬고는 이마에 맺힌 땀을 몰래 살짝 닦아 냈다. 마이클 스튜어드에게는 미스 로즈가 그렇게 아름다워 보였던 적이 없었다.

"미스 로즈, 제가 무슨 말을 할지 미리 추측하고 계신 것 같군요."

"추측은 위험한 거예요, 스튜어드 씨. 말씀하세요……."

"제 감정을 말씀 드리려는 겁니다. 틀림없이 당신도 제가 무슨 말을 할지 알고 계실 겁니다. 정말이지 심사숙고해서 내린 결정이라는 걸 말씀 드리고 싶습니다."

"당신이야말로 가장 적합한 사람이에요. 당신도 그 사랑에 응답받고 있다고 생각하세요?"

"그건 당신만이 대답할 수 있을 겁니다."

젊은 장교가 더듬거리며 말했다.

그들은 서로 멍하니 바라만 보았다. 미스 로즈는 까무러칠 듯한 얼굴로 양 눈썹이 추켜올라가 있었으며, 마이클 스튜어드는 자기 머리 위로 지붕이 무너질까 두려워하는 얼굴이었다. 그는 마법과도 같은 그 순간이 순식간에 재로 변하기 전에 행동으로 옮기기로 마음을 먹고는, 미스 로즈의 양 어깨를 붙잡고 몸을 숙여 그녀에게 키스를 했다. 놀라서 온몸이 얼어붙은 미스 로즈는 꼼짝도 할 수가 없었다. 입술이 축축해지면서 장교의 부드러운 콧수염이 자신의 입술에 와 닿는 게 느껴졌다. 그녀는 대체 무슨 어처구니없는 일이 벌어지고 있는지 영문을 몰라 얼이 빠져 있었으며, 겨우 반응을 할 수 있게 되자 그를 거칠게 밀어젖혔다.

"지금 뭐 하는 거예요! 내가 당신보다 얼마나 나이가 많은지 몰라요!"

미스 로즈가 손등으로 입을 닦아 내며 소리 질렀다.

"나이가 뭐가 중요합니까?"

장교는 미스 로즈가 실제로도 스물일곱 살 이상은 되지 않았을 거라 생각했기 때문에 놀라서 말을 더듬거렸다.

"감히 어디라고! 제정신이에요?"

"하지만 당신이…… 당신이 나를 그렇게 생각하게끔…… 내가 착각했을 리가 없어요!"

창피해서 어쩔 줄을 몰라하며 그 불쌍한 청년이 웅얼거렸다.

"당신은 내가 아니라 엘리사의 짝이었어요!"

미스 로즈는 경악을 금치 못해 소리를 지르고는 자기 방으로 뛰어갔다. 그리고 그 불운한 청혼자는 외투와 모자를 집어 들고는 아무 말 없이 그 집을 나가, 다시는 그 집 대문에는 발도 들여놓지 않았다.

바느질 방 문이 반쯤 열려 있어, 엘리사는 복도 한쪽 구석에서부터 전부 엿들을 수 있었다. 엘리사도 장교에 대한 미스 로즈의 관심을 착각하고 있었다. 미스 로즈가 다른 청혼자들 앞에서는 늘 무관심한 태도를 보여, 엘리사는 그녀를 할머니라고 여기고 있었다. 그렇지만 근래 몇 달 정성을 다해 열심히 유혹하는 걸 보고는 그녀가 아직은 늙지 않았고 그녀의 피부에도 윤기가 흐르고 있다는 것을 느낄 수 있었다. 엘리사는 미스 로즈가 마이클 스튜어드를 미치도록 사랑하는 줄만 알았다. 그래서 야외에 나가 일본식 양산을 쓰고 먹는 점심이나 항해의 불편함을 덜어 주고자 구웠던 버터 쿠키가 장교를 낚아채 쟁반에 곱게 담아 자신에게 건네주려고 했던 미스 로즈의 작전이었다는 건 꿈에도 생각하지 못했다. 생각이 거기에 미치자 엘리사의 가슴은 칼로 난도질당한 듯 숨이 탁 막혔다. 그녀는 첫사랑의 환상에 사로잡혀, 첫사랑이 아닌 다른 사람과는 절대 결혼하지 않으리라 다짐하고 또 다짐했기 때문에 자기도 모르게 결혼이 진행되는 것만큼은 세상이 두 쪽 난다고 해도 절대 용납할 수 없는 일이었다.

엘리사 소머스는 1848년 5월의 어느 금요일에 처음으로 호아킨 안디에타를 보았다. 대영 제국 수출입 회사의 화물들을 노새 여러 마리가 끄는 마차 하나에 한가득 싣고서 그가 그녀의 집에 왔을 때였다. 화물은 펠리시아노 로드리게스 데 산타크루스가 북쪽 지방에 짓는 저택을 장식하기 위한 페르시아 양탄자들과 샹들리에, 상아 인형들이었다. 창고에서는 도둑맞을 수도 있는 귀한 물건들이었기 때문에 제 주인한테 갈 때까지는 소머스 집 안에 보관하는 게 훨씬 더 안전했다. 육로를 통한 여행이었다면 제레미가 그 물건들을 지키기 위해 경호원들을 채용했겠지만, 이번 경우에는 일주일 내로 떠나는 칠레 경주(輕舟)를 이용하는 여행이었다.

안디에타는 유행이 지난, 어두운 색상의 다 낡아 빠진 단벌 옷을 입고 있었으며, 모자나 우산도 쓰고 있지 않았다. 죽은 사람처럼 창백한 안색이 그의 두 눈을 더욱 이글 거리게 했으며, 검은 머리는 초가을 가랑비에 젖어 반짝거 렸다. 미스 로즈가 나가서 그를 맞았으며, 늘 허리춤에 집 열쇠들을 차고 다니는 마마 프레시아가 창고가 있는 뒤뜰 까지 그를 안내했다. 호아킨 안디에타가 일꾼들을 일렬로 세우고 손에서 손으로 짐들을 옮기도록 지휘했다. 짐은 휘 어진 계단들과 높은 테라스, 쓸데없이 세워진 정자와 같은 여러 난관을 통과해야 했다.

안디에타가 짐짝들을 세서 공책에 표시하고 적는 동안, 엘리사는 남의 눈에 띄지 않게 모습을 감추는 평소 그녀의 재주를 발휘해 마음 놓고 그를 관찰할 수 있었다. 그녀는 두 달 전에 열여섯 살이 되었으며 아직 사랑을 하기에는 이른 나이였다. 그렇지만 가느다란 손가락이 잉크로 얼룩 져 있는 그의 손을 보고, 심오하면서도 강물이 흘러가는 소리처럼 맑고 투명한 목소리로 일꾼들에게 간단명료한 명 령을 내리는 걸 듣는 순간, 엘리사는 뼛속까지 얼어붙는 듯했다. 그에게 가까이 다가가 냄새를 맡고 싶은 충동이 강하게 들면서 그녀는 숨어 있던 커다란 야자나무 화분 뒤 에서 모습을 드러낼 수밖에 없었다.

마마 프레시아는 노새들이 현관을 더럽혔다고 야단을 치 며, 열쇠로 문을 열어 주느라 정신이 없어 아무것도 주의 깊게 볼 수 없었지만, 미스 로즈는 엘리사가 얼굴을 붉히 는 걸 예리하게 관찰할 수 있었다. 하지만 그다지 대수롭 게 여기지는 않았다. 미스 로즈에게는 오빠 회사의 그 직 원이 하찮게 보였으며, 구름이 잔뜩 낀 찌뿌드드한 그날 집에 온 다른 여러 사람들과 마찬가지로 별 특색 없이 보였던 것이다.

엘리사는 부엌 쪽으로 슬그머니 자취를 감추더니, 잠시 후에 꿀을 탄 오렌지 주스 한 항아리와 컵 여러 개를 들고 다시 나타났다. 아무런 목적의식도 없이 몇 년 동안 머리 위에 책을 얹고 평형감각을 유지했던 엘리사는 난생 처음으로 자신의 발걸음 하나하나를 주시하며 걸었다. 엉덩이의 흔들림, 몸의 균형, 팔의 각도, 어깨와 아래턱의 거리 하나하나를 신경 쓰며 걸었다. 엘리사는 마르세유 비누 상자에서 자기를 꺼내 들었을 때의 젊고 아름다웠던 미스 로즈처럼 자신이 아름다웠으면 하고 바랐다. 아펠그렌 양이 스코틀랜드민요를 부를 때의 꾀꼬리 같은 목소리를 내고 싶었으며, 댄스 선생님의 사뿐한 발걸음으로 춤을 추고 싶었다. 그녀는 칼을 맞은 듯 숨이 막히고 온몸이 마비가 되어 그 자리에서 죽고 싶었다. 입은 뜨거운 피로 가득 채워지는 듯했으며, 사랑이 채 이루어지기도 전에 그 사랑의 끔찍한 무게에 짓눌려 죽을 것만 같았다.

몇 년 후에 엘리사는 술병에 담긴 사람 머리를 앞에 두고, 호아킨 안디에타와의 첫 만남을 기억했으며, 그때도 지금과 마찬가지로 억제할 수 없는 불안감에 휩싸였다. 그녀는 인생을 망가뜨린 그 억제할 수 없었던 열병에서 도망칠 수는 없었는지, 한순간에 되돌아서서 구원받을 수는 없었는지, 수천 번도 넘게 자신에게 되물었다. 그렇지만 그런 질문을 할 때마다 자신의 운명은 처음부터 미리 정해져 있던 것이라는 결론에 이르렀다. 그리고 사려 깊은 타오 치엔이 환생이라는 시적인 가능성에 대해 언급했을 때에는, 매번의 삶에서 늘 똑같은 드라마가 반복될 것이라는 확신이 들었다. 그녀는 그 전에 천 번도 넘게 태어났으며, 또 앞으로 천 번도 더 넘게 태어나더라도 늘 똑같은 남자를 똑같은 방식으로 사랑해야 하는 임무를 띠고 이 세상에 왔다는 생각이 들었다. 그녀는 도망을 칠 수가 없었다. 그때 타오 치엔이 업의 끈을 풀어, 매 생에서마다 사랑이라는 불확실 속에서 시달려야 하는 운명에서 자유로워질 수 있는 비법들을 가르쳐 주었다.

그 5월의 어느 날, 엘리사는 벤치 위에 쟁반을 내려놓고는 일꾼들에게 먼저 음료수를 권했다. 떨리는 무릎을 진정시키고, 가슴이 꽉 막혀 숨을 쉴 수가 없어 평정을 되찾을 때까지 시간을 벌려는 것이었다. 그러고 나서는 호아킨 안디에타에게도 음료수를 권했다. 그는 자기 일에만 몰두한 나머지, 엘리사가 컵을 건네줬을 때조차 시선을 들지 않았다. 엘리사는 컵을 건네주면서, 이미 자기의 남자라고 확신한 그 남자의 향기를 맡을 수 있도록 바람이 부는 방향을 생각해서 가능한 한 그에게 가까이 다가갔다. 엘리사는 두 눈을 반쯤 감은 채, 땀에 젖은 옷 냄새와 그가 평소 쓰는 비누 향, 신선한 땀 냄새를 맡았다. 속에서 뜨거운 용암이 솟구쳐 거센 강물처럼 흘러내리듯 온몸의 힘이 빠져 내려가면서, 엘리사는 그 순간 그 자리에서 죽을 것만 같은 무시무시한 공포감에 휩싸였다.

그 몇 초간의 강한 열기가 느껴졌는지, 호아킨 안디에타도 억제할 수 없는 힘에 이끌려 낚아채인 듯, 손에서 공책을 떨어뜨렸다. 뜨거운 용암의 열기가 그에게도 느껴졌으며, 그 빛에 반사돼 그 자신도 온몸이 불길에 싸여 타들어가는 듯했다. 그는 엘리사를 보지 않아도 볼 수 있었다. 엘리사의 얼굴이 자신의 모습이 그대로 비쳐지는 창백한 거울과도 같았다. 그는 그녀의 몸집이 얼마만 한지, 그녀의 머리카락이 어두운 후광을 발하고 있는지 전혀 몰랐다. 그렇지만 며칠 후 두 번째 만났을 때에는 그녀의 검은 눈동자와 귀여운 행동에 완전히 푹 빠져 헤어날 수가 없었다. 두 사람은 동시에 몸을 숙여 공책을 집었다. 그때 어깨가 부딪혀 주스가 그녀의 옷 위로 쏟아져 내렸다.

"엘리사, 네가 한 짓을 봐라!"

미스 로즈 또한 충동적인 사랑의 위력에 대해 익히 잘 알고 있었기 때문에 놀라서 소리 질렀다.

"가서 옷 갈아입고, 얼룩이 빠지도록 차가운 물에 담가 놓아라."

그녀가 차갑게 덧붙여 말했다.

그렇지만 엘리사는 호아킨 안디에타의 두 눈에 포로가 되어 꼼짝도 하지 않았다. 미스 로즈가 그녀의 팔을 낚아채 집 안으로 데리고 들어갈 때까지 엘리사는 코를 길게 뺀 채 아예 드러내 놓고 그의 냄새를 맡으며 온몸을 떨고 있었다.

"얘야, 내가 너한테 말했잖니. 아무리 별 볼일 없는 남자라도 저 하고 싶은 대로 다 너한테 할 수 있다고."

그날 밤 마마 프레시아가 엘리사에게 상기시켜 주었다.

"마마 프레시아, 무슨 말인지 전혀 모르겠는데."

엘리사가 대답했다.

그 가을날 아침 자기 집 뒤뜰에서 호아킨 안디에타를 알게 된 순간, 엘리사는 자신의 운명을 발견했다고 믿었으며, 평생 그의 노예가 되리라 마음먹었다. 그녀는 자신에게 무슨 일이 일어났는지 이해할 수 있을 정도로 충분히 산 것도 아니었고, 자신을 무겁게 짓누르는 마음의 동요도 말로 표현할 수 없었으며, 앞으로의 계획도 세울 수 없었지만, 본능적으로 막연하게는 알 수 있었다. 막연하기는 하지만 몹시도 고통스러웠으며, 꼼짝도 못한 채 페스트와 비슷한 신체적 반응을 나타냈다. 엘리사는 일주일 내내, 호아킨을 다시 보게 될 때까지는 마마 프레시아의 신기한 약초들이나 독일 약제사의 살구 술에 절인 비소 가루가 모두 속수무책일 정도로 심한 복통을 앓았다. 몸무게가 줄면서 멧비둘기 뼈처럼 뼈가 앙상하게 드러났다. 놀란 마마 프레시아가 바닷바람이 불면 엘리사가 수평선 너머로 날아갈지도 모른다며 창문들을 죄다 닫고 다닐 정도였다.

마마 프레시아는 자신이 알고 있는 여러 민간요법들과 주문들로 치료해 보았지만 아무 소용도 없자 가톨릭 미신에 매달렸다. 옷 가방 밑바닥에 차곡차곡 모아 두었던 얼마 안 되는 돈을 꺼내, 초 열두 개를 사서는 신부와 담판을 지으러 나갔다. 그녀는 주일미사 때 그 열두 개의 초에 축복을 받아, 성당 양측에 있는 각 성자들 앞에 초 한 개씩을 놓고 불을 밝혔다. 모두 여덟 분의 성자들이었으며, 희망 없는 노처녀들과 불행한 유부녀들, 버림받은 여인들의 수호 성자인 성 안토니오의 상 앞에는 초를 세 개 밝혀 두었다.

나머지 한 개는 엘리사의 머리카락 한 움큼과 블라우스를 가지고 그 주변에서 신통하다고 소문난 노파 마치에게 가지고 갔다. 마치는 태어나면서부터 장님인 마푸체 인디오 주술사였다. 그녀는 정확한 예언을 하고, 몸의 질병과 영혼의 아픔을 치료하는 데 타고난 능력을 지닌 걸로 유명했다. 마마 프레시아는 젊었을 때 몇 년간 그 주술사 밑에서 배우면서 시중을 들었지만, 타고난 능력이 없어 그녀의 바람대로 계속해서 그 길을 갈 수가 없었다. 능력을 갖고 태어나는 건 제 마음대로 되는 일이 아니었다. 한번은 엘리사에게 그걸 설명하려고 했었지만, 능력이라는 건 거울 뒤에 숨어 있는 걸 볼 수 있는 힘이라는 말밖에는 제대로 된 설명이 떠오르지 않았다. 그런 신통력이 모자라 마마 프레시아는 주술사가 되고자 했던 희망을 접고 영국인들의 시중을 들게 되었다.

마치는 두 개의 구릉이 갈라진 틈새에서 살고 있었다. 초가집 지붕에 진흙을 얹어서 만든, 금세라도 허물어질 것 같은 오두막집이었다. 집 주변으로는 바위들과 통나무들, 깡통에 담긴 식물들, 뼈만 앙상한 개들, 먹을 것을 찾아 쓸데없이 땅바닥을 긁어 대는 이상하게 생긴 까만 새들이 어수선하게 널려 있었다. 그곳으로 가는 오솔길에는 주술사에게서 받은 은혜를 기리기 위해 손님들이 세워 놓은 선물들과 부적들이 쌓여 작은 숲을 이루고 있었다. 마치에게서는 마마 프레시아가 살면서 요리했던 모든 냄새를 합친 그런 냄새가 났다. 주술사는 그곳 메마른 땅의 풍경과 똑같은 색깔의 망토를 입고 있었으며, 맨발에 때 범벅인 더러운 몰골로 싸구려 은 목걸이들을 둘둘 말고 있었다. 얼굴은 주름살로 뒤덮인 어두운 가면 같았다. 이빨은 두 개밖에 없었으며 눈은 퀭하니 죽어 있었다.

마치는 옛 제자를 알아보지 못하는 듯 마마 프레시아를 맞아들였다. 부조로 가지고 온 음식과 아니스 술병을 받고는 자기 앞으로 와서 앉으라는 손짓을 하고 가만히 기다렸다. 움막집 한가운데는 타다 남은 장작들이 타고 있었으며, 연기가 천장 구멍을 통해 빠져나가고 있었다. 검게 그을린 벽에는 진흙 그릇들과 놋쇠 그릇들, 약초들과 박제된 짐승들이 걸려 있었다. 마른 풀과 약초의 짙은 향이 죽은 동물들의 악취와 함께 진동하고 있었다.

그들은 마푸체 인디오들의 말로 이야기했다. 주술사는 엘리사가 마르세유 비누 상자에 담겨 그 집에 왔을 때부터 최근 병든 것까지 그녀의 사연을 한참 들었다. 그러고 나서는 초와 머리카락, 블라우스를 받아 들고는 자기가 주술을 풀어 앞날을 점칠 수 있을 때 다시 돌아오라며 마마 프레시아를 되돌려 보냈다.

"이 병에는 치료법이 없다는 걸 알아야 해."

이틀 후에 마마 프레시아가 그 집 문지방을 건너기도 전에 마치가 말을 꺼냈다.

"혹시 우리 애가 죽게 되나요?"

"그건 정확하게 말할 수 없지만 엄청난 고통을 받게 될 거야. 그건 확실해."

"무슨 병인가요?"

"끈질긴 사랑의 병이지. 아주 질이 안 좋은 고질병이야.

틀림없이 달 밝은 날 창문을 열어 놔서 꿈꾸는 동안 몸속으로 들어간 걸 거야. 이 병은 주문도 걸 수가 없어."

마마 프레시아는 모든 걸 체념한 채 집으로 돌아왔다. 그렇게 신통한 마치의 주술로도 엘리사의 운명을 고칠 수 없다면, 얼마 되지 않는 자신의 지식이나 성인들의 초로는 어림도 없는 일이었다.

미스 로즈

미스 로즈는 안타까움보다는 호기심으로 엘리사를 주시하며 지켜보았다. 그녀는 그 증상들에 대해서는 누구보다 잘 알고 있었으며, 자신의 경험을 통해 세월이 흘러 이런저런 우여곡절들을 겪다 보면 그 어떤 사랑의 열병까지도 다 치유될 수 있다는 것도 잘 알고 있었다. 빈에서 온 테너 가수를 걷잡을 수 없는 열정으로 사랑했을 때는, 그녀 나이 열일곱 살도 채 되지 않았을 때였다. 그녀는 당시 영국에서 살고 있었으며, 아버지가 돌아가신 후 집안의 가장이었던 제레미 오빠와 어머니의 강력한 반대에도 불구하고 오페라 가수가 되는 걸 꿈꾸었다. 밤이면 가슴이 푹 파인 옷을 입고 극장에서 공연해야 했기 때문에 오빠나 어머니, 그 누구도 오페라 가수를 여자에게 적합한 직업이라 생각하지 않았던 것이다. 그때에는 존 오빠의 도움도 기대할 수가 없었다. 그는 배를 타고 세상을 돌아다니며 1년에 한두 번 집에 얼굴을 디밀 정도였으며, 그것도 늘 서둘러 떠나곤 했다. 존은 늘 그 가정의 지루한 일상을 뒤흔들며 도착했다. 태양에 검게 그을어 건강이 흘러 넘치는 모습이었으며, 늘 새로운 문신이나 상처를 달고 나타났다. 그는 식구들에게 선물들을 잔뜩 안기고는 이국적인 희한한 이야기로 얼을 빼 놓은 다음, 금세 사창가를 향해 자취를 감추었다. 그러고는 다시 배에 오를 때까지 그곳에서 쭉 머물렀다.

소머스 집안은 별다른 야심이 없는 시골 출신으로, 대대로 토지를 소유해 왔지만 미련한 양들과 늘 얼마 되지 않는 수확에 넌덜머리가 난 아버지가 런던에서 새로운 삶을 시작했다. 아버지는 책을 너무나도 사랑한 나머지 가족을 굶겨 가며 책을 살 정도였으며, 자기가 좋아하는 작가들의 서명이 적힌 초판을 구입하기 위해서는 빚까지 질 정도였다. 그렇지만 진짜 수집가들의 허황된 욕심은 아니었다. 여러 사업에 실패한 이후, 그는 자기가 진정으로 좋아하는 일을 하기로 결심했으며, 결국 중고책과 자신이 출간한 책을 파는 서점 하나를 열게 되었다. 그리고 그 서점 뒤쪽에는 자그마한 인쇄소를 설치하여 조수 두 명을 두고 운영했으며, 그 서점 다락방에는 희귀 서적들을 진열하여 거북이걸음으로 천천히 사업을 꾸려 나갔다.

그의 세 자식들 중에서 로즈만이 그의 사업에 유일하게 관심을 보였다. 로즈는 음악과 독서에 대한 열정을 갖고 성장했다. 피아노 앞에 앉아 있지 않거나, 성악 연습을 하지 않을 때에는 늘 구석에 앉아 책을 읽었다. 아버지는 자신의 사업을 이어받을 수 있는 제레미나 존이 아닌, 로즈

만이 책을 사랑한다는 게 못내 아쉬웠다. 아버지가 죽고
난 후, 아들들은 인쇄소와 서점을 정리한 다음, 존은 바다
로 나가고 제레미는 과부가 된 어머니와 여동생을 책임지
게 되었다. 그는 대영 제국 수출입 회사의 직원으로 조촐
한 월급을 받고 있었으며, 아버지에게서 물려받은 얼마 안
되는 재산도 있었다. 그리고 이따금씩 존도 생활비를 보태
주었다. 그렇지만 어쩔 때는 현금이 아닌 밀수품으로 생활
비가 올 때도 있었다. 그때마다 제레미는 놀라서, 동생이
올 때까지 열지도 않은 채 다락방에 상자째 그냥 처박아
두었다. 그러면 집에 온 동생이 그 물건들을 팔아서 처분
했다. 소머스 가족은 자기들 경제 수준에는 조금 벅찬, 아
담하지만 비싼 아파트로 이사했다. 그렇지만 그 아파트는
런던 심장부에 위치하고 있었으며, 로즈에게 좋은 혼사를
성사시키기 위한 것이었기 때문에 앞으로의 투자가치를 보
고 내린 결정이었다.

열일곱 살이 되자 로즈의 미모가 활짝 꽃피기 시작했으
며, 그녀라면 사족을 못 쓰는 좋은 조건을 가진 청혼자들이
줄을 이었다. 그렇지만 로즈의 친구들이 남편감을 찾기에
혈안이 되어 있을 때 그녀는 성악 선생님을 찾는 데 여념이
없었다. 그렇게 로즈는 빈 출신의 테너 가수인 칼 브렛츠너
를 알게 되었다. 그는 모차르트의 「피가로의 결혼」을 공연
하러 런던에 와 있었으며, 영국 왕실 사람들도 구경하는 이
공연에서 여름밤을 성대하게 장식할 예정이었다. 백정처럼
생긴 그의 외모는 그의 엄청난 재능과는 전혀 상관이 없는
모습이었다. 불룩 튀어나온 배에다가 무릎 밑으로는 가느

다란 새 다리인 그의 몸은 볼품이 없었으며, 탈색된 곱슬머리가 뒤엉킨 시뻘건 얼굴은 천박해 보이기까지 했다. 그렇지만 힘차고 박력 있는 목소리로 입을 열면 세상은 즐거움으로 가득 찼으며, 그는 전혀 다른 사람으로 탈바꿈한 듯했다. 키도 커지고, 가슴이 넓어지면서 배도 홀쭉하게 들어갔으며, 튜튼 족의 시뻘건 얼굴은 환한 영광의 빛으로 가득 찼다. 적어도 로즈 소머스에게는 그렇게 보였다.

로즈는 골머리를 썩이며 매 공연 때마다의 입장권을 구했다. 그녀는 극장 문이 열리기 훨씬 전부터 극장 앞에서 서성거렸다. 그녀 같은 신분의 여자가 혼자 나다니는 걸 거의 본 적이 없는 행인들은 로즈에게 따가운 눈총을 보냈지만 그녀는 전혀 아랑곳하지 않고, 마에스트로가 차에서 내리는 걸 보기 위해 몇 시간이고 문 앞에서 기다렸다. 일요일 밤에는 칼 브렛츠너가 길거리에 서 있는 아름다운 소녀를 주목하고는 그녀에게 다가와 말을 걸었다. 로즈는 온몸을 떨며 그의 질문에 답하고는, 그에 대한 존경과 자신도 그처럼 가수가 되고 싶다는 열망을 고백했다. 그처럼 되기는 어렵겠지만 성스러운 '벨칸토'의 길을 가고 싶다고 했다.

"공연이 끝난 다음에 내 분장실로 와요. 아가씨를 위해 뭘 해 줄 수 있는지 봅시다."

강한 오스트리아 억양이 풍기는 아름다운 목소리로 그가 말했다.

로즈는 흥분과 감격에 들떠 테너 가수가 시킨 대로 했다. 관중들이 일제히 일어나 열광적으로 기립 박수를 보내며 공연이 막을 내린 다음, 칼 브렛츠너가 보낸 수위가 무대 뒤쪽으로 그녀를 안내했다. 그녀는 한 번도 무대 뒤의 모습을 구경한 적이 없었지만, 폭풍우를 만드는 신기한 기계들이나 천에 그려진 풍경을 구경하면서 시간을 허비하지는 않았다. 그녀의 유일한 목적은 자신의 우상을 만나는 것이다. 그는 왕처럼 금장이 휘둘러진 파란색 비로드 가운을 걸치고는, 아직 화장도 지우지 않은 채 흰색 곱슬머리 가발을 쓰고 있었다. 수위가 두 사람만 남겨 놓은 채 문을 닫고 나갔다. 많은 거울들과 가구들, 커튼이 빼곡이 들어찬 방에는 담배와 화장품, 곰팡이 냄새가 진동을 했다. 한쪽 구석에는 터키 하렘의 야한 포즈를 한 여자들이 그려진 병풍이 있었으며, 벽에는 오페라 의상들이 옷걸이에 걸려 있었다.

로즈는 막상 자신의 우상을 가까이에서 보고는, 기대했던 것보다는 적잖은 실망을 했다. 그렇지만 그가 곧 상황을 반전시켰다. 그는 양손으로 로즈의 두 손을 꼭 잡고는, 입술을 대고 한참을 키스했다. 그러고는 터키 하렘이 그려진 병풍이 떨릴 정도로 가슴속 깊은 곳에서 우러나오는 '도' 음을 내뱉었다. 헤리코의 성벽들이 먼지 구름을 내며 무너지듯, 실망한 로즈의 마음도 한순간에 무너져 내렸다. 테너 가수가 열정적이고 박력 있는 몸짓으로 가발을 벗어 소파 위로 내던지자, 가발은 죽은 토끼처럼 그 위에 가만히 너부러졌다. 그의 머리카락은 올이 촘촘한 가발 아래서 납작하게 짓눌렸으며, 거기다가 화장까지 더해져 그는 노쇠한 창녀의 모습이었다.

가발이 떨어졌던 그 소파 위에서 이틀 후에, 정확히 오

134

후 3시 15분에 로즈는 그에게 처녀성을 바쳤다. 빈에서 온 테너 가수는 공연이 없는 화요일에 극장을 구경시켜 주겠다는 구실로 로즈와 약속을 했다. 그들은 남몰래 제과점에서 만났다. 그곳에서 그는 크림빵을 다섯 개나 맛나게 먹어치우고 초콜릿도 두 잔이나 마셨다. 그렇지만 로즈는 앞으로 닥칠 일에 대한 기대감과 두려움으로 차 한 모금도 마시지 못한 채 그냥 휘젓고 앉아 있었다. 그러고 나서 그들은 곧바로 극장으로 향했다. 그 시간에는 청소부 아줌마 두어 명이 극장을 청소하고, 조명사 한 명이 그 다음 날 공연에 쓰일 기름등과 횃불, 초 등을 준비하고 있었다.

사랑에 있어서는 도가 튼 칼 브렛츠너가 마술을 부리듯 샴페인 병을 꺼내 잔에 따랐다. 두 사람은 모차르트와 로시니를 위해 건배를 들며 단숨에 잔을 들이켰다. 곧이어 테너 가수는 왕만이 앉을 수 있는 비로드를 휘감은 관람석에 그녀를 앉혔다. 그 관람석은 위에서 아래까지 뺨이 토실토실한 큐피드 인형들과 장미 조화들로 화려하게 장식되어 있었다. 그러고는 곧바로 무대로 향했다. 그는 종이 위에 그려진 기둥을 밟고 서서 방금 밝힌 횃불의 조명을 받아 가며 그녀만을 위한 「세비야의 이발사」의 아리아 한 곡을 불렀다. 부드러우면서도 끊어질 듯 애절한 목소리로 가슴을 저리게 하는 곡이었다. 아리아가 끝나자 멀리서 로즈 소머스가 흐느끼는 울음소리가 들려왔다. 그는 생긴 것과는 달리 민첩하게 그녀에게로 달려갔다. 극장을 가로질러 단숨에 관람석 위까지 올라가 그녀의 발 아래에 무릎을 꿇고 앉았다. 그도 이끼 색 실크 치맛주름 사이에 얼굴을 처박고는, 그녀와 함께 숨이 멎을 듯 흐느꼈다. 그 자신도 모르게 그녀를 사랑하게 된 것이었다. 시작은 스쳐 지나가는 다른 여느 사랑들과 같았지만 몇 시간 만에 뜨거운 열정으로 달아오른 것이었다.

로즈와 칼은 서로를 부축하며 일어나, 어쩔 수 없이 벌어질 수밖에 없는 그 일을 두려워하며 잔뜩 겁을 먹은 채 비틀거리며 걸어갔다. 그들은 어둠 속에서 길고 긴 복도를 지나 짤막한 계단 위로 올라가 어떻게 왔는지도 모르게 분장실이 있는 곳까지 왔다. 테너 가수의 이름이 여러 문들 중의 한 곳에 이탤릭체로 씌어 있었다. 그들은 이틀 전에 처음으로 단둘이서만 있었던, 가구들과 화려한 의상들이 가득한 그 방 안으로 먼지와 땀으로 범벅이 된 채 들어왔다. 창문이 없었기 때문에 한동안은 어둠 속에 그대로 파묻혀 있었다. 그들은 흐느낌과 한숨을 번갈아 가며 숨을 내쉬었다. 그사이 그가 성냥불을 당겨 촛대에 있는 다섯 개의 초에 불을 밝혔다. 그들은 흔들리는 노란 불꽃 속에서 서로를 당혹스럽게 바라보았다. 하고 싶은 말은 수도 없이 많았지만 감정이 복받쳐 한마디도 할 수가 없었다. 로즈는 그녀의 몸을 꿰뚫는 뜨거운 시선을 피해 양손으로 얼굴을 감쌌지만 그가 크림빵을 잘게 부수듯 부드럽게 그녀의 손을 떼어 냈다. 그러고는 비둘기가 쪼아 대듯 그녀의 얼굴 위로 쏟아지던 울음 범벅이 된 키스는 잠시 후 진하고 긴 키스로 바뀌었다.

로즈는 청혼자들 중 몇몇과 가슴 설레는 만남을 가지긴 했지만, 그 만남은 늘 과감하지 못하고 주저하는 그런 만남이었다. 두어 명 가량은 그녀의 뺨에 입술을 갖다 대었

136

지만 그 이상은 감히 꿈도 꾸지 못했다. 그녀는 주리를 트는 뱀처럼 다른 사람의 혀가 자신의 혀를 휘감고, 다른 사람의 침으로 자신의 온몸이 뒤범벅이 될 수 있으리라고는 상상도 하지 못했다. 그렇지만 처음의 역겨움은 이내 젊음의 열정과 사랑에 들뜬 흥분으로 자취도 없이 사라졌다. 로즈도 칼 못지않게 강렬하게 애무를 했을 뿐 아니라, 그녀가 먼저 나서서 그의 모자와 그의 어깨 위를 뒤덮고 있던 잿빛 망토를 벗겨 냈다. 그러고는 칼이 자신의 재킷의 단추를 풀고 블라우스를 벗길 수 있도록 몸을 움직여 도와 주었다.

로즈는 옛날에 아버지의 책장에서 몰래 훔쳐보던 금기 서적들의 도움을 받아, 본능적으로 춤추듯 몸을 움직이며 조금씩 서로의 움직임에 몸을 맡겼다. 그날은 그녀의 일생에서 가장 기억에 남는 날이었으며, 그녀는 아주 세세한 것까지 자세하게 기억했다. 심지어 세월이 흐르면서는 좀 더 과장하고 미화해서까지 그때의 일을 추억했다. 그녀에게는 그때의 경험이 유일한 사랑이었으며, 그녀의 상상력을 자극해 창작까지 가능하게 한 유일한 원동력이었다. 몇 년 후 극히 제한된 몇몇 부류에서만 그녀를 유명 인사로 만들 그런 예술을 창작할 수 있게 했던 것이다. 그날의 그 경이로웠던 경험만이 2년 후 3월의 어느 날, 발파라이소에서 갓난아이였던 엘리사를 품에 안았을 때의 그 감동에 비교될 수 있었다. 그녀에게 엘리사는 가질 수 없는 자식과 사랑할 수 없는 남자들, 결코 이룰 수 없는 가정에 대한 크나큰 위로가 되었다.

빈의 테너 가수는 상당한 바람둥이였다. 그는 여자들을

좋아했으며, 여자들에 대해서는 모르는 게 없었다. 그렇지만 과거의 사랑들과 수도 없이 헤어지면서 느꼈던 실연의 감정, 다른 여자들과의 관계에서 가졌던 질투와 반목을 그의 기억에서 송두리째 지울 수 있을 정도로 그는 로즈와의 짧은 열정에 순수함 그 자체로 몰입했다. 그의 경험은 싸구려 창녀들과의 관계에서 비롯된 건 아니었다. 가난한 웨이트리스에서부터 거만한 백작 부인까지 브렛츠너의 노래만 들었다 하면 무조건 허물어졌기 때문에, 그는 섹스를 위해 돈을 지불한 적이 없다는 걸 스스로의 긍지로 여겼다.

브렛츠너는 노래를 배우기 시작하면서 사랑의 기술도 함께 익혔다. 그가 열 살이었을 때, 앞으로 그의 후원자가 될 프랑스 여자가 그를 점찍었던 것이다. 그녀는 호랑이 눈에 눈처럼 하얀 가슴을 가졌으며 그의 어머니뻘 되는 나이를 가진 여자였다. 한편 그 여자는 열세 살이었을 때 프랑스에서 도나시엥-알퐁스-프랑수아 드 사드에 의해 사랑의 기술을 익혔다. 바스티유 감옥 교도관의 딸이었던 그녀는 지저분한 감방 안에서 촛불 하나를 켜 놓고 음란한 이야기들을 쓰던 그 유명한 후작을 알게 되었다. 그녀는 자기 아버지가 비참하게 몰락한 그 귀족의 마지막 소유물이었던 금시계를 받고 자신을 팔아넘겼다는 사실도 모른 채, 아이의 단순한 호기심으로 쇠창살 너머에 있는 그를 구경하러 그곳에 가곤 했다. 어느 날 아침, 그녀가 쇠창살 너머를 들여다보고 있는데, 그녀의 아버지가 허리에 차고 있던 열쇠 다발에서 커다란 열쇠 하나를 꺼내 문을 열고는, 사자에게 먹이를 주듯 아이를 감방 안으로 밀어 들여

보냈던 것이다. 그곳에서 무슨 일이 벌어졌는지는 기억할 수 없었지만, 좌우간 그녀는 사드 곁에 남게 되었다. 그녀는 감옥에서부터 석방 후 더 비참해진 생활까지 그를 따라갔으며, 그렇게 그녀는 그가 가르쳐 줄 수 있는 건 모두 배울 수 있었다.

1802년에 후작이 샤랑통 정신병원에 입원하자, 그녀는 돈 한 푼 없이 거리로 나앉았다. 그렇지만 사랑에 관해서라면 남부럽지 않을 정도로 해박한 지식을 가진 덕분에 그녀는 자기보다 쉰두 살이나 연상인 돈 많은 남편을 만날 수 있었다. 남편은 젊은 아내의 지나친 섹스로 탈진해 금세 저세상으로 떠났으며, 드디어 그녀는 원하는 건 무엇이든지 다 할 수 있을 정도의 돈과 자유를 얻게 되었다. 그때가 서른네 살이었다. 그녀는 후작의 문하에 들어가 잔혹하게 배워야 했던 견습 생활과 젊어서 빵 부스러기로 연명했던 가난, 프랑스혁명의 혼란, 나폴레옹 전쟁의 혹독함 속에서 무사히 살아남았지만, 이제는 독재의 억압을 견뎌야 했다. 그녀는 지칠 대로 지쳐 있었으며 그녀의 영혼은 휴식을 절실히 원했다. 그래서 여생을 편안히 살 수 있는 장소를 물색한 결과 빈을 선택하게 되었다. 그리고 그 시절 이웃에 살던 칼 브렛츠너를 알게 되었다. 칼은 열 살도 채 되지 않은 어린 소년이었지만 그때부터 대성당 합창단에서 꾀꼬리처럼 노래를 부르고 있었다. 브렛츠너의 후원자이자 연인이었던 그녀 덕택에, 어린 칼은 합창단 지휘자가 원하는 대로 꾀꼬리의 목소리를 유지하기 위해 거세를 당하지 않아도 되었다.

"그 아이는 건드리지 말아요. 얼마 후에는 유럽에서 가장 비싼 테너 가수가 되어 있을 테니까요."

그녀는 그렇게 예언을 했으며, 그 예언은 틀리지 않았다.

엄청난 나이 차이에도 불구하고, 그녀와 어린 칼은 보통 관계가 아니었다. 그녀는 어린 칼의 음악에 대한 열정과 순수함을 높이 샀으며, 그는 그녀에게서 자신의 남성성을 구해 주었을 뿐 아니라 그걸 사용하도록 가르쳐 주고 개발시켜 준 뮤즈를 발견했다. 그는 목소리가 완전히 바뀌고 면도를 시작할 무렵에는 여러 변태 행위들로 여자를 만족시킬 수 있는 기막힌 재주도 꿰뚫고 있었다. 그렇지만 로즈 소머스에게는 그걸 사용하지 않았다. 지나치게 도발적인 애무로 거칠게 그녀를 공격하지도 않았다. 매춘굴에서나 쓰는 기법으로 처음부터 그녀를 놀라게 할 필요는 없었던 것이다. 세 번 정도만 실습을 거치게 되면 자신의 학생이 자기를 훨씬 더 능가할 수도 있다는 확신으로 그녀를 부드럽게 대했다.

그는 세세한 면까지 다 챙기는 자상한 남자로, 사랑을 나누는 그 순간 어떤 말이 가장 강력한 마력을 발휘하는지 잘 알고 있었다. 그는 왼손으로 그녀의 등에 있는 자그마한 단추들을 풀면서, 오른손으로는 그녀의 머리핀들을 빼내었다. 깊은 탄식이 뒤섞인 길고 긴 키스도 잊지 않았다. 그러면서도 그는 로즈의 몸매, 하얗고 투명한 피부, 동그랗게 이어진 고전적인 목선과 어깨에 대해 잊지 않고 칭찬했다. 그 모든 것이 그를 뜨겁게 달구었으며 걷잡을 수 없이 흥분시켰던 것이다.

"너 때문에 미치겠어……. 나한테 무슨 일이 일어나고 있는 건지 영문을 모르겠구나. 그 누구도 너를 사랑하는 것만큼 사랑하지 못했고, 앞으로도 사랑할 수가 없을 것 같아. 이건 신들이 만들어 주신 만남이야. 우리는 서로를 사랑하도록 운명지어진 거야."

그는 계속 반복해서 웅얼거렸다.

그는 로즈에게 자신의 레퍼토리를 모두 낭송했지만, 그건 아무런 악의 없이 순수한 마음에서 우러나온 것이었다. 그는 자신이 진정 로즈를 사랑하고 있으며, 그녀에게 푹 빠져 있다고 믿었다. 그는 코르셋 끈을 풀고는 딸기처럼 발그스름한 젖꼭지가 그대로 드러난 내의와 긴 속곳만 남을 때까지 속옷들을 하나씩 벗겨 나갔다. 굽이 달린 가죽 부츠와 수를 놓은 끈으로 무릎까지 연결된 하얀 스타킹은 벗기지 않은 채 그대로 두었다. 그 순간 그는 가슴이 쿵탕거려 숨을 헐떡이며 손길을 멈추어야 했다. 로즈 소머스가 이 세상에서 가장 아름다운 여자이자 천사라는 확신이 들었으며, 그 순간 진정하지 않으면 심장이 터져 산산조각이 날 것만 같았다. 그는 별다른 힘도 들이지 않고 로즈를 번쩍 들어 올려 방을 지나가 금색 휘장이 둘러쳐진 커다란 거울 앞에 가서 섰다. 하늘거리는 초의 불빛과 벽에 걸려 있는 화려한 금빛 무대의상들, 깃털들, 비로드 천들, 색 바랜 레이스들이 몽롱하면서도 환상적인 분위기를 자아냈다.

흥분에 도취되어 무기력해진 로즈는 거울 속의 자신을 들여다보았다. 머리는 온통 헝클어지고 양 뺨은 발갛게 달아오른 채 속옷 차림으로 서 있는 거울 속 여인이 낯설게만 느껴졌다. 마찬가지로 낯선 한 남자가 자신의 목에 키스를 하면서 양손으로 자신의 가슴을 뜨겁게 애무하고 있었다. 테너 가수는 잠깐 숨을 돌리고, 격정적으로 애무하느라 정신없이 흥분했던 마음도 조금 가라앉혔다. 그는 거울 앞에서 서두르는 기색 없이 천천히 옷을 벗었다. 사실 벌거벗은 상태가 옷을 입었을 때보다 훨씬 더 나아 보였다. 로즈는 그에게 훌륭한 재단사가 필요하겠다고 생각했다. 그녀는 벌거벗은 남자는 한 번도 본 적이 없었다. 심지어 어렸을 때조차 오빠들의 벌거벗은 모습은 보지 못했다. 그녀가 알고 있는 지식은 포르노 책들에서 본 과장된 묘사와 존의 짐 속에서 발견한 일본 엽서들에서 본 게 전부였다. 거기에서는 남자들의 성기가 실로 낙관적이리만큼 큼지막하게 그려져 있었다. 그렇기 때문에 그녀의 눈앞으로 나타난 불그스름하고 딱딱한 그것은, 칼 브렛츠너가 우려했던 것처럼 그녀를 놀래키기는커녕, 오히려 참을 수 없는 폭소를 자아내게 했다. 그리고 그 폭소가 이후에 벌어질 장면의 판도를 결정지었다.

처녀성을 잃을 때의 엄숙한, 차라리 비장하리만큼 고통스러울 수도 있는 장면 대신 깔깔거리고 장난치며 어린아이들처럼 가구 위를 넘어서 마구 뛰어다니며 쫓고 쫓기는 장면이 연출되었던 것이다. 그들은 남은 샴페인을 마저 다 마시고는, 새로 한 병을 더 따서 거품째 들이부었으며, 실없는 농담을 지껄이면서 깔깔거렸고 사랑의 맹세도 속삭였다. 그러다가도 서로를 정신없이 깨물고 핥았다. 그들은 오후 내내, 밤 늦은 시각까지 시간 가는 줄도 모른 채 세상

밖의 다른 사람들은 전혀 의식하지 않고, 방금 막 시작된 사랑의 바닥도 없는 깊고 깊은 늪 속에 빠져 허우적거렸다. 오직 그들만이 존재할 뿐이었다.

테너 가수는 서사적이리만치 높은 경지로 로즈를 끌어올렸으며, 훌륭한 제자인 로즈 역시 아무런 망설임 없이 그를 따라나섰다. 일단 정상에 오르자, 로즈는 놀라운 재능을 발휘하며 혼자서도 서슴없이 훨훨 날았다. 그녀는 자신도 알지 못하던 본능에 이끌려 선생도 감탄할 정도로 아낌없이 능력을 발휘했다. 나중에는 오히려 그녀가 더 즉흥적이고도 뜨거운 사랑의 열정으로 선생을 능가할 정도였다. 서로에게서 떨어져 각자의 현실에 착륙했을 때에는 시계가 밤 10시를 알리고 있었다. 극장은 텅 비어 있었으며, 밖에는 어둠이 사방 천지를 뒤덮고 있었다. 게다가 그것도 모자라 짙은 안개가 계란 거품처럼 희뿌옇게 깔려 있었다.

런던에서의 낭만적인 시간이 지속되는 동안, 두 연인들 사이에는 연애편지와 꽃, 초콜릿, 낭만적인 시구 등 애정 어린 자그마한 선물 공세가 시작되었다. 그들은 시간이 허락하는 대로 만났다. 그렇지만 애정에 눈이 멀어 신중하게 처신을 하지 못했다. 시간을 벌기 위해 그들은 극장 근처에 있는 호텔 방들을 전전했다. 다른 사람들의 눈에 띄는 것도 대수롭지 않게 여겼던 것이다. 로즈는 당치도 않는 변명들을 늘어놓으며 집에서 빠져나왔다. 놀란 그녀의 어머니는 제레미에게 아무 이야기도 하지 못했다. 어머니는 의심을 가슴에 담아 둔 채, 하루빨리 딸이 정신을 차려 아무일도 없었던 듯 옛날처럼 되돌아오기를 간절히 기도했다.

칼 브렛츠너는 늘 연습에 지각했으며, 시도 때도 없이 옷을 벗다 보니 감기에 걸려 공연이 두 차례나 취소되었다. 그렇지만 그걸 안타깝게 여기기는커녕, 열이 나서 벌벌 떨면서도 그 시간에 섹스를 하기에 여념이 없었다. 그는 로즈에게 선물할 꽃다발을 들고 호텔 방에 나타났다. 둘은 샴페인으로 함께 건배를 들고 나서 목욕을 했으며, 크림빵을 먹어 가며 침대에 누워 그가 서둘러 쓴 시들을 읽었다. 그들은 향 오일로 은밀한 부분까지 문질러 마사지를 했으며, 포르노 책들을 넘겨 가며 야한 장면들만 골라 읽다가 타조 깃털로 간지럼을 태우기도 했다. 그들 사랑의 유희에 쓰는 소품들은 한없이 다양하기만 했다.

로즈는 자신이 곤충들을 잡아먹는 식충류 같다는 생각이 들었다. 독한 향을 발산해 남자를 곤충처럼 유인해 잘게 부수어서 단숨에 집어삼켜 소화시키고 난 다음, 마지막으로 부스러기가 된 뼈들을 뱉어 내는 것만 같았다. 제어할 수 없는 에너지가 그녀를 압도해, 그녀는 숨이 막히는 듯했다. 불안하고 초조해서 한시도 가만히 있을 수가 없었다. 한편 칼 브렛츠너도 때로는 헛소리를 할 정도로 흥분하고, 때로는 기운이 빠져 초죽음이 된 상태로 혼란 속에서 허우적거렸다. 그는 음악에 대한 최소한의 의무는 지키려 했지만 누구나 한눈에 알아챌 수 있을 정도로 형편없어졌다. 무자비한 비평가들은 빈의 테너 가수가 자신의 노래를 부르는 걸 모차르트가 듣는다면——그들의 표현에 의하면——무덤에서 돌아누울 것이라고 평할 정도였다.

연인들은 두려움에 사로잡혀 다가오는 이별의 순간을 지

144

켜봐야 했다. 이제 그들 앞에는 난관만 펼쳐져 있을 뿐이었다. 그들은 브라질로 도망갈지, 함께 동반 자살할지를 의논했지만 결혼 가능성에 대해서는 한 마디 언급도 하지 않았다. 하지만 삶에 대한 욕망이 비극적 결말보다 더 강하게 작용했다. 그들은 마지막 공연을 마친 다음, 마차를 타고 영국 북쪽에 있는 한 시골 여인숙으로 여행을 떠났다. 칼 브렛츠너가 다른 공연 약속이 되어 있는 이탈리아로 떠나기 전에, 아무도 그들을 알아보지 못하는 곳으로 가서 함께 며칠을 보내기로 한 것이었다. 그가 적당한 거처를 마련하고 모든 걸 준비한 다음, 여행 경비를 보내면 로즈가 빈으로 가서 그와 합류하기로 했다.

바닷바람이 따갑고 차가웠기 때문에 그들은 호텔 테라스의 차일 밑에서 모 담요로 다리를 덮고 앉아 아침을 먹고 있었다. 그때 제레미 소머스가 선지자처럼 엄숙하고도 분노에 가득 찬 얼굴로 들이닥쳤다. 로즈가 너무나도 많은 흔적들을 남겨 놓았기 때문에, 동생이 어디로 갔는지 알아내 그 한적한 온천지까지 따라오기가 어렵지 않았던 것이다. 오빠를 보는 순간 로즈는 놀라서 소리를 질렀다. 사랑의 열병에 눈이 멀어 보이는 게 없었기 때문에, 두려움보다는 놀라움 그 자체였다. 그 순간 그녀는 처음으로 자기가 무슨 일을 저질렀는지 깨달았으며, 얼마나 끔찍한 결과가 기다리고 있을지 확실하게 알 것 같았다. 로즈는 자기 마음대로 살 수 있다는 권리를 주장하고자 굳은 결심을 하고 벌떡 일어섰지만, 오빠는 그녀에게 말할 틈도 주지 않고 곧장 테너 가수에게로 향했다.

"당신이 내 동생한테 설명해야 할 거요. 당신은 유부남에다가, 아이가 둘이나 있다는 말은 하지 않았을 테지."

제레미가 동생을 유혹한 남자를 단번에 몰아세웠다.

칼 브렛츠너는 로즈에게 시시콜콜할 정도로 모든 것을 다 이야기했지만, 그것만큼은 이야기하지 않았었다. 그는 자신의 후원자였던 호랑이 눈을 가진 프랑스 여자가 들려줬던 사드 후작의 말도 안 되는 황당한 이야기들은 물론, 과거의 사랑들에 대한 사적인 것까지 시시콜콜하게 다 이야기했다. 로즈는 그가 열 살 때부터 자기를 만나기 전까지 언제, 누구와, 특히 어떻게 섹스를 했는지 병적일 정도로 궁금해하며 알고 싶어했다. 그는 로즈가 자기 이야기를 열광적으로 듣고, 그걸 자신의 이론으로 삼아 실습으로 옮긴다는 걸 눈치 채고는 아무런 거리낌 없이 모두 이야기해주었다. 그렇지만 아내와 아이들에 대해서는, 무조건적으로 자신에게 모든 것을 바친 그 아름다운 처녀에 대한 연민 때문에 이야기하지 못했다. 그들 만남의 마법을 깨뜨리고 싶지가 않았던 것이다. 로즈 소머스는 자신의 첫사랑을 마음껏 누려 마땅한 여자였다.

"잃어버린 명예를 찾아야겠소."

제레미 소머스가 장갑으로 그의 얼굴을 후려갈기며 결투를 신청했다.

칼 브렛츠너는 세상의 이치에 밝은 남자로, 결투 같은 무모한 행위는 절대 저지르지 않을 사람이었다. 그는 자신이 아무 말 없이 물러나야 할 때가 왔음을 깨닫고는, 잠시나마 로즈와 단둘이 시간을 갖고 사실대로 설명할 수 없는 게 안타까울 뿐이었다. 자신이 그녀를 농락한 다음 버릴 마음으로 유혹했다는 생각으로 로즈의 가슴이 갈기갈기 찢겨져 나가도록 내버려두고 싶지가 않았던 것이다. 한 번만이라도 자기가 그녀를 얼마나 진정으로 사랑했는지, 두 사람의 꿈을 함께 이룰 수 있도록 자신이 자유롭지 못한 걸 얼마나 안타까워했는지 말하고 싶었다. 그렇지만 제레미의 얼굴에서 절대 그걸 용납하지 않으리라는 걸 읽을 수 있었다. 제레미는 바보처럼 멍해진 동생의 팔을 낚아채서는, 애인과 작별할 기회나 얼마 되지 않는 짐을 챙길 시간조차 주지 않고 마차가 있는 곳으로 끌고 갔다. 제레미는 로즈를 스코틀랜드의 숙모 집으로 데리고 가서, 그녀의 임신 상태가 확인될 때까지 그곳에 머물게 했다. 제레미의 말처럼 임신과 같은 더 큰 불행이 일어난다면, 그녀의 인생과 집안의 명예는 영원히 박살이 날 판이었다.

"이 일에 대해서는 아무한테도 이야기하지 말거라. 어머니나 존한테도 말하지 마라. 알겠니?"

길을 가면서 제레미가 로즈한테 한 유일한 말이었다.

로즈는 임신이 확인될 때까지 불안감 속에서 몇 주를 보냈다. 그녀는 임신이 되지 않은 걸 확인하고는 하늘이 자신을 용서해 주기라도 한 것처럼, 크나큰 안도의 한숨을 내쉬었다. 속죄의 마음으로 가난한 사람들을 위해 뜨개질을 하면서, 몰래 글을 읽거나 쓰면서 3개월 이상을 그곳에서 머물렀다. 그렇지만 눈물은 한 방울도 흘리지 않았다. 그 기간 동안 그녀는 자신의 운명에 대해 깊이 성찰했으며, 숙모 집에서의 칩거 생활이 끝날 무렵에는 완전히 다른 사람이 되어 있었다. 그녀의 내부에서 뭔가 큰 변화가 있었음에 분명했다. 그렇지만 그 변화는 그녀 자신만 알고 있었다.

로즈는 런던을 떠났을 때와 똑같은 모습으로 돌아왔다. 늘 웃는 얼굴로, 차분하고 음악과 독서에 관심이 많은 옛날 모습 그대로였다. 그녀는 연인의 품에서 자신을 떼어 낸 제레미에 대해 원망스러운 말 한마디도 하지 않았으며, 자기를 속인 남자를 그리워하는 내색도 하지 않았다. 그녀는 다른 사람들의 험담과 상을 당한 듯 슬픔에 젖은 식구들의 얼굴을 모른 척 당당하게 대했다. 곁에서 보면 예전 그대로의 모습이었다. 그녀의 어머니조차 잔소리나 충고를 할 구실을 찾지 못할 정도로 흠집 하나 없는 예전 그대로의 모습이었다. 한편 그녀의 어머니는 딸을 도와주거나 보호해 줄 상황이 되질 못했다. 암이 빠른 속도로 번져 죽어가고 있었던 것이다.

로즈의 행동에서 단 하나 달라진 게 있다면, 자기 방에 처박혀 몇 시간이고 글을 쓴다는 것이었다. 그녀는 깨알 같은 글씨로 공책 열두 권도 더 넘게 글을 쓴 다음, 열쇠로 잠가 잘 보관해 두었다. 로즈가 편지를 보내려고도 하지 않았기 때문에 사람들의 눈을 가장 두려워했던 제레미 소머스로서는 그녀의 글 쓰는 버릇을 크게 걱정하지 않았다. 그는 동생이 정신을 차려 넌덜머리나는 빈의 테너 가수를 잊기로 한 줄 알았다. 그렇지만 로즈는 그를 잊지 않았을 뿐 아니라, 행동 하나하나, 속삭임 하나하나를 확실하게, 또렷하게 기억하고 있었다. 그녀의 기억에서 딱 하나 지운 것은 농락당한 데서 온 실망감이었다. 칼 브렛츠 너의 아내와 자식들은 그들 사랑의 추억에서 전혀 아무런 비중도 차지하지 못했기 때문에 그냥 없는 것으로 치부해 버렸다.

스코틀랜드 숙모의 집에서의 칩거 생활로도 추문은 막지 못했다. 그렇지만 소문만 무성할 뿐 확인할 길이 없었기 때문에 로즈의 식구들에게 대 놓고 뭐라고 하는 사람은 아무도 없었다. 로즈를 쫓아다녔던 많은 청혼자들도 하나 둘 다시 되돌아왔지만, 로즈는 어머니의 병을 핑계로 그들을 멀리했다. 제레미 소머스도 아무 일도 없었던 것처럼 침묵으로 일관했다. 그는 침묵으로서 그 일의 흔적을 일체 지우려고 했다. 로즈가 가출해 도망쳤던 일은 서로 언급을 피하며 입에 올리려고도 하지 않았다. 가끔 제레미와 로즈가 그때의 일을 언급하면서 악감정이 되살아나기도 했지만 그들은 비밀을 공유하고 있다는 동질감으로 연결되어 있었다. 몇 년 후, 이제 아무도 그 일을 대수롭지 않게 여기게 되었을 때, 로즈는 존 오빠 앞에서는 늘 어리광만 부리고 순진한 소녀였지만 그에게 그 일을 모두 털어놓았다. 어머니의 죽음 이후, 제레미 소머스는 칠레에 주재하는 대영 제국 수출입 회사의 지사로 발령이 나, 비밀을 그대로 간직한 채 동생 로즈와 함께 세상 건너편으로 떠났다.

그들은 1830년 늦겨울에 도착했다. 그때 발파라이소는 작은 어촌에 불과했지만 그곳에는 이미 유럽 계열의 회사들과 이민자들이 진출해 있었다. 로즈는 칠레를 귀향지로 여기고는 그 오지에서 자신의 죗값을 치르기 위해 겸허한 마음으로 그곳을 받아들였다. 오빠인 제레미조차도 그녀의 절망감을 느끼지 못했을 정도로 아무도 그걸 눈치 챈 사람이 없었다. 그녀는 절대 불평하지 않았고, 잠꼬대로라도 옛 애인에 대해 이야기하지 않겠다고 굳게 다짐했으며, 좋지 못한 상황이 아무리 그녀를 짓눌러도 그 다짐만큼은 절대 깨지 않았다.

디프테리아 전염병이 퍼지고 있었기 때문에 그들은 강한 바람과 습기를 피해 급한 대로 호텔에 짐을 풀었다. 그 지역 치료사들이 잔인하고도 쓸데없이 칼로 상처를 내 피를 뽑아 그 병을 치료했기 때문에 그 나라는 첫인상부터 끔찍했다. 봄과 뒤이어 온 여름은 그곳의 나쁜 인상을 어느 정도 완화시켜 주었다. 촌스러운 시골 분위기와 해가 쨍쨍 내리쬐는 정오에도 뼛속까지 스며드는 차가운 바닷바람에도 불구하고, 로즈는 런던을 잊고 새로운 상황에 최대한 적응하고자 마음먹었다. 회사 이름에 걸맞은 집을 구해 영국에서 가구들을 가져오도록 로즈는 오빠를 설득했고, 오빠는 회사를 설득했다. 로즈는 그 문제를 회사의 체면과 권위의 문제로 밀고 나갔다. 그렇게 중요한 회사의 대표가 허술한 호텔에서 묵는다는 건 말도 안 된다는 주장이었다.

18개월 후에, 어린 엘리사가 그들의 인생에 들어왔을 때, 남매는 세로 알레그로의 큰 저택에서 살고 있었으며, 미스 로즈는 옛 애인을 마음속 깊은 곳에 묻어 놓고 그녀가 살고 있는 사회의 특권계층을 공략하는 데 전력을 쏟고 있었다. 이후 몇 년 동안 발파라이소는 급성장을 거듭했으며, 그녀가 과거를 잊는 것과 맞먹는 속도로 빠르게 현대화되었다. 로즈는 활력이 넘치는 행복한 모습의 여자로 변해 있었으며, 11년 이후에는 제이컵 토드의 마음을 뒤흔들어 놓기에 이르렀다. 퇴짜를 맞은 사람은 가짜 전도사가 처음이 아니었다. 그렇지만 그녀는 결혼에는 전혀 관심이 없었다. 그녀는 자신만의 방법을 찾아내 옛날 뜨거웠던 열정의 순간순간을 떠올리며, 홀로 밤을 지새우는 적막 속에서 사랑의 열병을 떠올리며, 상상 속에서 칼 브렛츠너와의 로망스를 영원히 간직했다.

사랑

　엘리사의 영혼이 사랑으로 병들어 어떤 심정일지 미스 로즈만큼 잘 아는 사람이 없었을 것이다. 그녀는 남자가 누구일지 즉시 눈치 챘다. 엘리사의 당혹스러웠던 표정과 펠리시아노 로드리게스 데 산타크루스에게 보낼 귀한 물건들을 가지고 왔던 오빠 회사 직원의 눈빛 사이에 뭔가가 오갔다는 건 장님이 아니라면 누구라도 알 수 있는 것이었다. 로즈는 그 청년이 너무 가난하고 보잘것없었기 때문에, 처음에는 그럴 리 없을 거라 단번에 젖혀 놓았다. 그렇지만 그녀 또한 그 청년이 위험스러우리만치 매력적임을 느꼈으며, 그의 첫인상을 머릿속에서 지울 수가 없었다. 물론 처음에는 그의 누더기 옷과 침울한 표정이 한눈에 들어왔지만, 두 번만 바라보아도 슬픈 시인의 비극적인 영혼이 느껴지는 청년이었다.
　로즈는 엘리사에게 성격 좋고 돈 많은 남편을 구해 주려던 본래의 계획을 전면 수정해야만 하는, 그 운명의 꼬임에 대해 갖가지 대책을 궁리하면서 바느질 방에서 수를 놓으며 화를 삭였다. 그 사랑이 시작도 하기 전에 싹부터 죽여야 한다는 게 그녀의 생각이었다. 엘리사를 영국에 있는 여학교 기숙사나 늙은 숙모가 사는 스코틀랜드로 보내는 것부터 시작해서 오빠에게 사실대로 이야기해서 그 직원을 해고하는 것까지 별의별 생각을 다 해 보았다. 그렇지만 마음 깊숙한 곳에서는 비록 그녀의 바람과는 정반대되는 것이기는 하지만, 엘리사가 원 없이 자신의 열정을 불태워 18년 전 테너 가수가 자신에게 남겨 놓았던 그 끝없는 허탈감을 대신 채워 주었으면 하는 은밀한 바람도 있었다.

한편 엘리사에게는 혼란스러운 감정들이 정신없이 휘몰아쳐 소용돌이치는 가운데, 시간은 지겨울 정도로 너무나 천천히 흘렀다. 엘리사는 대낮인지 한밤중인지, 화요일인지 금요일인지 분간을 하지 못했으며, 그 청년을 알게 된 이후로 몇 시간이 흘렀는지 아니면 몇 년이 흘렀는지 가늠을 하지 못했다. 갑자기 온몸의 피가 끈적끈적해진 것 같았으며, 느닷없이 나타났다가 사라지는 피멍들로 온몸이 멍든 것 같았다. 엘리사는 사방에서 사랑하는 그 청년을 보았다. 집 안 구석 그늘진 곳에서, 구름에서, 찻잔 안에서, 특히 꿈속에서 그를 보았다. 이름이 뭔지도 몰랐지만, 괜한 의심을 살까 봐 제레미 소머스에게 대 놓고 물어보지도 못했다. 그렇지만 몇 시간이고 그에게 걸맞은 이름을 상상하며 시간을 보내는 건 그녀의 또 다른 즐거움이었다.

엘리사는 절망적이리만치, 누군가와 함께 자신의 사랑에 대해 이야기하고, 그 청년이 찾아왔을 때의 그 짧은 순간순간을 함께 나누고 싶었다. 하고 싶었지만 하지 못했던 말들, 서로 눈빛으로 주고받았던 말들, 얼굴을 붉히며 하고 싶었던 말들을 전부 이야기하고 싶었지만 믿고 털어놓을 사람이 아무도 없었다. 엘리사는 존 소머스 선장이 빨리 왔으면 하고 간절히 바랐다. 독립운동가의 기질을 가진 존 삼촌은 엘리사가 어렸을 때부터 가장 좋아하는 사람으로, 그라면 그런 처지에 놓인 자신을 이해하고 도와줄 것만 같았다. 제레미 소머스는, 알기만 했다 하면, 자기 회사의 그 불쌍한 직원에게 가차없이 전쟁을 선포하리라는 건 의심의 여지가 없었다. 그리고 미스 로즈는 어떤 반응을 보일지 예측하기가 어려웠다.

엘리사는 집안에서 그 일에 대해 아는 사람이 적으면 적을수록, 자기와 장차 애인이 될 그 사람이 더 자유롭게 행동할 수 있으리라는 결론을 내렸다. 엘리사는 그 남자가 자기를 사랑하지 않을 수도 있다는 가능성은 아예 염두에 두지도 않았다. 그런 엄청난 사랑이 자기의 혼만 빼놓았을 리 없다고 단순히 생각했던 것이다. 그녀의 논리로는 그 도시 어느 곳에선가 그도 마찬가지로 사랑의 열병을 앓고 있을 게 틀림없었다.

엘리사는 몰래 숨어서 자신의 은밀한 부위들을 애무했다. 전에는 한 번도 없었던 일이었다. 두 눈을 감고 손으로 새 깃털처럼 부드럽게 자신을 어루만지다 보면 그녀의 손은 어느덧 그의 손이 되었고, 거울 앞에서 키스를 하다 보면 그의 입술이 되었고, 베개를 꼭 껴안고 있다 보면 그의 허리가 되었고, 바람 소리에 실려 오는 작은 웅얼거림은 그의 사랑의 속삭임이 되었다. 꿈속에서조차 호아킨 안디에타로부터 벗어날 수가 없었다. 그는 커다란 그림자가 되어 그녀를 덮쳐 와, 수천 가지나 되는 기상천외한 방법으로 게걸스럽게 그녀를 먹어치웠다. 사랑스러운 연인인지, 악마인지, 천사인지 분간이 되지 않았다.

엘리사는 꿈에서 깨어나고 싶지가 않았다. 그래서 마마 프레시아로부터 배웠던, 자유자재로 꿈속을 들락날락할 수 있는 그 비법을 맹신적으로 사용했다. 결국 그 비법에 능통해져서 허상뿐인 그녀의 애인이 실제의 형상으로까지 나타났다. 그를 만지고 냄새 맡을 수 있었으며, 투명하고 맑은 그의 목소리를 가까이에서 확실하게 들을 수 있었다. 영원히 잠들 수만 있다면 더 바랄 게 없었다. 엘리사는 평생 침대에 누워 그만을 사랑할 수도 있을 것이라고 생각했다. 북쪽 지방의 고객에게 그 귀한 물건들을 보내기 위해 일주일 후에 호아킨 안디에타가 그 집에 다시 나타나지 않았더라면, 엘리사는 사랑의 열병으로 그렇게 죽어 갔을지도 몰랐다.

엘리사는 그가 오리라는 걸 전날 밤에 알았다. 그렇지만 본능이나 예감에 의해서가 아니라, 저녁 시간에 제레미 소머스가 미스 로즈와 마마 프레시아에게 일러두는 말을 들었기 때문이었다. 그렇지만 몇 년 후에 타오 치엔에게 말할 때에는 예감으로 알았다고 했다.

"그때 짐을 가지고 왔던 그 직원이 다시 찾으러 올 거다."

각기 다른 이유에서였지만, 그 말이 그 세 여자들의 마음에 큰 소용돌이를 불러일으켰으리라고는 전혀 알지 못한 채, 지나가는 말로 제레미가 덧붙인 것이었다.

엘리사는 집으로 올라오는 언덕길을 살피며 아침 내내 테라스에서 서성거렸다. 정오가 다 되자, 노새 여섯 마리가 끄는 달구지와 말을 타고 무장한 일꾼들이 그 뒤를 따라오는 게 보였다. 미스 로즈와 마마 프레시아가 집에서 자기를 관찰하고 있다는 건 눈치도 채지 못한 채 엘리사는 죽음의 순간처럼 얼음장같이 마음이 편안해지는 느낌이 들었다.

"내가 저를 교육시키느라 얼마나 애를 먹었는데! 처음 눈에 띈 얼간이한테 넘어가다니!"

미스 로즈가 혼잣말로 중얼거렸다.

그녀는 무슨 수를 써서라도 그 비극만큼은 막기로 작정했다. 그렇지만 첫사랑의 강력한 위력에 대해 너무나 잘 알고 있었기 때문에 큰 기대는 하지 않았다.

"내가 짐을 내줄게. 엘리사한테는 집에 들어가 있으라고 해. 무슨 일이 있어도 절대 집 밖으로 나오게 해서는 안 돼!"

미스 로즈가 명령을 내렸다.

"내가 무슨 수로요?"

마마 프레시아가 못마땅한 내색을 하며 물었다.

"필요하다면 가둬서라도."

"할 수만 있다면 마님이 가두세요. 괜히 나를 끌어들이지 말아요."

마마 프레시아가 신발을 끌면서 밖으로 나갔다.

엘리사가 호아킨 안디에타에게 다가가 편지를 건네주는

건 막을 길이 없었다. 엘리사가 숨기려는 기색도 없이, 그의 눈을 똑바로 바라보며 너무나 당당히 편지를 건네주었기 때문에 미스 로즈는 말릴 엄두도 내지 못했으며, 마마 프레시아도 감히 그녀의 앞을 가로막을 수가 없었다. 그제야 미스 로즈와 마마 프레시아는 그들이 생각했던 것보다 엘리사가 훨씬 더 심각하게 마음을 빼앗겼으며 그녀를 열쇠로 가두어도, 촛불을 밝혀 놓고 아무리 빌어도 소용이 없다는 걸 깨달았다.

호아킨 안디에타도 그 소녀에 대한 생각으로 싱숭생숭한 일주일을 보냈다. 그는 그 소녀가 자신의 상사인 제레미 소머스의 딸이라 믿고는, 더욱 아마득히 멀게만 느꼈다. 그는 자기가 그녀에게 어떤 인상을 주었을지는 생각도 하지 못했다. 그리고 먼젓번 방문 때 그녀가 주스 잔을 건네주면서 자기에게 사랑을 고백했다는 건 꿈에도 생각하지 못했다. 그래서 그녀가 편지 봉투 하나를 건네주었을 때 간이 떨어질 정도로 깜짝 놀랐던 것이다. 그는 뭐가 뭔지 영문을 몰라 얼떨떨한 채 그 봉투를 주머니에 넣고, 짐짝들을 달구지에 싣는 작업을 계속해서 감시했다. 그러면서도 그의 귓불은 뜨겁게 달아올랐고, 옷은 땀으로 범벅이 되었으며, 등줄기를 타고 식은땀이 흘러 내렸다.

엘리사는 몇 발자국 떨어지지 않은 곳에 서서, 꼼짝도 하지 않은 채 가만히 그를 주시해서 바라보았다. 화가 나서 붉으락푸르락인 미스 로즈나, 안타까워 어쩔 줄 모르는 마마 프레시아는 염두에 두지도 않았다. 마지막 상자를 달구지에 실어서 묶은 다음, 노새를 돌려 언덕길을 내려가기 시작했을 때에야 호아킨 안디에타는 미스 로즈에게 폐를 끼쳐 죄송하다는 말을 하고, 엘리사에게도 가볍게 고개를 숙여 인사를 하고는 가능한 한 서둘러 그곳을 빠져나왔다.

엘리사의 편지에는 언제 어떻게 만날 수 있는지에 대해 간략하게 두 줄만 써 있었다. 그녀의 작전은 지극히 간단하면서도 무모한 것이라, 마치 그녀가 그런 일에 있어서는 도통한 전문가라는 착각이 들 정도였다. 호아킨에게 사흘 뒤 밤 9시에 페르페투오 소코로 성모를 기리는 암자로 오라는 것이었다. 그 암자는 소머스의 저택에서 가까운 곳으로, 여행자들을 보호하기 위해 세로 알레그로에 세워진 작은 예배당이었다.

미스 로즈와 마마 프레시아, 하인들은 저녁 준비에 정신이 없을 테며, 그녀가 잠깐 밖에 나갔다 와도 아무도 눈치채지 못할 게 분명했다. 마이클 스튜어드가 비참하게 떠난 이후로는 댄스파티를 열 이유도, 초겨울 밤의 모임을 주최할 이유도 없었지만 미스 로즈는 자신과 해군 장교를 둘러싸고 떠도는 소문을 잠재우기 위해서라도 계속해서 모임을 가졌다. 스튜어드가 없다고 음악회를 열지 않는다면 그건 결국 스튜어드 때문에 그 모임이 이루어졌다는 걸 고백하는 것이나 마찬가지였던 것이다.

호아킨 안디에타는 7시부터 그곳에 와서 안절부절못하는 마음을 부둥켜안고 기다리고 있었다. 환하게 조명이 밝혀진 저택과 손님들의 마차 행렬, 길에서 기다리는 마부들이 밝혀 놓은 등불들이 멀리서도 보였다. 암자의 등들이 간혹

바람에 꺼졌기 때문에 그걸 살피러 오는 관리인의 발소리가 들리면 두어 번 몸을 숨겨야 했다. 그 암자는 생벽돌로 지은 직사각형의 자그마한 건축물인데, 색깔을 입힌 커다란 나무 십자가가 걸려 있고 웬만한 고해실보다 약간 큰 정도였다. 그리고 그 안에는 석고로 만든 성모상이 모셔져 있었다. 쟁반 위에는 소원을 비는 초들이 불이 꺼진 채 있었고, 항아리에는 꽃이 시들어 죽어 있었다. 보름달이 뜬 밤이었지만, 하늘에는 짙은 구름이 껴 있어, 환한 달빛이 가끔씩 그 구름들 속으로 완전히 모습을 감추기도 했다. 9시 정각이 되자 소녀가 그곳에 온 게 느껴졌다. 머리에서 발끝까지 까만 망토를 뒤집어쓴 모습이 보였다.

"아가씨, 기다리고 있었어요."

그가 더듬거리며 간신히 한 말은 겨우 그것이었다. 그는 자신이 바보가 된 느낌이었다.

"저는 당신을 늘 기다리고 있었어요."

엘리사는 약간의 망설임도 없이 당돌하게 대답했다.

그녀가 망토를 벗었다. 호아킨은 그녀가 파티복 복장으로 왔음을 알 수 있었다. 그러나 치마는 걷어올리고, 발에는 나막신을 신고 있었다. 그녀는 오는 길에 진흙이 묻지 않도록 흰 스타킹과 가죽신을 벗어서 손에 들고 온 것이었다. 그녀의 검은 머리는 가운데 가르마를 타고 양갈래로 따서 평평한 리본으로 묶여 있었다. 그들은 암자 구석, 성모상 뒤에 몸을 숨긴 채 그녀가 입고 온 망토를 바닥에 깔고 앉았다. 그들은 아무 말 없이 가까이 앉아 있었지만 서로 몸은 닿지 않았다. 그 잔잔한 어둠 속에서 그들은 한참 동안이나 서로를 바라볼 엄두도 내지 못했다. 서로 그렇게 가까이에서, 같은 공기로 숨 쉬고 있다는 게 도무지 믿어지지가 않았다. 언제라도 그들을 어둠 속으로 내몰지 모르는 강한 바람이 부는데도, 그들은 온몸이 뜨겁게 달아올라 있었다.

"나는 엘리사 소머스예요."

결국 그녀가 먼저 말을 꺼냈다.

"나는 호아킨 안디에타예요."

그도 대답을 했다.

"나는 당신의 이름이 세바스찬일 거라고 생각했는데."

"왜요?"

"당신이 순교자인 성 세바스찬을 닮았으니까요. 나는 가톨릭 성당에는 다니지 않아요. 개신교도이거든요. 그렇지만 마마 프레시아가 가끔 나를 데리고 갔었어요."

그러고는 더 무슨 말을 해야 할지 몰라, 그들은 거기서 대화를 끝냈다. 옆으로 흘낏흘낏 훔쳐보다가 눈이 마주치면 동시에 얼굴만 붉혔을 뿐이었다. 엘리사는 그에게서 비누 냄새와 땀 냄새를 느낄 수 있었다. 그렇지만 자기가 원하는 것처럼 감히 코를 가까이 대고 맡지는 못했다. 암자에서 들리는 소리라고는 스쳐 지나가는 바람 소리와 두 사람의 거친 숨소리뿐이었다. 몇 분 후에 그녀는 자기가 집에 없다는 걸 들키기 전에 돌아가야 한다고 말하고는, 악수를 청하면서 작별 인사를 나누었다. 그들은 각기 다른 시간에 잠깐씩 짬을 내서 수요일마다 그렇게 계속해서 만나기로 했다.

가슴 설레는 그런 만남이 거듭되면서 애틋하고 애절하기만 했던 그들의 사랑도 놀라울 만큼 진도가 많이 나갔다. 그들은 말은 시간 낭비일 뿐이라는 생각에 필요한 말만 서둘러서 이야기했다. 이내 손을 잡고 이야기하게 되었으며, 그들의 영혼이 가까이 다가갈수록 그들의 육체도 점점 더 가까이 다가갔다. 드디어 다섯 번째 수요일 밤에는 입술에 키스를 하기에 이르렀다. 처음에는 조심스러웠지만 점점 과감해지더니 나중에는 완전히 진이 빠져 환희로 온몸을 떨 때까지 열렬한 키스를 했다. 그즈음에는 엘리사의 16년 인생과 호아킨의 21년 인생에 대해서도 서로 어느 정도 간략하게나마 알게 된 상태였다. 그들은 바티스트 천과 밍크 담요가 있던 말도 안 되는 바구니와 마르세유 비누 상자에 대해 토의하기도 했다. 어찌 됐든 그들 사이에는 엄청난 사회적, 경제적 차이가 있었지만, 호아킨에게는 엘리사가 소머스 집안의 딸이 아니고 자기처럼 출신이 불확실하다는 게 천만다행이었다.

엘리사는 호아킨이 잠깐 스쳐 지나간 사랑으로 생긴 결실이라는 걸 알게 되었다. 그의 아버지는 씨를 뿌렸을 때 못지않은 민첩함으로, 연기처럼 자취도 없이 사라졌다. 아이는 어머니의 성을 따르게 되었으며 사생아라는 낙인이 찍힌 채 아버지의 이름조차 모르고 성장하게 되었다. 어머니의 식구들은 집안 망신을 시켰다는 이유로 딸을 집에서 쫓아냈으며, 사생아인 그 아이를 모른 척했다. 편견으로 똘똘 뭉친 중산층의 상인들과 공무원들인 그의 조부모와 삼촌들은 같은 도시에서 몇 구역 떨어지지 않은 곳에 살고 있었다. 그렇지만 절대 서로 왕래는 하지 않았다. 일요일에는 같은 성당에 나갔지만, 가난한 사람들은 정오 미사에 참석하지 못했기 때문에 다른 시간대에 다녔다. 오욕으로 낙인찍힌 호아킨은 자기 사촌들과 같은 공원에서 놀지도 못했고, 같은 학교에서 공부도 하지 못했다. 그렇지만 그들이 쓰다 만 옷가지들과 장난감들은 마음씨 좋은 이모 한 분이 몰래 가져다준 덕택에 사용할 수가 있었다.

호아킨 안디에타의 어머니는 미스 로즈보다 더 불행했으며, 자신의 잘못을 더 비싼 대가를 주고 치러야 했다. 두 여자는 동갑내기였지만 미스 로즈가 훨씬 젊어 보였다. 호아킨의 어머니는 가난과 병마에 시달려야 했으며, 촛불 아래서 수를 놓아 신부들의 혼수감을 준비해 주는 고된 직업으로 인해 훨씬 늙어 보였다. 그렇지만 그런 거센 운명도 그녀의 품위는 손상시키지 못했다. 그녀는 아들을 철저하게 교육시켰다. 호아킨은 아주 어렸을 때부터 그 어떤 동정이나 야유에도 끄떡하지 않고 당당히 고개를 높이 쳐들고 다니도록 교육받았다.

"언젠가는 어머니를 그 빈민굴에서 꺼내 주고 말 거야."

호아킨은 암자에서 엘리사와 속삭이다가 다짐을 하며 말했다.

"모든 것을 잃기 전에 누렸던, 품위 있는 삶을 되찾아 주고 말 거야."

"모든 것을 잃지는 않았어. 아들이 있잖아."

엘리사가 대답했다.

"내가 어머니의 불행이었어."

"불행은 나쁜 남자를 사랑하게 된 것이었어. 너는 어머니의 구원이야."

엘리사가 확고하게 말했다.

연인들의 만남은 극히 짧았으며, 한 번도 같은 시각에 이루어지지 않았기 때문에 미스 로즈도 밤낮으로 엘리사를 감시할 수는 없었다. 자기 등 뒤에서 뭔가가 일어나고 있다는 건 알고 있었지만, 자기가 원하는 대로 엘리사를 가두거나 시골로 보낼 만한 꼬투리는 찾아내지 못했다. 미스 로즈는 제레미 오빠에게 자기의 의심은 말도 꺼내지 못했다. 엘리사와 그녀의 애인이 편지를 주고받을 것이라고 추측은 했지만, 하인들 모두에게 단단히 주의를 시켜 놓았는데도 한 통도 가로채지 못했다. 편지들은 정말로 존재했다. 하지만 그 내용이 너무나도 열렬하고 낯 뜨거웠기 때문에 미스 로즈가 봤더라면 아마 그 자리에서 얼이 나갔을 것이다.

호아킨은 엘리사에게 쓴 편지를 집으로 보내지 않고, 그녀와 만날 때마다 직접 건네주었다. 그 편지에는 자존심 때문에, 또는 쑥스러움 때문에 얼굴을 맞대고는 감히 할 수 없었던 화끈한 표현들이 적혀 있었다. 엘리사는 그 편지들을 상자에 담아 저택에 딸린 작은 과수원의 땅 밑 30센티미터나 되는 곳에 묻어 두었다. 엘리사가 마마 프레시아의 약초들을 키운다는 핑계로 매일 가는 곳이었다. 틈틈이 시간 날 때마다 수천 번도 더 넘게 읽어 본 그 편지들이 엘리사의 열정적인 사랑을 지탱해 주었다. 그 편지에서는 함께 있을 때는 볼 수 없었던 호아킨 안디에타의 모습이 담겨 있었다. 그 편지들은 전혀 다른 사람이 쓴 것 같았다. 자존심 강한 그는 늘 자기 보호막을 치고 그 안에서 나오지 않았으며, 우울하고 자기 자신에게 가혹한 사람이었다. 그는 미친 듯이 그녀를 뜨겁게 껴안았다가도, 마치 어딘가에 덴 사람처럼 화들짝 그녀를 밀쳐 냈다. 그렇지만 편지에서는 자신의 마음을 활짝 열고 자신의 감정을 시인처럼 묘사했다. 훨씬 나중에, 엘리사가 호아킨 안디에타의 불확실한 자취를 좇아 몇 년 동안 그를 찾아다닐 때, 그녀에게는 그 편지들만이 유일한 버팀목이 되었다. 그 열정적이었던 사랑이, 비록 짧은 기쁨 후에 긴 고통만을 안겨 주긴 했어도 사춘기 때의 상상력으로 빚어진 게 아니라, 실재로 존재한 것이었다고 확인할 수 있는 유일한 증거가 그 편지였던 것이다.

수요일에 암자에서 처음으로 만난 이후, 엘리사는 그렇게 심했던 복통이 말끔히 사라졌다. 두 눈에서 광채가 나고, 전보다 더 자주 감쪽같이 사라지는 것 말고는, 그녀의 행동이나 모습에서 별달리 이상한 점을 발견할 수가 없었다. 때로는 한순간에 여러 곳에 있는 듯한 인상을 주어 모두를 헷갈리게 했다. 더 정확히 말하자면 엘리사를 언제 어디서 보았는지 정확히 기억하는 사람이 아무도 없었다. 사람들이 찾아 나서면 엘리사는 그제야 자기를 찾고 있었다는 걸 모르는 척 슬그머니 나타나곤 했다. 때로는 미스 로즈와 바느질 방에 있기도 했고, 때로는 마마 프레시아와 음식을 준비하면서 부엌에 있기도 했다. 그렇지만 엘리사가 너무나도 조용히, 있는 듯 없는 듯 잠자코 있었기 때문에, 미스 로즈나 마마 프레시아 둘 다, 엘리사와 함께 있지 않는 듯한 착각에 빠져들었다. 그녀는 있어도 있는 티를 내지 않고 가만히 있다가 사라져서는 몇 시간이 지날 때까지도 그녀가 없어진 걸 눈치 채지 못하게 할 정도였다.

"너는 꼭 유령 같아! 너를 찾아다니는 일에 넌덜머리가 난다. 집에서 나가거나 내 눈에서 멀어지지 않도록 해라."

미스 로즈가 몇 번이고 계속 반복해서 엘리사에게 말했다.

"오후 내내 여기에서 꼼짝 않고 있었는데요."

엘리사는 구석에서 책이나 수를 들고 은근슬쩍 나타나면서 시치미를 떼고 대답했다.

"세상에! 소리 좀 내고 다녀라! 토끼보다 더 가만히 있으면 내가 너를 어떻게 보겠니?"

마마 프레시아도 나름대로 성화였다.

엘리사는 일단 대답은 알았다고 해 놓고, 나중에는 자기 마음 내키는 대로 했다. 그렇지만 말 잘 듣는 아이처럼 보이고, 눈에 거스르지 않도록 알아서 처신했다. 평생을 요술을 부리는 데만 전념한 사람처럼 며칠 만에 경악할 정도로 능숙하게 사람들을 헷갈리게 했다. 미스 로즈는 엘리사의 거짓말이나 앞뒤가 맞지 않는 행동을 잡아내질 못하자, 아예 틈틈이 사랑 이야기를 꺼내 그녀의 신뢰를 얻으려 했다. 친구들을 싸고도는 소문들, 함께 돌려서 읽는 연애소설들, 그녀들이 줄줄 외우는 새로 나온 이탈리아 오페라 팸플릿 등 이야깃거리는 많았다. 그렇지만 엘리사는 자신의 감정을 들킬 수 있는 말은 한마디도 하지 않았다. 그러자 미스 로즈는 증거물들을 찾아 집 안 구석구석을 찾아다녔지만 모두 헛수고였다. 미스 로즈는 엘리사의 옷과 방

안을 샅샅이 뒤졌다. 인형들을 모아 놓은 상자들과 악기 상자들, 책들과 공책들을 발칵 뒤집어 찾아보았지만 어디에서도 엘리사의 일기장은 발견할 수 없었다. 그리고 일기장을 찾아냈다 하더라도, 거기에는 호아킨 안디에타에 대한 언급이 단 한 줄도 없었기 때문에 실망만 컸을 것이다.

엘리사는 지나간 일들을 잊지 않고 기억하기 위해서만 일기를 썼다. 그녀의 일기는 그녀가 계속 끈질기게 꾸는 꿈들부터 수많은 요리 레시피, 암탉을 살찌우는 방법이나 기름 얼룩을 지우는 방법과 같은 가사일을 위한 충고에 이르기까지 모든 내용을 포괄하고 있었다. 자신의 출생, 화려한 바구니, 마르세유 비누 상자에 대한 그녀의 생각도 적혀 있었다. 그렇지만 호아킨 안디에타에 대해서는 단 한 마디도 없었다. 그를 기억하기 위해서는 일기가 필요없었다. 일기장에다가 수요일마다의 연애에 대해서 쓰기 시작한 것은 몇 년이 훨씬 지나서였다.

드디어 젊은 연인들은 밤에 암자에서가 아닌, 소머스 일가의 저택에서 만나게 되었다. 그리고 그건 돌이킬 수 없는, 결정적인 발걸음을 내딛는 걸 의미했기 때문에 그 순간에 이르기까지 엘리사는 근심과 걱정으로 고민고민을 했다. 사람들의 감시 없이 단둘이 몰래 만나는 것만으로도 순결을 잃는 것이었으며, 순결은 여자에게 있어서 가장 값지고 귀한 보물이었다. 그리고 그 순결이 없이는 앞날에 대한 미래도 없었다. "순결을 잃은 여자는 아무런 가치도 없다. 아내와 어머니가 될 수가 없어. 목에 돌을 매달고 바다로 뛰어내리는 게 백 번 나아." 하고 사람들은 귀에 못이 박히도록 그녀에게 이야기했었다. 엘리사는 일단 순결을 잃어버리고 나면 돌이킬 수 없다는 것도 잘 알고 있었으며, 심사숙고하고 깊이 고민한 끝에 자기가 무슨 일을 하려는지도 확실하게 알고 있었다.

도시에 깨어 있는 영혼 하나 없이, 방범대원들만 어둠 속에서 더듬거리며 돌아다니는 새벽 2시에, 호아킨 안디에타가 도둑처럼 서재 테라스를 통해 집 안으로 들어왔다. 그 서재에서는 엘리사가 잠옷 차림의 맨발로 추위와 조바심에 떨면서 그를 기다리고 있었다. 엘리사는 그의 손을 붙잡고, 어둠 속을 더듬거리며 집 안을 가로질러 뒤쪽 창고 방까지 그를 데리고 갔다. 그곳에는 식구들의 옷이 커다란 옷장 안에 보관되어 있었으며, 드레스와 모자를 만들기 위한 재료들이 여러 상자에 담겨 보관되어 있었다. 그 옷들은 미스 로즈가 몇 년에 걸쳐 몇 번을 만들고, 또 앞으로도 계속 만들 것들이었다. 바닥에는 다음 계절에 살롱과 식당에 걸릴 커튼들이 다림질되어 보자기에 싸여 있었다. 엘리사에게는 그곳이 다른 방들과 뚝 떨어져 있어 가장 안전해 보였다. 어찌 됐든 예방 조치로, 미스 로즈가 잠들기 전에 마시는 아니스 술잔과 제레미가 저녁 식사 후에 쿠바산 시가를 피우며 음미하는 브랜디 잔에 수면제를 타 두었다. 엘리사는 집 안 구석구석을 잘 알고 있었다. 어느 곳의 마룻바닥이 삐걱거리며, 어떻게 문을 열어야 소리가 나지 않는지 정확히 알고 있어서, 불빛 하나 없어도 자신의 기억력만으로 어둠 속에서 호아킨을 안내할 수 있었다.

호아킨은 두려움에 하얗게 질려 얌전하게 엘리사를 따라 갔다. 그는 남자도 몸가짐을 바르게 하고 순결을 지켜야 한 다고 늘 강조하던 어머니의 목소리와 자신의 양심의 목소리 가 한데 뒤섞여 자꾸 귓전을 내리쳤지만 애써 모른 척했다. 아버지가 어머니한테 했던 짓을 난 절대 엘리사한테 하지 않을 거야 하고, 호아킨은 엘리사의 손을 잡고 더듬거리며 앞으로 나가는 동안 계속 자기 자신에게 다짐했다. 그렇지 만 그런 모든 생각들이 다 부질없다는 건 그 자신이 더 잘 알고 있었다. 처음에 엘리사를 봤을 때부터 그를 잠시도 가 만히 내버려 두지 않았던 그 격렬한 욕망이 이미 그를 압도 한 상태였다. 한편 엘리사도 그녀의 뇌리에서 울려 퍼지는 경고의 목소리와 달콤한 속삭임으로 그녀를 유혹하는 들끓 는 욕망 사이에서 몸부림을 쳤다. 엘리사는 그 창고 방 안 에서 무슨 일이 벌어질지 확실하게는 알지 못했지만, 벌써 부터 마음의 준비는 한 상태였다.

소머스 집안의 저택은 바람에 그대로 드러난 거미줄처럼 외풍이 세었다. 하녀들이 1년 중 일곱 달 내내 석탄 난로 를 피우는데도 집 안이 따뜻하게 데워지지 않았다. 이불 시트는 끈질긴 바닷바람에 늘 축축했고, 발에 뜨거운 물주 머니를 대고 잠을 자야 했다. 유일하게 늘 열기가 감도는 장소는 부엌뿐이었다. 다용도로 쓰이는 커다란 부뚜막에 장작불이 지펴져 있어 늘 온기가 있었다. 겨울에는 나무들 이 삐걱거렸으며, 판자때기들아 뒤틀려 떨어져 나갔다. 집 구조물들은 마치 낡은 범선이 항해를 시작하려는 듯 온갖 소리를 냈다. 미스 로즈는 태평양에서부터 휘몰아치는 태풍이나 지진에는 절대 적응하지 못했다. 세상을 발칵 뒤집어 놓을 정도의 강한 지진들이 보통 6년에 한 번씩 일어났으며, 그때마다 그녀는 놀랄 정도로 침착했다. 그렇지만 그녀의 일상을 뒤흔들며 자주 일어나는 미진에는 매우 민감한 반응을 보였다. 미스 로즈는 칠레 사람들처럼 도자기들과 컵들을 바닥이 닿을 정도의 나지막한 높이에 놓으려 하지 않았다. 그래서 식당 가구가 흔들려 접시들이 깨지면 목에 핏대를 세우며 칠레를 저주했다.

엘리사와 호아킨이 몰래 만나는 그 창고 방은 1층에 위치하고 있었다. 그 방에는 여름에 살롱의 묵직한 초록색 비로드 커튼을 대신할 꽃무늬 사라사 커튼이 쌓여 있었고, 이 겁없는 한 쌍은 그 큼지막한 보따리 위에서 사랑을 나누었다. 그들은 음침한 가구들과 모자 상자들, 미스 로즈의 봄옷 보따리들에 둘러싸여 서로를 사랑했다. 추위나 나프탈렌 냄새도 그들을 방해하지는 못했다. 그들은 어떠한 불편함이나 결과에 대한 두려움, 미숙함도 극복한 상태였다. 사랑에 서투른 어린 강아지들 같았다. 어떻게 할 줄 몰랐지만, 자기들끼리 스스로 알아내어 극복했다. 철저한 침묵 속에서 당혹스러워하며 서투르게, 능숙하지는 못했지만 그렇게 서로를 이끌어 나갔다.

스물한 살의 나이에도 호아킨은 엘리사처럼 처음이었다. 어머니를 기쁘게 하기 위해 열네 살에 사제가 되고자 결심했었지만, 열여섯 살에 자유주의 서적들을 읽으면서 종교를 반대하는 건 아니었더라도 성직자들에게 선전포고를 하고, 자기 어머니를 빈민가에서 데리고 나갈 때까지 순결을 지키기로 작정했었다. 어머니가 자기를 위해 치른 그 수많은 희생들에 비하면 그건 아무것도 아니라고 생각했던 것이다.

젊은 연인들은 경험이 없어 서툴렀던 데다가, 들킬지도 모른다는 두려움에 잔뜩 긴장해 있었지만, 어둠 속에서도 자기들이 찾고자 하는 것은 찾아낼 수 있었다. 그들은 단추를 끄르고 끈을 풀었다. 쑥스러움이나 민망함은 집어던지고, 상대방의 거친 호흡과 침에 범벅이 된 채 실오라기 하나 남기지 않은 상태가 되었다. 그들은 여태껏 맡아 보지 못했던 야릇한 냄새를 풍기며 서로를 탐닉하면서 어려운 수수께끼를 하나씩 풀어, 끝내 서로의 미궁 속으로 빠져들어 길을 잃고 말았다. 여름 커튼은 뜨거운 땀과 처녀의 피, 정액으로 얼룩졌지만, 그들 중 누구도 자기들이 남긴 사랑의 흔적을 알아보지는 못했다. 짙은 어둠 속에서는 서로의 모습도 알아보기가 어려웠으며, 그들의 격렬한 포옹으로 쌓아 두었던 상자들이나 옷걸이들이 무너지는 것도 어찌할 수가 없었다. 그들은 바람과 지붕 위로 내리는 비에 바닥이 삐걱거리는 소리가 묻혔기 때문에 그게 그저 고마울 뿐이었다. 그렇지만 그들의 심장 뛰는 소리와 사랑으로 내뱉는 한숨과 격렬한 신음 소리에 어떻게 집안 식구들이 깨지 않았는지는 의아해했다.

새벽녘에 호아킨 안디에타는 들어왔던 서재 창문을 통해 밖으로 나가고, 엘리사는 온몸이 축 늘어져 자기 침대로 돌아왔다. 그녀가 몇 겹의 담요를 둘러싸고 자고 있는 사이, 그는 폭우를 맞으며 언덕 아래를 내려가 두 시간이나 걸어가야 했다. 그는 경비병들의 눈길을 끌지 않도록 조심스럽게 도시를 관통하여 첫 미사를 알리는 성당 종소리가 울려 퍼질 때가 되서야 집에 돌아왔다. 그는 조용히 집에 들어가 씻고, 와이셔츠 깃을 바꿔 끼운 다음, 갈아입을 옷이 없어 젖은 옷을 입은 채 그대로 출근할 생각이었다. 하지만 그의 어머니는 언제나처럼 토스트와 마테 차를 끓일 뜨거운 물을 준비한 채 깨어 있었다.

"애야, 어디에 있었니?"

어머니가 수심 가득한 표정으로 그에게 물었다. 그는 어머니를 속일 수가 없었다.

"어머니, 저 사랑에 눈뜨고 있어요."

어머니를 꽉 껴안으면서 그가 대답했다.

호아킨 안디에타는 실용적이고 신중한 사람들만 사는 그 나라에서는 별다른 반응을 불러일으키지 못하는 정치적 낭만주의로 인해 괴로워했다. 그는 라므네의 이론들을 열렬히 따르는 신봉자가 되어, 백과전서파들이나 그들의 저서들을 거칠게나마 번역한 번역본들을 열심히 탐독했다. 그는 이 스승들의 주장처럼 정치에 있어서 국가와 교회의 분리를 주장했으며, 사도들이나 순교자들처럼 자기도 원시 기독교인이고자 했다. 그렇지만 예수와 그의 진정한 가르침을 배반한 사제들에게는 적대적이 되었다. 그는 사제들을 신도들의 믿음을 빨아먹고 사는 거머리들에 비교했다. 그렇지만 그의 어머니가 들으면 질겁을 하고 발작을 일으켜 죽을까 봐 어머니 앞에서는 그런 자신의 사상을 드러내지 않았다. 또한 대지주와 정부와도 적이 되었다. 대지주들은 하나같이 불필요하고 타락한 존재들이었으며, 정부는 국민의 이익이 아니라 부자들의 이익을 대표하기 때문이었다. 그리고 그건 산토 토르네로 서점의 모임에서 그의 동지들이 일일이 나열할 수 없을 정도의 엄청나게 많은 예들을 들어 이미 입증한 사실이었다. 그리고 그는 엘리사에게도 인내심을 갖고 그 사실을 증명하려 했지만, 엘리사는 그의 연설보다는 그를 냄새 맡는 데 더 많은 관심을 보이며 제대로 들으려 하지도 않았다.

청년은 섬광과도 같은 덧없는 영웅주의의 쓸데없는 영광에는 목숨까지 바칠 각오가 되어 있었다. 그렇지만 두렵고 떨리는 마음에, 감히 엘리사의 두 눈을 바라보면서 자신의 감정을 솔직하게 고백하지도 못했다. 이제는 그들의 둥지가 된 창고 방에서 적어도 일주일에 한 번은 만나 사랑을 나누었다. 그들이 함께 있는 시간은 극히 제한적이었고 너무나 소중했기 때문에, 엘리사에게는 철학 이야기나 하면서 시간을 보내는 게 어리석어 보였다. 차라리 말을 하려면 자기가 듣고 싶어 하는 말들을 듣고 싶었다. 그의 과거, 그의 어머니, 언젠가 자기와 결혼할 그의 인생 계획에 대해 듣고 싶었던 것이다.

엘리사는 그가 편지에 썼던 그 황홀한 문장들을 자기 얼굴을 맞대고 이야기한다면 바랄 게 없을 것 같았다. 예를 들어, '바람의 생각이나 해안가로 몰아치는 파도의 인내심을 알아맞히는 게 그들 사랑의 깊이를 알아맞히는 것보다 더 쉽다. 그 어느 추운 겨울밤도 사랑의 열정이 꺼지지 않는 뜨거운 화로와 같은 자신을 차갑게 식힐 수는 없다. 격렬했던 추억을 떠올리며 몸이 닳아 사형수의 고통으로 그녀를 다시 품을 때까지 남은 시간을 세면서 낮에는 꿈을 꾸고 밤에는 불면에 시달리면서 보냈다.'와 같은 말들을 듣고 싶었던 것이다. 그리고 편지에 쓴, '당신은 나의 천사이자 나의 고통이오. 당신이 있으면 신성한 환희가 느껴지지만 당신이 없으면 지옥으로 내려간 기분이라오. 엘리사, 나를 짓누르고 있는 이 악마는 대체 뭐란 말이요? 나에게 내일이나 어제를 말하지 마오. 나는 당신의 검은 눈과 같은 끝없는 밤에 푹 잠길 수 있는 오늘 이 순간만을 위해 살아가고 있소.'와 같은 말을 직접 듣고 싶었던 것이다.

미스 로즈의 소설들과 낭만주의 시인들에 의해 길러진 엘리사는 자신이 여신처럼 숭배받는다는 생각에 정신을 못 차리고 있었다. 그런 허황된 사랑의 고백과 호아킨 안디에타라는 실제 인물 사이의 모순은 발견하지 못했다. 그는 편지에서는 천사의 입김으로 자신의 감정을 표현할 정도로 완벽한 연인이었으며, 죄책감과 두려움은 자취도 없이 사라지고 자신이 느끼는 사랑의 열정만 열렬히 찬양했다. 호아킨은 그 어느 누구도 자기들처럼 열렬히 사랑하지 못했으며, 그 누구도 흉내 내지 못할 정도의 강한 사랑으로 자기들의 운명이 묶여 있다고 편지에 썼다. 그리고 엘리사는 그 말을 그대로 믿었다. 그렇지만 섹스는 죄책감에 시달리며 어쩔 수 없이 악의 유혹에 항복하는 사람처럼, 음미할 겨를도 없이 굶주린 듯 서둘러 끝냈다. 엘리사의 육체를 제대로 알려고도 하지 않았으며, 물론 자신의 육체도 보이려

하지 않았다. 조급한 욕망과 두려움이 그를 압도하고 있었다. 엘리사가 밤에는 그 방에 아무도 오지 않는다며 아무리 그를 안심시켜도, 그는 늘 조급했다. 소머스 사람들은 약에 취해 자고, 마마 프레시아는 뒤뜰 끝 쪽에 있는 오두막집에서 자고, 다른 하인들은 다락방에서 자고 있다고 아무리 설명해도 소용이 없었다.

엘리사는 차츰 성에 눈을 뜨면서 본능에 이끌려 여러 무수한 가능성들을 개발해 뜨거운 쾌락을 느끼고 싶었지만, 곧 자기 자신을 자제할 줄 알게 되었다. 그녀가 새로운 체위를 시도하려면 호아킨이 곧 방어 자세로 들어갔기 때문이었다. 그는 괜히 머쓱해져 남자로서의 자존심이 상해 언짢아했다. 그리고 괜한 의심이 들어 더욱 괴로워했던 것이다. 집 밖으로는 나가지도 못하고 곱게 자란 열여섯 살 소녀가 그렇게 섹시할 수 있으리라고는 감히 상상할 수가 없었다. 그리고 둘 다 어떻게 피임을 하는지 몰랐기 때문에 임신에 대한 두려움이 상황을 더 악화시켰다. 호아킨은 어떻게 임신이 되는지 막연하게나마 알고 있었기 때문에, 제때 물러나면 괜찮을 것이라고 짐작만 했다. 그렇지만 늘 뜻대로 되지는 않았다. 그 자신도 엘리사가 허망해한다는 걸 알고 있었지만, 어떻게 그녀를 위로해 줘야 할지 몰랐다. 그러고는 그녀를 위로해 주는 대신, 확실하게 자신이 있는 지적 지도자로서의 역할로 얼른 도피했다. 엘리사는 애무를 갈망하고, 적어도 사랑하는 남자의 어깨에 기대어 쉬고 싶었지만, 그는 서둘러 그녀 곁을 떠나 옷을 주워 입고는 백 번도 더 넘게 이야기한 정치사상들을 다른 각도에서 이야기하면서 아직 그들에게 남은 귀한 시간을 허비했다.

그런 그의 사랑은 엘리사를 실망시켰지만, 그건 결국 자신의 사랑을 놓고 잣대질하는 것이 되기 때문에 행여 마음 한구석에서라도 그걸 인정하거나 받아들이려 하지 않았다. 이렇게 엘리사는 스스로의 함정에 빠져 들었다. 엘리사는 시간이 더 충분하고 안전한 곳에 있었더라면 더 즐겁게 사랑을 나눌 수 있었을 텐데라는 막연함으로 자기 자신을 위로하고 애인을 용서했다. 함께 뒤엉켜 보낸 시간보다도 그 이후 그곳에서 어떤 일이 벌어졌더라면 좋았을지 혼자 상상하거나, 다음번에 그 창고 방에서 어떤 일이 벌어지게 될지 꿈꾸면서 보내는 시간이 훨씬 더 즐거웠다.

엘리사는 연인의 행동 하나하나에 의미를 두었으며, 집착에 가까울 정도로 그를 우상화했다. 그녀는 여생을 그만을 위해 헌신하고 싶었다. 자신의 희생을 입증하기 위해 고통받고 싶었으며, 필요하다면 그를 위해서 죽을 각오도 되어 있었다. 엘리사는 첫사랑의 마법에 눈이 멀어, 자기도 똑같이 사랑받지 못하고 있다는 사실을 느끼지 못했다. 그녀의 애인은 그녀에게 모든 걸 주지 않았다. 산더미처럼 쌓아 놓은 커튼 위에서 잠깐씩 포옹을 하는 와중에도 그의 마음은 다른 데 가 있었다. 한시 빨리 그곳을 떠나고 싶어 했으며, 어떨 때에는 몸만 그곳에 와 있을 때도 있었다. 어둠에 묻혀 열정적인 사랑을 나누면서도 그는 늘 도망치듯 자기 자신을 반밖에는 내비치지 않았다. 그렇지만 헤어지면서는 엘리사가 사랑에 굶주려 울음을 터뜨리기 일보

직전에 편지 한 통을 내밀었다. 그러면 그 편지는 기적과
도 같은 위력을 발휘했다. 엘리사에게는 우주 전체가 자신
의 사랑을 반사하는 투명한 유리로 바뀌는 것이었다. 절대
적인 사랑만을 맹신하는 엘리사는 자기 자신이 그에게 모
든 걸 무조건적으로 다 내주었다는 걸 의심하지 않았으며,
마찬가지로 호아킨의 애매모호한 자세도 눈치 채지 못했
다. 엘리사는 자기 자신만의 완벽한 애인을 만들어 냈으
며, 무시무시한 집착으로 그에 대한 상상을 키워 나갔다.
그녀의 상상은 애인과의 허망한 포옹을 메워 주었으며, 그
녀를 채워지지 않은 욕망이라는 어둠의 늪에서 한없이 방
황하게 했다.

2부
1848~1849 (상)

황금 열풍

미스 로즈의 달력에 따라 봄이 시작되는 9월 21일에 대청소가 일제히 시작되었다. 방마다 환기를 시키고, 매트리스들과 담요들을 내다 햇볕에 말리고, 목재 가구들에 왁스칠을 하고, 살롱의 커튼들을 바꿔 달았다. 마마 프레시아는 커튼의 마른 얼룩들이 쥐 오줌인 줄로만 알고 군소리 없이 꽃무늬 사라사 커튼들을 다시 빨았다. 그녀는 안뜰에다가 커다란 항아리들을 갖다 놓고 킬라이 덩어리들을 잘라 뜨거운 물에 섞은 다음, 하루 종일 커튼을 그 물에 담가 놓았다가, 풀을 먹여 햇볕에 말렸다. 그러고 나서 두 여자들이 매달려 다림질을 하고 다시 새것처럼 만들어 달고 새로운 계절을 맞을 준비를 마쳤다.

미스 로즈가 봄을 맞아 소동을 피우는 것과는 상관없이, 엘리사와 호아킨은 사라사 커튼보다 훨씬 푹신한 초록빛 비로드 커튼 위에서 뒹굴었다. 이젠 춥지도 않았으며 밤에도 훤했다. 그들의 사랑도 어느덧 석 달이 흘렀으며, 시적인 표현들과 불꽃 같은 사랑 고백들로 가득 찼던 호아킨 안디에타의 연애편지도 이젠 눈에 띄게 뜸해졌다. 엘리사는 애인 품에 안겨 있어도 때때로 허깨비를 껴안고 있는 듯한 착각에 빠져 들 정도로 허무했다. 채워지지 않는 욕망과 그 무거운 비밀의 무게에 떠밀려 괴로운 와중에도, 엘리사는 겉으로 보기에는 아무렇지도 않은 듯 평온해 보였다.

전과 마찬가지로, 엘리사는 책을 읽거나 피아노를 연습하면서 또는 부엌이나 바느질 방에서 일을 하면서 낮 시간을 보냈다. 밖에는 전혀 나가고 싶지 않았지만, 미스 로즈가 나가자고 하면 별달리 할 일이 없는 사람처럼 기꺼이 그녀를 따라 나섰다. 평소처럼 일찍 자고 일찍 일어났으며, 식욕도 좋았고 건강해 보였다. 그렇지만 지나치게 완벽할 정도로 아무렇지도 않은 게 오히려 미스 로즈와 마마 프레시아의 의심을 불러일으켰다. 사랑의 열병이 갑자기 자취도 없이 증발해 버렸을 리가 없기 때문이었다. 그러나 몇 주가 흘러도 엘리사가 별다른 내색을 하지 않자 조금씩 감시의 고삐를 늦춰 갔다. 마마 프레시아는 성 안토니아에게 바친 초가 효력을 발휘했나 생각했다. 그리고 미스 로즈는 별다른 설득력은 없었지만, 어쩌면 그게 사랑이 아니었을지도 모른다고 생각하기에 이르렀다.

8월에는 캘리포니아에서 금이 발굴되었다는 소식이 칠레에도 도착했다. 처음에는 엘알멘드랄 지역의 사창가에서 술에 취한 선원들의 입을 통해서 헛소문처럼 떠돌았지만, 며칠 후에는 '아델라이다호'의 선장이 자기 선원들의 절반이 샌프란시스코에서 도망쳤다고 발표하기에 이르렀다.

"사방에 금이 널려 있습니다. 삽질만 하면 그냥 떠다 담을 수 있어요. 오렌지 크기만 한 금덩어리들이 깔려 있습니다. 수완만 조금 있는 사람이라면 백만장자가 되는 건 시간 문제예요!"

그가 흥분에 목이 메어 이야기했다.

그해 1월, 아메리칸 강가에 있는 한 스위스 농부의 물레방앗간 근처에서 마르셀이라는 성을 가진 한 남자가 물에서 비늘 모양의 금 조각을 발견했다. 황금 열풍을 불러오게 될 그 금 조각은 '과달루페 이달고 조약'의 서명과 함께 멕시코와 미국의 전쟁이 끝난 지 9일 만에 발견된 것이었다. 금 소식이 퍼졌을 때 캘리포니아는 더 이상 멕시코의 땅이 아니었다. 그 지역이 평생 발굴해도 없어지지 않을 보물 위에 있다는 것을 알기 전에는 그 누구도 거들떠보지 않던 땅이었다. 미국인들에게는 그 지역이 인디오들의 땅에 불과했고, 개척자들에게는 농사 짓기에 좋은 오리건 주가 더 좋았다. 또 멕시코에서는 그곳을 도둑놈들이나 들끓는 황야 정도로 생각해서 전쟁 중에는 군대를 보내 그곳을 지키려 하지도 않았다.

얼마 안 있어, 한 신문사의 편집자이자 선교를 위해 파견된 모르몬교의 설교자 샘 브레넌은 그 새로운 소식을 알리며 샌프란시스코 거리를 돌아다녔다. 그의 명성이 좀 의심스러운 데가 있었기 때문에——그가 하느님의 돈을 횡령했다는 소문이 돌면서, 모르몬교의 교회가 그 돈을 되돌려 놓으라고 요구하자 그가 하느님이 서명한 영수증을 준다면 되돌려 놓겠다고 했다는 것이었다.──그의 말을 믿으려는 사람은 없었지만, 금가루로 가득 찬 유리병이 그의 말을 뒷 받침해 주었다. 그리고 그 병이 사람들의 손에서 손으로 전 달되면서 사람들을 흥분시켰다. "금이다! 금이다!"를 외치 면서 네 사람 중에 세 사람은 모든 것을 포기하고 금을 찾 아 떠났다. 그러고는 아이들이 한 명도 남아 있지 않아, 하 나밖에 없던 학교도 문을 닫아야 했다.

칠레에서도 그 소식은 똑같은 충격을 안겨 주었다. 평균 임금이 하루에 20센트였으며, 신문에서는 드디어 도로들이 온통 금으로 깔린, 정복자들이 꿈꾸던 엘도라도가 발견되었 다며 흥분했다. 일간지들마다 '금광의 매장량은 심밧드나 알라딘 램프의 이야기에서처럼 무궁무진하다. 일절 과장하 지 않고 하루에 거둬들일 수 있는 양은 순금 1온스나 된 다.'라고 떠들어 댔으며, 몇 십 년 동안 수천 명을 부자로 만들 수 있을 정도로 충분한 양이라고 덧붙였다. 탐욕의 불길이 광부 기질이 있는 칠레인들 사이에 삽시간에 번졌 으며, 그 다음 달에는 캘리포니아로 향하는 행렬이 줄을 이었다. 게다가 칠레인들은 대서양을 건너 항해해야 하는 다른 모험가들에 비하면 훨씬 유리한 지역에 있었다. 유럽 에서부터 발파라이소의 항해가 세 달이 걸렸으며, 또 거기 서 캘리포니아까지 두 달이 걸렸다. 발파라이소와 샌프란 시스코의 거리는 7천 마일도 채 되지 않았지만, 혼 곶을 거쳐 가야 하는 미국 동부 해안은 거의 2만 마일이나 되었 다. 호아킨 안디에타가 계산한 바에 의하면, 먼저 그곳에 도착하는 사람들이 최고로 좋은 광맥을 차지할 수 있기 때문에 칠레인들이 훨씬 유리하다는 결론에 이르렀다.

펠리시아노 로드리게스 데 산타크루스도 마찬가지의 계산을 하고는, 자기가 데리고 있던 광부들 중 가장 충직하고 유능한 광부들 다섯 명을 데리고 그 즉시 항해하기로 결정했다. 그는 광부들이 가족들을 놔두고 위험천만한 그 모험에 뛰어들 수 있도록, 그에 대한 대가로 충분한 보상을 약속했다. 그는 대륙의 북쪽에 위치한 캘리포니아가 황량하고 거친 곳이라 생각하고는, 그곳에서 몇 달간 머무르기 위해 짐을 준비하면서 3주를 지체했다. 쉽게 돈을 벌 수 있다는 유혹에만 눈이 멀어, 위험이나 일의 어려움에 대해서는 생각도 하지 않고 무조건 팔만 앞뒤로 흔들면서 무작정 떠나는 대부분의 경솔한 사람들보다는 훨씬 유리한 출발이었다.

그는 머슴처럼 일하면서 등골이 빠지는 고생을 할 생각은 전혀 없었다. 그래서 확실하게 준비를 해서 여행을 떠나는 것이며, 믿을 만한 부하들을 데리고 가는 것이라고 아내에게 설명했다. 아내는 둘째 아이의 출산을 기다리고 있었지만 자기도 따라가겠다며 막무가내였다. 파울리나는 유모 두 명과 요리사, 항해 중에 아이들에게 우유와 달걀을 제공할 수 있는 소 한 마리와 암탉들을 데리고 여행할 생각이었다. 그렇지만 처음이자 마지막으로 그녀의 남편이 안 된다며 완강하게 나왔다. 온 가족을 데리고 그런 오디세이를 떠난다는 건 확실히 정신 나간 짓이었다. 드디어 그의 아내가 이성을 잃었다.

"토드 씨의 친구였던 그 선장의 이름이 뭐지요?"

남편이 장황하게 연설을 늘어놓고 있는데 갑자기 파울리

나가 그의 말을 가로막으며 질문을 던졌다. 그녀는 남산만한 배 위에 초콜릿 잔을 올려놓고는, 성녀 클라라 교파 수녀들이 만든 우유 크림으로 만든 페이스트리를 깨물어 먹고 있었다.

"존 소머스였나?"

"범선으로 항해하는 게 지겹다며 증기선을 이야기하던 그 사람 말이에요."

"그 사람이 그 사람이야."

파울리나는 페이스트리를 입 안에 집어넣으면서 잠깐 생각에 잠겼다. 남편이 말하는 위험 같은 건 들은 척도 안 했다. 그사이 살이 많이 올라서, 삭발한 머리로 수녀원을 도망치던 가냘픈 소녀의 모습은 그녀에게 거의 남아 있지 않았다.

"런던 내 계좌에 얼마나 있어요?"

드디어 파울리나가 물었다.

"5만 리브라. 당신은 아주 부유한 마나님이야."

"그걸로는 충분하지 않아요. 3년 동안 10퍼센트의 이자로 그 두 배 되는 금액을 빌려 줄 수 있겠어요?"

"도대체, 당신 무슨 엉뚱한 생각을 하고 있는 거야? 대체 뭐 하려고 그 많은 돈이 필요하다는 거야?"

"증기선을 사려고요. 펠리시아노, 확실한 사업은 금이 아니에요. 결국 금은 누런 똥 덩어리에 불과해요. 확실한 사업은 광부들이에요. 캘리포니아에서는 자질구레한 것까지 필요할 테고 모두 현금으로 지불할 거예요. 증기선은 바람에 별다른 영향을 받지 않고 곧바로 항해한다고 들었

어요. 범선보다 훨씬 크고 빠르고요. 이제 범선은 옛날 이
야기예요."

펠리시아노는 자기 계획대로 밀고 나갔지만, 경험상 아내
의 사업 감각을 무조건 무시할 수가 없었다. 그는 여러 날
밤잠을 설쳐야 했다. 불면에 시달리며, 그 대저택의 으리으
리한 살롱을 돌아다녔다. 파울리나의 말을 곱씹으며 여행에
필요한 식량 자루들과 연장통들, 무기들과 화약통들 사이를
돌아다녔다. 생각하면 할수록, 운반에 투자한다는 아이디어
가 설득력이 있어 보였다. 그렇지만 어떤 결정을 내리기에
앞서, 그는 모든 사업을 함께 동업하는 형과 의논했다. 형
은 입을 헤벌리고 듣고 있다가 펠리시아노의 이야기가 다
끝내자, 손바닥으로 자기 이마를 내리쳤다.

"세상에! 펠리사아노! 왜 우리는 먼저 그 생각을 하지 못
했을까?"

한편 호아킨도 신분을 막론하고 그의 나이 또래의 다른 수
천 명의 칠레인들처럼 금가루가 가득한 자루들과 바다에 굴
러다니는 금 덩어리들을 꿈꿨다. 산토스 토르네로 서점의 동
료들 중에 한 명을 포함해, 그가 아는 몇 사람도 벌써 길을
떠났다. 그 동료는 부자들을 혐오하고 돈의 부패를 알리는
데 앞장섰던 자유주의 청년이었지만 금의 유혹은 못내 떨치
지 못하고 아무에게도 알리지 않은 채 길을 떠났다.

호아킨에게는 캘리포니아가 그를 가난에서 건져 주고 어
머니를 빈민굴에서 꺼내 폐병을 고쳐 줄 수 있는 유일한
기회로 여겨졌다. 그리고 그것은 금 자루를 들고 제레미
소머스 앞에 당당히 나타나 엘리사에게 청혼할 수 있는 유

일한 기회이기도 했다. '금…… 손이 닿을 수 있는 곳에 금이 있는데…….' 금가루가 가득한 자루들과 큼직한 금덩어리들이 한가득 담긴 바구니들, 지폐들이 잔뜩 들어 있는 주머니, 유니언 클럽보다 더 많은 대리석들로 견고하게 지은 궁전 같은 집이 눈앞에 어른거렸다. '그것만 있으면 어머니를 무시했던 친척들의 코를 납작하게 할 수 있는데…….' 또 엘리사 소머스의 팔짱을 끼고 마트리스 성당에서 나오는 자신의 모습도 그려 보았다. 그들은 지상에서 가장 행복한 신랑 신부가 될 것이다.

과감하게 뛰어들기만 하면 그만이었다. 칠레에서는 어떤 미래가 기다리고 있단 말인가? 기껏해야 대영 제국 수출입 회사의 책상을 통과하는 물건들이나 세면서 늙어 갈 것이다. 어찌 됐든 그는 가진 게 아무것도 없기 때문에 잃을 것도 없었다. 금에 대한 열병이 그의 혼을 쏙 빼 놓았다. 식욕도 잃었으며, 잠도 설쳤다. 멍하게 걸어 다녔으며 정신 나간 사람처럼 바다만 바라보았다. 서점 친구가 그에게 캘리포니아에 대한 지도와 책, 금을 씻는 방법에 대한 팸플릿 하나를 빌려 주었다. 그는 여행 경비를 마련할 궁리를 하면서 열심히 그것들을 탐독했다. 그렇지만 여행 경비 마련은 거의 절망적이었다. 게다가 신문에 난 기사들은 더 강한 유혹으로 그를 부추겼다.

'드라이진이라고 불리는 광산에서는 바위에서 금을 떼어 내기 위해 평범한 칼 이외에는 다른 장비가 필요없다. 다른 광산에서도 금은 이미 분리되어 있기 때문에, 널빤지로 만든 보통 나무통으로 된, 10피트 높이에 안이 둥글고 윗부분은 2피트 넓이의 간단한 장비만 사용되고 있다. 별다른 비용 없이도 작업 효율성은 상당히 높은 편이다. 평범하게 한 달만 일한 사람들도 지금은 금을 수천 페소씩 가지고 있다.'

안디에타가 배를 타고 북쪽으로 갈 수도 있다는 이야기를 꺼내자 그의 어머니는 엘리사와 똑같은 반응을 보였다. 두 여자는 서로 한 번도 본 적이 없었지만, 똑같은 말을 했다. "호아킨, 네가 가면 나는 죽어." 두 여자 다 그 일이 얼마나 위험한 일인지, 수도 없이 많은 예들을 나열했으며, 영원히 그와 맞바꿀 수도 있는 헛된 부보다는 그의 옆에서 찢어지게 가난한 게 수천 배 더 낫다며 막무가내였다. 어머니는 그 빈민가에 친구들도 있고, 이 세상에 달리 갈 곳도 없기 때문에 아무리 백만장자가 된다 하더라도 그곳을 떠나지 않겠다며 고집을 피웠다. 그리고 폐병에 관해서는 아무것도 할 게 없으며, 폐가 터질 때까지 기다리는 수밖에는 없다고 이야기했다. 한편 엘리사는 결혼을 허락받지 못하면 함께 도망치자고 했다. 그렇지만 호아킨은 그 길밖에는 달리 기회가 없으며, 그런 기회를 그냥 놓치는 것은 용서할 수 없는 비겁한 짓이라는 확신에 차, 자기 환상에만 빠진 채 엘리사의 말은 듣지도 않았다.

그는 전에 자유주의 사상들을 퍼트리기 위해 열심히 매달렸던 것 못지않게, 이 새로운 집착에도 맹목적으로 매달렸다. 그렇지만 그에게는 그 계획을 실천으로 옮길 방법이 없었다. 여비에 드는 상당량의 돈과 필요한 물건들을 살 돈이 없이는 그의 운명을 이룰 수가 없었다. 그는 얼마 되지 않는 돈이라도 빌리기 위해 은행에 갔지만, 그를 보증해 줄 사람도 없었고, 또 그의 초라한 행색을 본 은행 직원들이 차갑게 거절했다. 말 한마디 주고받은 적 없는 어머니 친척들을 처음으로 찾아갈까 생각해 보았지만, 그러기에는 그의 자존심이 너무 세었다. 화려한 미래에 대한 생각이 그를 잠시도 가만히 내버려 두지 않았다. 책상에 앉아 있는 많은 시간들이 고문과도 같아, 직장 일도 간신히 해냈다. 눈에 들어오지도 않는 흰 종이를 바라보면서 펜은 허공에 든 채, 자기를 북쪽까지 데려다 줄 배의 이름들만 외우고 있었다. 밤에는 뒤숭숭한 꿈자리와 불면에 시달리다가 아침에는 싱숭생숭해져 온몸이 기진맥진인 채 일어났다.

그가 여러 가지 궁리로 지체하는 사이, 주변 사람들의 흥분은 이제 히스테리로까지 번져 갔다. 모두들 떠나고 싶어 안달이 났으며, 직접 가지 못하는 사람들은 서둘러 회사를 설립해 투자하거나, 이익을 분배한다는 합의하에 자기 대신에 믿을 만한 사람을 대표로 보냈다. 맨 먼저 배를 타고 떠난 사람들은 총각들이었다. 병명도 알지 못하는 무시무시한 병들에 시달리고, 끔찍한 사고들과 극악무도한 범죄들이 횡행한다는 섬뜩한 이야기들에도 불구하고, 그들의 뒤를 이어 유부남들도 아이들을 내버려 둔 채 뒤도 안 돌아보고 떠났다. 지극히 평화적인 사람들도 총싸움, 칼싸움의 위험을 각오하고 떠났으며, 지극히 신중한 사람들도 몇 년 동안 열심히 노력해서 얻은 안정된 생활을 버리고 야망만을 보따리에 싸서 모험을 찾아 떠났다. 여비 마련을 위해 그동안 저축한 걸 몽땅 털어 넣은 사람들도 있었고,

선원으로 일하면서 여비를 대신하는 사람들, 앞으로 벌 돈을 미리 저당 잡혀 떠나는 사람들도 있었다. 그렇지만 그것도 신청자들이 워낙 많아, 호아킨 안디에타는 매일 부둣가에서 열심히 물어보고 다녀도 배에 빈자리 하나 마련하지 못했다.

12월에는 더 이상 기다릴 수가 없었다. 그는 매일 꼼꼼히 하던 것처럼 항구에 도착한 화물 명세서를 옮겨 적으면서, 장부에 숫자를 조작한 다음 하선 때의 원본을 없애 버렸다. 그렇게 회계장부를 조작해서 뉴욕에서부터 오는 권총과 탄약 몇 상자를 챙길 수 있었다. 그는 3일 동안 밤마다 경비원의 감시의 눈길을 피해 그 상자들의 내용물을 훔치기 위해 대영 제국 수출입 회사 창고의 열쇠를 따고 들어갔다. 무게가 많이 나갔기 때문에 여러 번에 걸쳐서 빼내야만 했다. 일단 무기들은 호주머니에 집어넣고, 옷 밑으로 양팔과 양다리에 묶어서 빼돌렸고, 그러고 나서 탄약은 자루에 담아 옮겼다. 밤에 경비를 서는 사람들에게 들킬 뻔한 적도 여러 번 있었지만, 그때마다 운좋게 제때에 도망칠 수 있었다. 그는 누군가 상자들을 찾으러 와서 도둑이 밝혀질 때까지는 약 2주 정도 걸릴 거라는 걸 알고 있었다. 그리고 없어진 문서들과 조작된 수치들을 찾아내 범인을 밝혀내는 게 그다지 어렵지 않다는 걸 잘 알고 있었다. 그렇지만 이미 그때 그는 바다 한가운데 있을 것이다. 돈이 생기면 이자까지 쳐서 마지막 한 푼까지 다 돌려줄 생각이었다. 자기 자신에게도 수천 번 반복해서 말했듯이, 그 짓을 할 수밖에 없었던 유일한 이유는 절망 때문이었다. 사느냐 죽느냐의 문제였다. 그리고 그의 생각에 삶은 캘리포니아에 있었고, 칠레에 있는 것은 지연된 죽음뿐이었다.

그는 빼돌린 무기들의 일부를 항구의 빈민가에서 헐값에 팔아 넘기고, 또 일부는 산토 토르네로 서점의 친구들에게 비밀을 지키겠다는 맹세를 받아 낸 다음 팔았다. 격렬한 이상주의 사상으로 무장된 그 친구들은, 손에 무기를 쥐어 본 적도 없이, 말로만 보수주의 정부에 맞서 유토피아적인 혁명을 꿈꾸며 몇 년을 준비해 오고 있었다. 그렇기 때문에 암시장에서 거래되는 권총들을 구입하지 않는다는 것은, 특히 거저이다시피 한 가격을 감안할 때 그걸 사지 않는다는 것은 그들의 사상에 이율배반적인 것임에 틀림없었다. 호아킨 안디에타도 혹시 모를 앞날을 위해 두 자루는 자기 것으로 챙겨 두었다. 그렇지만 동료들에게는 떠나기로 한 자신의 계획에 대해 일절 아무 말도 하지 않았다. 그날 밤 서점의 골방에서 그는 가슴에 오른손을 얹고, 민주주의와 정의를 위해 조국의 이름으로 목숨까지 바치겠다고 맹세했다. 그 다음 날 그는 가장 먼저 떠나는 배의 삼등칸 표를 사고, 구운 밀가루, 콩, 쌀, 설탕, 말린 말고기, 베이컨 조각을 샀다. 아껴 먹으면 항해 중에 간신히 식사를 해결할 수 있을 정도의 양이었다. 그리고 얼마 남지 않은 돈은 띠에 둘둘 잘 싸서 허리춤에 꽉 묶어 두었다.

12월 22일 밤에 그는 엘리사와 어머니와 헤어져, 그 다음 날 캘리포니아를 향해 떠났다.

마마 프레시아는 뒤뜰의 자그마한 밭에서 양파들을 캐내다가 호미로 양철통을 건드려 아주 우연히 연애편지들을 발견했다. 글은 읽을 줄은 몰랐지만, 한 번만 척 봐도 뭔지는 충분히 알 수 있었다. 손에 들고만 있어도 괜히 무시무시한 생각이 들어 미스 로즈에게 갖다 줄까도 생각해 보았다. 리본으로 묶은 그 편지 꾸러미들이 마치 살아 숨 쉬는 심장처럼 팔딱거리고 있었다고 맹세할 수도 있었다. 그렇지만 엘리사에 대한 애정이 신중함보다 더 컸기 때문에 자기 주인님한테 갖다 주는 대신, 그녀는 편지들을 다시 과자 상자 안에 담아 커다란 검정 치마 밑에 숨겨, 시름 가득한 엘리사의 방으로 갔다. 엘리사는 미사를 볼 때처럼 치마 위에 양손을 얹고 등을 꼿꼿하게 세운 채 의자에 앉아 창문을 통해 바다를 바라보고 있었다. 어찌나 수심에 가득차 보였던지 그녀 주변의 공기까지 무겁게 느껴졌으며, 괜히 불길한 예감까지 감돌았다. 마마 프레시아는 엘리사의 무릎 위에 상자를 올려놓고는, 그녀의 설명을 기다렸지만 그녀는 아무런 반응이 없었다.

"그 남자는 악마야. 너한테 불행만 안겨 줄 거야."

마침내 마마 프레시아가 엘리사에게 말했다.

"비극은 이미 시작되었어. 그는 이미 6주 전에 캘리포니아로 떠났는데, 생리가 시작을 안 해."

마마 프레시아는 다리에 힘이 풀린 듯 바닥에 털썩 주저앉아서는, 약하게 신음을 토해 내며 몸을 앞뒤로 흔들기 시작했다.

"조용히 해, 마마. 미스 로즈가 들으면 어쩌려고."

엘리사가 사정을 했다.

"빌어먹을 놈! 악마! 이제 어떡한다니, 애야? 이제 어떡해?"

마마 프레시아는 계속 한탄을 했다.

"그와 결혼할 거야."

"그 남자가 떠났다면서, 어떡해?"

"내가 그를 찾아 나서야 되겠지."

"아, 하느님 맙소사! 너 제정신이야? 내가 알아서 할게. 며칠 내에 감쪽같이 예전처럼 될 거다."

마마 프레시아는 흑맥주에 암탉 분비물을 넣어 만든 액체와 보라하라는 약초를 함께 섞어서 달인 물을 엘리사에게 하루에 세 번씩 마시게 했다. 그러고는 수은을 끓여 좌욕을 시키고, 배에다가는 겨자로 거즈를 만들어 붙여 주기도 했다. 결과적으로 엘리사는 누렇게 떠서, 썩은 치자 냄새가 풍기는 역겨운 악취에 절어서 다녔지만 일주일이 지나도 유산의 기미는 전혀 보이지 않았다. 마마 프레시아는 아이가 사내아이인 데다가, 틀림없이 악마의 자식이라서 어머니 창자를 꽉 움켜쥐고 놓지 않는 것이라고 생각했다. 그 재앙은 악마와 관련된 것이라서 자기 재주로는 어림도 없으며, 스승인 마치만이 그 끔찍한 불행을 물리칠 수 있을 거라고 믿었다. 그날 오후 당장 마마 프레시아는 주인님들한테 외출 허가를 받아, 바위 틈새에 있는 그 오두막집까지 한걸음에 달려가 눈먼 노파 주술사 앞에 머리를 조아렸다. 그녀에게 줄 선물로 절인 멤브리요 두 판과 쑥을 넣어 스튜를 만든 오리 요리를 가지고 갔다.

마치는 이미 알고 있었다는 듯, 최근에 일어난 일들을 지겨운 표정으로 들었다.

"내가 이미 말했잖아. 집착이 얼마나 끔찍한 재앙이라고. 한번 머릿속에 들어가 박히면 가슴이 터지고 말아. 그 끈질긴 집착에도 여러 종류가 있지만 그중에서도 최고로 악질이 사랑이야."

"그 악마를 없애기 위해 우리 애한테 할 수 있는 게 뭐 없을까요?"

"하려면야 할 수는 있지. 하지만 그렇다고 당신 애가 완전히 낫는 건 아니야. 어쩔 수 없이 남자를 찾아 떠나고 말 거야."

"금을 찾아서 아주 멀리 떠났어요."

"사랑 다음으로는, 가장 심각한 집착이 금이지."

마치가 무슨 판결을 내리듯 말했다.

마마 프레시아가 미스 로즈 몰래 엘리사를 마치에게 데려가는 일을 한다는 건 불가능했다. 또 이 주술사의 나이가 백 살인 데다가 그 궁상맞은 자기 집 밖으로는 50년 이상 나가지 않았기 때문에 마치를 소머스 집안의 저택으로 데려갈 수도 없는 일이었다. 자기가 직접 하는 수밖에는 다른 방도가 없었다. 마치는 마마 프레시아에게 단단한 콜리게 나뭇가지와 악취가 풍기는 짙은 색의 연고를 주고는, 그 나뭇가지에 연고를 발라 어떻게 엘리사 몸 안으로 집어넣어야 하는지 자세히 설명해 주었다. 그러고는 곧 이어 악마의 자식을 제거함과 동시에 애 어머니의 목숨을 보호할 수 있는 주문을 가르쳐 주었다. 마치는 일주일 중에 딱 하루인 금요일 밤에만 그 수술을 할 수 있다는 주의를 주었다. 마마 프레시아는 아주 늦게서야 지쳐서, 콜리게 나뭇가지와 연고를 망토 아래 숨겨서 돌아왔다.

"얘야, 이틀 밤 안에 너를 구해 줄 테니 기도나 열심히 해라."

마마 프레시아가 아침 식사인 초콜릿을 가지고 침대에 갔을 때 엘리사에게 알려 주었다.

마치가 지시한 그날, 존 소머스 선장이 발파라이소에 하선했다. 한여름인 2월의 둘째 주 금요일이었다. 만에는 닻을 내린 50여 척의 배들과 또 육지에 다가가기 위해 바다 한가운데에서 대기하고 있는 배들로 활기가 가득했다. 평소처럼 제레미와 로즈, 엘리사가 부둣가에 나와, 늘 새로운 소식과 선물들을 잔뜩 안겨 줄 멋진 삼촌을 기다리고 있었다. 배에 들러 밀수품들을 사러 나온 중산층의 사람들이 바닷사람들, 여행자들, 일꾼들, 세관 직원들과 한데 뒤섞여 있었으며, 한쪽에서는 좀 멀찌감치에 서서 창녀들이 손님들을 기다리고 있었다. 지난 몇 달 동안, 전 세계 남자들의 탐욕을 들쑤셔 놓은 금 소식이 퍼진 이후로 배들이 정신없이 들락날락했으며, 그 덕에 창녀촌도 불티가 났다. 발파라이소에서도 경기가 좋지만, 그럼에도 불구하고 더 당돌한 여자들은 소문처럼 여자 한 명당 남자가 200명이라는 캘리포니아에 가면 떼돈을 벌 수 있을 것이라 계산했다. 항구에서는 사람들이 가는 곳마다 달구지와 짐승들, 화물들에 부딪혔고, 사방에서 여러 나라 말들이 들려왔으며, 배의 사이렌 소리와 경비원들이 불어 대는 호루라기 소리가 정신없이 울려왔다.

미스 로즈는 바닐라 향수를 뿌린 손수건으로 코를 틀어막고, 자기가 제일 좋아하는 오빠를 찾으면서 배에서 내려오는 사람들을 자세히 살펴보았다. 반면 엘리사는 짧게 공기를 들이마시며 그 냄새들의 정체를 알아내려 했다. 커다란 바구니에 담겨 햇빛을 받으며 널려 있는 생선 비린내가 짐마차를 끄는 짐승들의 오물 냄새와 사람들의 땀 냄새와 한데 뒤섞여 진동했다. 엘리사가 맨 먼저 소머스 선장을 발견했다. 그녀는 삼촌을 보는 순간 너무나 큰 안도감이 들어 하마터면 울음을 터뜨릴 뻔했다. 엘리사는 삼촌이라면 자신의 어렵고도 힘든 사랑의 고통을 이해해 줄 수 있으리라 믿으면서 몇 달이나 그를 기다려 왔다. 미스 로즈에게는 호아킨 안디에타에 대해 말도 꺼내지 못했으며, 제레미 소머스에게는 더더욱 엄두도 내지 못했다. 그렇지만 그 어느것에도 놀라거나 두려워하지 않는 바닷사람인 삼촌만큼은 자기를 도와줄 거라 확신했다.

선장이 육지에 발을 채 내딛기도 전에, 엘리사와 미스 로즈가 달려가 그를 부둥켜 안았다. 그는 바닷사람다운 강인한 두 팔로 두 여자의 허리를 낚아채 동시에 번쩍 들어올린 다음, 좋아서 소리를 지르는 미스 로즈와 금방이라도 토할 것 같아 항의를 하는 엘리사를 팽이처럼 빙글빙글 돌리기 시작했다. 제레미 소머스와는 악수로 인사를 나누었다. 제레미는 동생이 지난 20년 동안 변한 게 하나도 없이, 어쩌면 이렇게 여전히 얼간이인 게 가능한지 속으로 의아해했다.

"꼬마야, 무슨 일 있니? 안색이 안 좋다."

선장이 엘리사를 살피며 물었다.

"설익은 과일을 먹었어요, 삼촌."

현기증으로 쓰러지지 않기 위해 삼촌한테 기대면서 엘리사가 설명했다.

"너희가 나를 마중하러 항구에 온 게 아니라는 건 잘 알고 있지. 너희들이 원하는 건 향수를 사는 거지? 맞지? 누가 파리 심장부에서 최상의 향수들을 가지고 왔는지 말해 주마."

그 순간 한 외국인이 선장 옆으로 지나가다가, 어깨에 메고 가던 가방으로 우연히 그를 치게 되었다. 존 소머스는 화가 나서 뒤돌아보다가, 그를 알아보고는 특유의 농담조로 욕을 내뱉으면서 그 외국인의 팔을 붙잡아 세웠다.

"어이, 중국인, 내 가족을 소개해 줄 테니 이리 와봐."

선장이 다정하게 그를 불렀다.

엘리사는 아시아 사람은 단 한 번도 가까이에서 본 적이 없었기 때문에 아예 대 놓고 그를 바라보았다. 삼촌의 이야기에서 많은 비중을 차지하던 그 경이로운 나라 중국에서 왔다는 사람이 드디어 그녀 눈앞에 서 있는 것이었다. 덩치 큰 영국인 선장 옆에서는 어린애 같았지만, 칠레인에 비교하면 비교적 큰 편이었으며 나이는 가늠할 수 없는 남자였다. 그는 볼품없이 걸었으며 얼굴은 별다른 윤곽이 없이 밋밋했다. 몸은 소년처럼 마른 편이었으며, 실같이 가느다란 눈에는 깊은 표정이 배어 있었다. 소머스 선장이 그가 있는 곳으로 다가가자, 가슴속 깊은 곳에서부터 우러나옴직한 순진한 미소가 그의 근엄하면서도 진득한 표정과 대조되어 나타났다. 그는 투박한 남방에 바지를 허리춤까지 높이 추켜 입은 다음, 허리에 띠를 두르고 큰 칼을 차고 있었다. 간편한 운동화를 신고 큼지막한 밀짚모자를 쓰고 있었으며, 등에는 길게 땋아 내린 머리가 주렁주렁 매달려 있었다. 그는 가방을 내려놓거나 사람들의 얼굴을 보지도 않은 채, 고개만 숙여 여러 번 굽실거리며 인사를 했다. 존이 자기들보다 확실하게 비천한 종족의 사람에게 너무나 다정하게 대하는 걸 보고 당황한 미스 로즈와 제레미 소머스는 어떻게 할 줄 몰라하다가 간단하고 짧막한 표정으로 인사를 대신했다. 엘리사는 미스 로즈가 놀라서 바라보는 앞에서 그에게 손을 내밀었지만, 그 남자는 그녀의 손을 못 본 척했다.

"이 사람은 타오 치엔이야. 내가 데리고 있던 요리사 중에서 최악이지. 그렇지만 거의 모든 병들을 고칠 줄 알아. 그래서 아직 배에서 집어던지지 않은 거야."

선장이 우스갯소리로 이야기를 했다.

타오 치엔은 다시 여러 번 몸을 굽실거리며, 별다른 이유 없이 해죽해죽 웃다가 얼른 뒷걸음질을 쳐서 멀어져 갔다. 엘리사는 그가 영어를 이해할 수나 있을지 궁금했다. 두 여자 몰래 존 소머스가 형에게 귓속말로 소곤거렸다. 최상의 아편과 언젠가 독신주의를 끝내기로 마음먹었을 경우, 발기부전에 좋다는 코뿔소 뿔 가루를 그 중국인에게서 구할 수 있다는 내용이었다. 엘리사는 부채 뒤로 얼굴을 가리고는, 그들이 나누는 이야기를 몰래 엿듣고 있었다.

그날 오후 집에서 선장은 티타임을 즐기면서 그가 가져온 선물들을 나누어 주었다. 형에게는 영국제 면도 크림,

톨레도산 가위 세트와 여송연을, 로즈에게는 거북이 등껍질로 만든 빗과 마닐라산 망토를, 엘리사에게는 평소처럼 혼수 준비를 위한 보석을 선물했다. 이번에는 진주 목걸이였고, 감격한 엘리사는 고마워하며 전에 받았던 보석들과 함께 보석 상자에 넣었다. 집요한 미스 로즈와 관대한 그 삼촌 덕택에 그녀의 보석 상자는 귀한 보물들로 가득 찼다.

"미리부터 혼수를 준비한다는 게 좀 어리석은 짓 같아. 더군다나 아직 애인도 없는데 말이야."

선장이 미소를 지었다.

"아니면, 이미 한 놈이 수평선 위로 나타났나?"

엘리사는 그 순간 차 쟁반을 가지고 들어오던 마마 프레시아와 걱정스러운 눈길을 주고받았다. 선장은 아무 말 하지 않았지만, 동생 로즈가 어떻게 엘리사의 변화를 눈치 채지 못했을까 하고 속으로 의아해했다. 보아하니, 여자의 직감이라는 것도 별 볼일이 없는 것 같았다.

그날 오후 내내 선장은 캘리포니아에 대한 신기한 이야기들을 들려 주었다. 비록 선장은 금이 발견된 이후로는 그곳에 가 보지도 못했고, 또 샌프란시스코가 세상에서 가장 아름다운 만을 가지긴 했지만 차라리 가난한 부락에 불과하다는 말 외에는 별다른 이야기를 할 수가 없었어도, 사람들에게는 그저 신기하기만 했다. 금 난리는 유럽과 미국에서도 유일한 화젯거리였으며, 심지어 아시아의 먼 나라들에까지도 그 소식이 전해졌다고 했다. 그의 배는 캘리포니아로 향하는 승객들로 만선이 되어서 왔으며, 대부분의 사람들은 광산에 대해서는 기초 지식도 없는 사람들이고, 또 평생 금이라고는 이빨에 넣는 금 쪼가리조차 본 적이 없는 사람들도 많다고 했다. 샌프란시스코로 편하고도 빨리 갈 수 있는 방법이 없기 때문에, 항해는 비참한 상황에서 몇 달씩 지속된다고 했다.

그렇지만 광활한 황야와 인디오들의 공격을 감수하고 아메리카 대륙을 횡단하면 시간도 더 걸릴 뿐 아니라, 목숨을 보존할 확률도 더 희박했다. 배로 파나마까지 가는 사람들도 있었는데, 그들은 거기서부터 작은 배를 타고 피라니아로 들끓는 강을 지나, 노새를 타고 밀림을 통과해 지협을 건넌 다음, 태평양 연안에 도착해서 또다시 배를 타고 북쪽으로 가야만 했다. 지옥 같은 더위와 독벌레들, 모기들, 콜레라, 황열병 외에도, 그와는 비교할 수도 없는 인간 독종들을 참고 견뎌 내야만 했다. 여행자들은 노새를 타고 미끄러져 가면서 험한 산을 통과하고 위험으로 가득한 늪을 무사히 지난다 하더라도, 건너편에 가서 도적 떼들을 만나 가진 걸 모두 빼앗길 수도 있었다. 또 사람들을 조잡한 배에 짐승들처럼 잔뜩 실어서 샌프란시스코로 데려다 주는 대가로 엄청난 돈을 챙기는 장사꾼들에게 크게 당할 수도 있었다.

"캘리포니아가 상당히 넓은가요?"

엘리사는 행여라도 목소리 때문에 조바심 나는 자기 마음이 들키지 않기를 바라면서 물었다.

"보여 줄 테니 지도를 가지고 와 봐라. 칠레보다 훨씬 더 크단다."

"그럼 금이 있는 데까지 어떻게 가는 거예요?"

"사방에서 갈 수 있다고 하던데……."

"예를 들어서, 캘리포니아에서 누군가 찾을 사람이 있다면요……."

"그건 꽤 어려울 거야."

선장은 엘리사의 표정을 주의 깊게 살펴보면서 대답했다.

"삼촌, 다음 항해 때 그곳에 갈 거예요?"

"입맛 당기는 제의가 있기는 한데, 아마 그 제의를 받아들일 것 같다. 칠레 투자가 몇 명이 캘리포니아로 사람들과 화물들을 정기적으로 실어 나르는 노선을 계획하고 있어. 증기선을 지휘할 선장이 필요하지."

"그럼 오빠를 더 자주 볼 수 있겠네! 존!"

로즈가 좋아서 소리 질렀다.

"너는 증기선에는 경험이 없잖니."

제레미가 주의를 주었다.

"없지. 그렇지만 나만큼 바다를 잘 아는 사람은 없어."

지정된 금요일 밤, 엘리사는 마마 프레시아가 거처하는 뒤뜰 구석에 있는 오두막집으로 가기 위해 집 안이 침묵에 잠길 때까지 기다렸다. 그녀는 바티스트 잠옷만 입은 채 맨발로 침대에서 내려왔다. 어떤 처방이 자신을 기다리고 있을지 짐작할 수는 없었지만, 아주 힘들고 괴로운 시간이 되리라는 건 잘 알았다. 경험상 몸에 약이 되는 것은 모두 쓴 것들뿐이었으며, 게다가 인디오 여인의 약은 혐오스럽기까지 했다. "얘야, 걱정하지 말아라. 네가 술에서 깨어났을 때 고통을 기억하지 못할 정도로 소주를 잔뜩 먹일

게다. 참, 피를 닦을 천이 많이 필요할 게야." 하고 마마
프레시아가 그녀에게 이야기했었다.

엘리사는 애인을 맞으러 가기 위해, 어둠 속에서 자주
그 길을 지나갔었기 때문에 특별히 주의할 것도 없었다.
그렇지만 그날 밤에는 될 수 있는 한 시간을 끌면서 아주
천천히 걸어갔다. 천지를 개벽할 정도로 강한 지진이 일어
나 마마 프레시아와의 약속에 못 갔으면 하고 간절히 바랐
다. 엘리사는 발이 차갑게 얼어붙으면서 등줄기를 타고 소
름이 돋는 것을 느낄 수 있었다. 그게 추위 때문인지, 앞으
로 일어날 일에 대한 두려움 때문인지, 자신의 양심이 보내
는 마지막 경고 때문인지는 분간을 할 수가 없었다.

처음 임신 사실을 알았을 때부터, 엘리사는 누군가 자기
를 애타게 부르는 목소리가 느껴졌다. 그녀는 그 목소리가
자기도 살 수 있다며 권리를 주장하는 뱃속에 있는 아이의
목소리라고 확신했다. 그래서 가급적 그 목소리를 들으려
하지 않았다. 생각도 하지 않으려 했지만 엘리사 자신도
속수무책이었다. 임신 사실을 안 순간부터 그녀에게는 희
망도 용서도 존재하지 않았다. 잃어버린 순결을 되찾을 수
있는 방법이 없기 때문에, 어느 누구도 그녀의 실수를 용
서하지 않을 것이다. 마마 프레시아의 기도나 촛불로도 그
비극을 막아 내지는 못할 것이다. 사람들이 눈치 챌 수 있
을 정도로 배가 부르기 전에, 호아킨이 가던 길을 되돌아
와서 자기와 결혼하러 갑자기 나타나지도 않을 것이며, 그
러기에는 이미 너무 늦었다. 불명예스러운 오명으로 낙인
찍혀, 가족들에게 쫓겨나 사생아 아들을 데리고 가난과 고

독 속에서 살면서 호아킨의 어머니처럼 끝날 수도 있다는 생각이 그녀를 겁에 질리게 했다. 그런 치욕은 견딜 수가 없을 것 같았다. 차라리 두 눈 딱 감고 죽는 게 백 번 나았다. 그리고 그날 밤, 자신을 길러 준, 그리고 어쩌면 이 세상에서 자신을 가장 사랑해 준 착한 여인의 손에서 죽을 수도 있었다.

식구들은 일찌감치 잠자리에 들었다. 그렇지만 선장과 미스 로즈는 바느질 방에 틀어박혀 몇 시간을 수군거리며 이야기했다. 여행에서 돌아올 때마다 존 소머스는 동생에게 책들을 가져다주었으며, 떠날 때에는, 엘리사의 추측에, 미스 로즈가 쓴 글들이 들어 있을 수상쩍은 소포 꾸러미를 가지고 갔다. 엘리사는 미스 로즈가 오후에 한가로울 때마다 깨알 같은 글씨로 가득 메웠던 그 공책들을 정성껏 포장하는 걸 본 적이 있었다. 미스 로즈를 존중해서인지 아니면 예의상 조심해서인지, 그녀가 그리는 창백한 수채화뿐 아니라 글에 대해서도 아는 척하는 사람이 아무도 없었다. 글과 그림은 사실 창피해할 게 아무것도 없는 자그마한 일탈이었지만, 그렇다고 자랑할 것도 되지 못했다. 소머스 집안 사람들은 엘리사가 요리를 좋아하는 것도 마찬가지의 무관심으로 대했다. 그들은 아무 말 없이 그녀의 요리를 음미했으며, 손님들이 그녀의 요리 솜씨를 칭찬하면 슬그머니 이야기의 주제를 바꾸었다. 반면에 다른 사람이 노래하는 걸 겨우 반주만 해 주는 정도로 낑낑대며 피아노를 치면 기대 밖의 엄청난 박수갈채를 받았다. 엘리사는 어렸을 때부터 쭉 미스 로즈가 글 쓰는 것을 보았지만

한 번도 무슨 글을 쓰는지는 묻지 않았다. 그리고 제레미나 존이 그런 질문을 하는 것도 들어 본 적이 없었다. 엘리사는 존 삼촌이 왜 미스 로즈의 공책들을 그렇게 몰래 들고 가는지 궁금했다. 그렇지만 아무도 일러 준 사람이 없었어도, 엘리사는 그건 이 집안의 평화를 이루고 있는 여러 비밀들 중의 하나이며, 만에 하나 그걸 어겼을 경우, 카드를 쌓아 지은 듯한 그들의 집이 단번에 무너질 수도 있다는 걸 잘 알고 있었다.

제레미와 로즈가 각자의 방에서 잠이 든 지도 꽤 한참이 지났다. 존 삼촌은 저녁 식사를 마친 후 말을 타고 외출했을 것이다. 선장의 습관을 잘 알고 있는 엘리사는, 미스 로즈가 함께 동행하지 않을 때에는 그가 길거리에서 그들에게 아는 체하며 인사를 건네던, 좀 경박스러워 보이는 여자들과 함께 마음껏 즐기고 있을 것이라고 상상했다. 그렇지만 엘리사는 그들이 함께 춤을 추고 술을 마시는 장면만 상상했지, 창녀들이 무엇을 하는지는 잘 몰랐기 때문에 자기 삼촌이 그 이상의 추접스러운 짓을 하는 장면은 생각도 못했다. 자기가 호아킨 안디에타와 사랑으로 했던 그것을 돈이나 재미 삼아 할 수도 있다는 생각은 전혀 해 보지도 않았던 것이다. 그녀가 아는 바에 의하면, 삼촌은 다음 날 아침이 될 때까지도 돌아오지 않을 것이다. 그래서 아래층에 도착했을 때 누군가 어둠 속에서 그녀의 팔을 잡아 끌었을 때는 그녀는 놀라서 까무러치는 줄 알았다.

엘리사는 자기 몸에 부딪힌 덩치 큰 남자의 열기를 느꼈다. 술 냄새와 담배 냄새가 얼굴 위로 확 스쳐 지나가면서 즉시 존 삼촌임을 알 수 있었다. 왜 그 시간에 잠옷 차림으로 그곳에 있었는지 변명거리를 찾아내면서 삼촌한테서 벗어나려 했지만, 삼촌은 그녀를 서재까지 꽉 붙잡고 끌고 갔다. 서재에는 창문을 통해 들어오는 달빛만이 가물거렸다. 삼촌은 엘리사를 제레미의 영국제 가죽 소파에 앉히고는 등을 밝히기 위해 성냥을 찾았다.

"좋아, 엘리사. 이제 너한테 대체 무슨 일들이 벌어지고 있는지 이야기해 봐라."

삼촌은 그전에는 한 번도 들려 준 적이 없었던 냉정한 목소리로 엘리사에게 말했다.

엘리사는 그 순간 정신이 번쩍 들면서, 자기가 기대했던 것처럼 존 삼촌이 무조건 자기 편은 아니라는 걸 깨달았다. 삼촌이 늘 스스로 자랑하며 떠벌리던 관용은 이런 경우에는 전혀 해당되지 않았다. 가족들의 명예가 걸려 있는 문제라면 그도 자기 형제들과 한편일 것이다. 엘리사는 꿀먹은 벙어리가 된 채, 그의 시선을 받으며 가만히 그를 응시했다.

"로즈가 그러던데, 네가 요새 어떤 가난뱅이 놈하고 좋아지낸다고. 그게 맞니?"

"존 삼촌, 그 사람은 두 번밖에 본 적이 없어요. 그것도 몇 달 전이에요. 그 사람 이름도 몰라요."

"그렇지만 그를 잊지는 못했지, 그렇지? 첫사랑은 수두 같은 거야. 지워지지 않는 상처 자국을 남겨 놓지. 단둘이서만 만난 적이 있니?"

"아니요."

"네 말을 믿지 않는다. 내가 바보인 줄 아니? 엘리사, 누가 봐도 네가 변한 걸 알 수가 있어."

"삼촌, 난 지금 환자예요. 설익은 과일을 먹어서 속이 뒤집혔어요. 그게 다예요. 지금도 화장실에 가려던 참이었어요."

"너는 지금 발정기에 오른 암캐의 눈을 하고 있단 말이야!"

"왜 나를 모욕하는 거예요! 삼촌!"

"애야, 미안하구나. 내가 너를 얼마나 사랑하는지, 또 얼마나 걱정하는지 모르겠니? 네 인생이 망가지는 걸 용납할 수가 없단다. 로즈와 내가 얼마나 근사한 계획을 세워 두었는데…… 영국에 가고 싶지 않니? 한 달 내에 로즈랑 함께 여행을 떠날 수 있도록 조치를 취할 수 있다. 그리고 그 한 달 동안에는 여행에 필요한 물건들을 준비하면 되지."

"영국이요?"

"여왕들처럼 일등칸에서 여행할 수 있다. 그리고 런던에서는 버킹검 궁전에서 몇 구역 떨어지지 않은 곳에 기막힌 숙소가 하나 있는데 거기서 지내면 되고."

엘리사는 두 남매가 이미 자신의 운명을 결정 냈다는 걸 잘 알았다. 자기와 호아킨 사이에 대양을 두 개씩이나 두고 그와 정반대의 방향으로 떠난다는 건 생각만 해도 끔찍한 일이었다.

"고마워요, 삼촌. 영국에 간다면 너무 좋을 거예요."

엘리사는 할 수 있는 한 최대로 시치미를 떼며 다정하게 말했다.

선장은 브랜디를 연거푸 두 잔 마시고는, 파이프에 불을 지피고 런던 생활의 이점들을 열거하며 장장 두 시간을 이야기했다. 그곳에서는 그녀와 같은 요조숙녀는 최고의 사교계를 왕래하면서 춤이나 연극, 콘서트를 보러 다니고, 가장 예쁜 드레스를 사고, 좋은 혼사도 치를 수 있다. 이젠 그럴 나이가 되었다. 파리나 이탈리아에 가 보고 싶지 않으냐, 베니스나 플로렌스는 반드시 보고 죽어야 한다. 자기가 알아서 비용은 다 대주겠다. 언제는 그러지 않았느냐. 세상에는 잘생기고, 재미있고, 좋은 조건을 가진 남자들로 가득 찼다. 구덩이 속에 푹 처박혀 살 듯 그 촌구석에서 살다가 밖으로 나가면 금세 스스로도 확인하게 될 거다. 발파라이소는 그녀처럼 예쁘고 좋은 교육을 받은 젊은 처자에게는 적당한 곳이 아니다. 늘 갇혀서 살았으니, 맨 먼저 눈에 띄는 놈을 사랑하게 된 것도 그녀의 잘못은 아니다. 그리고 그 청년이, 이름이 뭐라고 그랬더라, 제레미의 직원이랬지, 그렇지, 그는 곧 잊어버릴 거다. 사랑은 스스로 산화돼서 자취도 없이 사라지거나, 멀리 떨어져 있다 보면 뿌리째 뽑히게 된다. 그런 충고를 하기에는 자기보다 더 적합한 사람이 없다. 좋은 건 아니지만, 자기는 장거리 사랑에는 도사이며, 또 재로 변한 사랑에도 자기를 따를 사람이 없다는 등, 확신에 찬 말들을 늘어놓았다.

"삼촌, 무슨 말을 하는지 잘 모르겠어요. 로즈 이모가 오렌지 주스 한 잔을 갖고 연애소설을 쓴 거예요. 어떤 사람이 짐을 갖다놓으러 왔길래 내가 음료수를 한 잔 대접했어요. 그 사람은 그걸 마시고 떠났고요. 그게 다예요. 더 이상 아무 일도 없었고, 그 사람은 그 이후로는 다시 보지도 못했어요."

"네 말대로라면 네가 운이 좋은 게다. 네 머릿속에서부터 그 망상을 뽑아내지 않아도 되니 말이다."

존 소머스는 계속해서 술을 마시며 새벽이 될 때까지 이야기를 했다. 한편 엘리사는 가죽 소파에 웅크리고 앉아, 어찌 됐든 하늘이 자기 애원을 들어주었다고 생각하면서 잠이 들었다. 마마 프레시아의 끔찍한 처방에서부터 자기를 구해 준 건 시기적절한 지진이 아니라, 바로 삼촌이었다. 한편 인디오 여인은 뒤뜰의 오두막집에서 밤새도록 눈이 빠지게 엘리사를 기다리고 있었다.

작별

    토요일 오후에 존 소머스는 로드리게스 데 산타크루스 부부의 배를 방문하는 데 동생 미스 로즈와 동행했다. 거래가 잘 이루어진다면, 존 소머스는 증기선의 선장이 되어 드디어 자신의 꿈을 실현하는 것이었다. 파울리나는 그녀가 묵고 있는 영국 호텔의 살롱에서 그들을 맞이했다. 그녀는 자신의 계획을 실천하기 위해 북쪽 지방에서부터 와 있었으며, 그녀의 남편은 몇 달 전부터 캘리포니아에 가 있었다. 그들은 오가는 배들을 통해 서로에게 편지를 교환함으로써 부부간의 애정뿐 아니라 사업 구상도 주고받고 있었다.

    파울리나는 순전히 직감만으로 존 소머스를 자기 사업 파트너로 선택했다. 그가 아버지의 농장에 한두 번 초대된 적이 있던 제레미와 로즈 소머스의 형제라는 걸 어렴풋이 기억하고는 있었지만, 그를 본 적은 단 한 번밖에 없었으며, 그와는 예의상의 몇 마디도 거의 주고받지 않았다.

그가 제이컵 토드와 친구라는 게 유일하게 그녀와 연관된 것이었다. 그렇지만 지난 몇 주 동안 그에 대해 조사를 해 본 결과, 그녀는 만족할 만한 결론을 얻었다. 선장은 바닷사람들과 사업계 쪽에서 좋은 평판을 얻고 있었으며, 더군다나 사람들이 모두 미쳐서 날뛰고 있던 당시로서는 그의 경험과 신뢰가 더욱 필요했다. 너 나 할 것 없이 누구든지 배를 빌려서 회사를 세운 다음 항해를 시작했다. 대개가 경험도 없는 사람들이었으며, 배는 고물이 다 된 것이었지만 그건 그다지 중요하지가 않았다. 캘리포니아에 도착하는 즉시 회사는 사라지고 배는 버려졌으며, 모두 금이 묻혀 있는 광맥을 향해 쏜살같이 달려갔기 때문이었다.

그렇지만 파울리나는 장기간의 앞날을 내다보았다. 우선 그녀의 남편과 시아주버님이 유일한 동업자들이었기 때문에 다른 사람들의 요구를 존중할 필요가 없었다. 게다가 자본금의 거의 대부분을 그녀 자신이 출자했기 때문에 자기 마음대로 결정을 내릴 수 있었다. 그녀가 '포춘'이라고 이름을 붙인 증기선은 규모도 작고 바다에서 몇 년간 항해한 중고이긴 했지만 상태는 완벽했다. 그녀는 선원들이 금 열기에 휩쓸려 도망치지 못하도록 후한 임금을 쳐 줄 작정이었지만, 유능한 선장의 강력한 지도력 없이는 아무리 좋은 월급으로도 선상에서의 군기를 유지할 수 없다는 걸 잘 알고 있었다.

파울리나의 남편과 시아주버님의 생각은 금을 캐는 연장들과 집을 짓는 데 쓰이는 목재, 작업복, 가사 도구, 육포, 시리얼, 콩 등과 같이 상하지 않는 식품류를 거래하자는 쪽이었다. 그렇지만 그녀는 발파라이소에 발을 채 내딛기도 전에, 그런 생각을 한 사람들이 많이 있으며 그만큼 경쟁도 치열하다는 걸 깨달았다. 그녀는 주변을 한번 휙 둘러보고는, 그해 여름에 풍작이 들어 과일과 야채가 지천으로 널려 있는 걸 보았다. 너무나 많이 남아돌아서 팔리지도 않을 지경이었다. 야채들은 밭에서 쑥쑥 자라고 있었으며, 나무들은 과일의 무게를 견디지 못해 부러질 정도였다. 공짜로 얻을 수도 있는 걸 돈 주고 살 사람은 거의 아무도 없었다. 그녀는 수확하려는 사람이 없어 야채들이 밭에서 그냥 썩고 있을 아버지의 농장을 생각했다. 그러고는 그것들을 캘리포니아로 가지고 갈 수만 있다면 금보다 더 값질 수도 있다는 계산을 했다. 신선한 식품들, 칠레산 포도주, 의약품들, 계란, 고급 의류, 악기 등을 가지고 갈 수 있으며, 연극이나 오페라, 경오페라와 같은 볼거리도 못 가지고 갈 건 없다는 생각을 했다. 샌프란시스코는 하루에 수백 명의 이민자들을 받아들이고 있었다. 당분간은 모험가들과 날건달들뿐이지만, 곧 미국 다른 곳에서부터 소작인과 성실한 농부, 변호사, 의사, 선생 등, 정신이 제대로 박힌 사람들도 가족과 함께 보금자리를 찾아 그곳으로 오게 될 것이다. 여자가 있는 곳에는 문명이 있다. 그리고 샌프란시스코에 문명이 싹을 틔우게 되면 그때에는 자신의 증기선이 그에 필요한 모든 것을 가지고 그곳에 있을 것이라는 결론을 내렸다.

파울리나는 티타임에 존 소머스 선장과 그의 여동생 로즈를 맞이했다. 정오의 열기도 어느 정도 식고 시원한 바닷바람이 조금씩 불기 시작할 때였다. 그녀는 소박한 항구 사회에 비하면 지나칠 정도로 화려하게 차려입고 있었다. 머리에서 발끝까지 크림 색깔의 모슬린과 레이스로 휘두르고 있었으며, 곱슬곱슬하게 말린 관을 양쪽 귀에 걸치고, 낮 시간에는 지나치다 싶을 정도로 많은 보석들을 주렁주렁 매달고 있었다. 그녀의 두 살짜리 아들이 유니폼을 입은 유모의 품에 안겨 발장난을 치고 있었으며, 털이 복실복실한 강아지는 그녀의 발밑에 있다가 파스텔 조각을 잘라서 입에다가 대주면 날름 받아먹었다. 처음 30분 가량은 서로를 소개하고, 차를 마시고 제이컵 토드에 대한 추억을 이야기하며 보냈다.

"그 친구는 어떻게 되었지요?"

파울리나는 그의 소식을 듣고 싶었다. 그녀는 펠리시아노와 연애할 때 그 영국인 사기꾼이 도와 준 것을 절대 잊지 못했다.

"그 친구 소식을 못 들은 지도 한참 되었습니다."

선장이 이야기했다.

"2년 전에 저와 함께 영국으로 떠났습니다. 아주 낙담을 해서 갔는데 바닷바람이 좋았는지 하선할 때에는 평소의 유머 감각을 되찾았습니다. 그는 유토피아 사회의 건설을 구상하고 있었습니다. 그게 헤어질 때의 상황이었습니다."

"유토피아 뭐라고요?"

파울리나와 미스 로즈가 한 목소리로 물었다.

"평등과 자유로운 사랑, 공동 작업을 원칙으로, 자기들만의 법과 정부를 가지고 사회의 울타리 밖에서 사는 그룹

입니다. 내가 알기로는, 적어도 그가 항해 중에 나한테 수천 번도 더 넘게 설명한 바에 의하면 대충 그런 겁니다."

"우리 모두가 생각했던 것보다 더 미친 사람이군요."

미스 로즈가 자기만을 일편단심으로 좋아했던 사람에 대해 약간의 연민을 느끼며 말했다.

"독창적인 생각을 가진 사람들은 늘 미친 사람으로 보이지요."

파울리나가 덧붙였다.

"소머스 선장님, 멀리 갈 것도 없이 저도 선장님과 함께 의논하고 싶은 미친 생각이 하나 있는데요. '포춘호'는 이미 보셨지요. 발파라이소에서 페나스 만까지 증기선으로 얼마나 걸릴까요?"

"페나스 만이요? 그건 남쪽에서도 아주 남쪽에 있는 건데요!"

"맞아요. 아이센 항보다 더 아래쪽에 있지요."

"나보고 거기서 뭘 하라는 겁니까? 그곳에는 섬들과 숲, 비밖에 없어요."

"그 주변을 잘 아십니까?"

"그럼요. 그렇지만 저는 샌프란시스코에 가는 걸로 알고 있었는데……."

"이 페이스트리 좀 드셔 보세요. 아주 맛있어요."

파울리나가 강아지를 쓰다듬으며 그에게 권했다.

존과 로즈 소머스가 파울리나와 함께 영국 호텔의 살롱에서 이야기를 나누는 동안, 엘리사는 마마 프레시아와 함께 엘알멘드랄 지역을 돌아다녔다. 그 시간에는 학원에서 댄스파티가 있어 학생들과 초대받은 사람들이 모여들기 시작했다. 그리고 아주 예외적으로 미스 로즈가 마마 프레시아의 동행하에 두 시간 정도는 다녀오도록 허락했던 것이다. 평소에는 미스 로즈의 동행 없이는 학원 근처에 가지도 못했다. 그렇지만 댄스 교수가 해가 질 때까지는 알코올 성분이 든 음료수를 제공하지 않았기 때문에 오후 이른 시간에는 젊은이들이 소동을 피울 일이 없었던 것이다. 엘리사는 미스 로즈 없이 길거리로 나올 수 있는 그 유일한 기회를 이용하기로 마음먹고, 마마 프레시아에게 자기 계획을 도와 달라며 애원했다.

"유모, 나 좀 도와줘. 호아킨을 찾으러 캘리포니아로 가야 해."

엘리사가 간절히 애원했다.

"임신을 한 몸으로 어떻게 혼자 가겠다는 거야!"

마마 프레시아가 경악을 하며 놀라서 소리 질렀다.

"유모가 나를 도와주지 않는다면 혼자서라도 갈 거야."

"미스 로즈한테 다 말할 테다!"

"말만 해 봐, 죽어 버릴 테니까. 그리고 밤마다 나타나서 못살게 굴 테니까 알아서 해. 맹세해."

엘리사가 단호한 결심으로 대답했다.

엘리사는 그 전날, 여자들 한 무리가 배에 타기 위해 항구에서 협상을 벌이는 걸 보았다. 여름이고 겨울이고 늘 검정색 망토를 뒤집어쓰고 다니는, 길거리에서 흔히 볼 수 있는 여자들과는 다른 행색이었다. 엘리사는 그 여자들이 존 삼촌이 함께 어울리는 그런 여자들일 거라고 생각했다. "여우들이야. 돈 때문에 잠자리를 갖는 여자들이란다. 나중에는 총총거리며 지옥에나 갈 거다."라고 한번은 마마 프레시아가 그녀에게 설명해 준 적이 있었다. 광부들의 금을 몽땅 차지할 속셈으로 캘리포니아로 떠나는 칠레 여자들과 페루 여자들이 있다는 말을 존 삼촌이 제레미에게 하는 걸 들은 적이 있었다. 그렇지만 그 여자들이 그곳에 가기 위해 어떻게 하는지는 전혀 상상도 할 수가 없었다. 엘리사는 그 여자들이 혼자서 아무 도움 없이 무사히 여행할 수 있다면, 자기도 할 수 있다고 생각했다.

엘리사는 12월의 무더위에 비지땀을 흘리며, 부채로 얼굴을 가리고 설레는 가슴으로 서둘러 걸었다. 그녀는 자그마한 비로드 주머니에 혼수용 보물들을 담고서 몸에 지니고 있었다. 새로 장만한 신발 때문에 고문이 따로 없을 정도로 발이 아팠고, 코르셋 때문에 허리가 꽉 조여 답답했다. 도시의 온갖 오물들이 흐르는 하수구의 뚜껑이 열린 곳에서는 별의별 악취가 풍겨 속이 더 메스꺼웠다. 그렇지만 머리에 책을 이고 걸어다니고, 등에 쇠막대기를 묶고 피아노를 연습했던 그 몇 년 동안 배운 그대로, 몸은 꼿꼿이 세우고 걸었다. 뚱뚱한 데다가 다리까지 퉁퉁 부은 마마 프레시아는 거의 신음에 가까운 인디오 말로 뭐라고 웅얼거리면서 어렵사리 그녀를 쫓아왔다. "세상에, 애야, 어디로 가는 거니?" 그렇지만 엘리사는 자기도 어디로 가는지 몰랐기 때문에 아무런 대답도 할 수가 없었다. 하지만 딱 한 가지만은 확실했다. 보석을 저당잡혀 캘리포니아로 가는 표를 사더라도 존 삼촌한테 들키지 않고 배를 탄다는 것은 절대 불가능하다는 것, 그것 하나만큼은 확실했다.

오고 가는 배들이 매일 수십 척이 되어도 발파라이소는 작은 도시였고, 또 항구에서는 존 소머스 선장을 모르는 사람이 없었다. 게다가 엘리사에게는 신분증도 없었고, 여권은 더더욱 없었다. 특히 그즈음에는 미국 외교관과 칠레 귀부인 사이의 어긋난 사랑 때문에 칠레 주재 미국 영사관이 닫혀 있었다. 엘리사는 호아킨을 따라 캘리포니아로 갈 수 있는 유일한 방법은 밀항자처럼 몰래 배에 숨어 타는 것뿐이라는 결론에 이르렀다. 밀항자들이 선원들과 짜고 가끔 배에 몰래 숨어 든다는 이야기를 존 삼촌한테 들은 적이 있었다. 몰래 숨어서 살아남는 경우도 있었지만, 간혹 항해 중에 죽는 사람도 있다고 했다. 만약 발각되는 경우에는 밀항자와 마찬가지로 그를 도와준 사람들도 똑같이 처벌되었기 때문에, 선장인 그가 모르게 시신들을 바다에다가 그냥 내던진다고 했다. 바다 한가운데서는 선장의 말이 곧 법이자 정의였기 때문에 그때가 선장으로서의 위엄을 가장 확실하게 발휘할 수 있는 때라고 했다.

삼촌에 따르면 항구에서의 거의 모든 불법 거래는 술집에서 이루어졌다. 엘리사는 그런 데에 발을 내디딘 적도 없었다. 그렇지만 한 여자가 근처 술집으로 들어가는 게 눈에 띄었다. 그 전날 승선할 방법을 찾아 부둣가에 있던 여자들 중의 하나였다는 걸 얼른 알아보았다. 등까지 오는 검은 머리를 양 갈래로 땋아 내린, 땅딸막하고 통통한 여자였다. 그녀는 면 치마에 수놓인 블라우스를 입고 어깨에 숄을 두르고 있었다. 엘리사는 두 번 생각할 것도 없이 그 여자 뒤를 쫓아 들어갔다. 그사이 마마 프레시아는 계속 엘리사에게 주의를 주며 밖에서 남아 있었다. "얘야, 그런 데는 창녀들이나 들어가는 데야. 죽을 죄를 짓는 거라니까."

엘리사는 문을 밀고 안으로 들어섰다. 몇 초가 지나서야 그곳에서 진동하는 싸구려 맥주 냄새와 담배 냄새, 그리고 그곳의 어둠에 익숙해졌다. 술집에는 남자들밖에 없었으며, 일제히 모든 눈이 그 두 여자들에게로 쏠렸다. 순간적으로 뭔가를 기대하는 듯한 침묵이 압도했지만, 곧 휘파람과 야한 농담이 사방에서 튀어나오기 시작했다. 다른 여자는 자기를 만지려고 사방에서 뻗어 나오는 남자들의 손을 툭툭 쳐서 물리쳐 가며 안쪽에 있는 테이블까지 여전사처럼 당당하게 걸어 들어갔다.

그렇지만 엘리사는 깜짝 놀라 허둥지둥 뒷걸음질을 쳤다. 그곳에서 무슨 일이 벌어지고 있는지, 그 남자들이 왜 자기한테 그렇게 소리를 지르는지 영문을 알 수가 없었다. 엘리사는 문 앞에까지 다다라 막 그곳으로 들어서려는 남자와 부딪혔다. 그 남자는 다른 나라 말로 뭐라고 소리를 지르고는, 엘리사가 바닥으로 미끄러지기 전에 얼른 그녀를 붙잡아 주었다. 엘리사가 얌전한 옷차림에 부채까지 들고, 전혀 어울리지 않는 그런 곳에 있었기 때문에 그는 엘리사를 보는 순간 깜짝 놀랐다. 엘리사도 그를 보고는, 그가 전날 삼촌과 인사를 나누던 중국인 요리사라는 걸 단번에 알아보았다.

"타오 치엔?"

엘리사가 자신의 좋은 기억력을 다행스러워하며 물었다.

남자는 양손을 얼굴 앞으로 모은 다음, 계속 굽실거리며 엘리사에게 인사했다. 그사이 바에서는 야유가 터져 나왔다. 선원 두 사람이 일어나서 비틀거리며 그들에게 다가왔다. 타오 치엔이 엘리사에게 문 쪽을 가리켜, 두 사람은 밖으로 나왔다.

"소머스 양?"

밖으로 나오자 그가 물었다.

엘리사는 그렇다고 대답했지만 바에서 쫓아나온 선원 두 명이 끼어드는 바람에 더 이상 아무 말도 할 수가 없었다. 그들은 많이 취해 있었으며, 한눈에 봐도 시비를 못 걸어 안달이라는 걸 알 수 있었다.

"어디 감히 더러운 때놈이 우리 아름다운 아가씨를 귀찮게 굴어?"

그들이 으름장을 놓았다.

타오 치엔은 고개를 숙이고 뒤돌아서 가려 했지만, 그들 중 한 명이 그의 머리채를 낚아채 끌어당기면서 못 가게 막았다. 그리고 다른 남자는 엘리사의 얼굴에 포도주 냄새를 팍팍 풍기며 그녀를 유혹하려 들었다. 중국인은 맹수처럼 날렵하게 돌아서, 자기를 공격한 남자에게 덤벼들었다. 그의 손에는 커다란 칼이 들려져 있었으며, 여름 햇살을 받아 칼날은 거울처럼 반짝거렸다. 마마 프레시아는 놀라서 소리를 지르고는, 아무 생각 없이 자기 근처에 있던 선원을 힘차게 들이박고 엘리사의 팔을 끌어당겨 그녀의 몸무게로는 믿어지지 않을 정도로 민첩하게 내리막길을 내려

가기 시작했다. 그녀들은 홍등가에서 멀어져, 성 아우구스틴 광장이 나올 때까지 몇 구역을 쉬지 않고 뛰다시피 걸었다. 그곳에 이르자, 마마 프레시아는 눈에 띄는 첫 번째 벤치에 사시나무 떨듯 떨며, 털썩 주저앉았다.

"아이고, 애야! 주인님들이 아신다면 내 목숨은 성치 못할 게다! 지금 당장 집으로 돌아가자⋯⋯."

"유모, 아직 내가 하려는 일을 하지 못했어. 그 술집에 돌아가야만 해."

마마 프레시아는 팔짱 낀 채, 그곳에서는 단 한 발자국도 움직이지 않겠다는 확고한 의지를 표했다. 한편 엘리사는 혼란스러운 가운데서도 뭔가 생각을 정리해야겠다는 마음가짐으로 큰 걸음걸이로 그 주변을 서성거렸다. 시간이 얼마 없었다. 미스 로즈의 지시는 매우 확실했다. 자기들을 집으로 데려가기 위해서 6시 정각에 댄스 학원 앞으로 마차가 올 것이었다. 그녀는 다시는 그런 기회가 주어지지 않을 테니, 서둘러 움직여야겠다고 마음먹었다.

이렇게 생각하고 있을 때 중국인이 그들 쪽으로 천천히 다가오는 게 보였다. 그는 약간 망설이는 듯했지만 침착한 미소를 머금고 있었다. 그는 전과 똑같은 방식으로 인사를 건네고는 존 소머스 선장의 귀한 따님께서 도움이 필요하신지를, 훌륭한 영어로 엘리사에게 물었다. 엘리사는 자기는 소머스 선장의 딸이 아니라, 조카라고 정정했다. 그러고는 갑작스럽게 생긴 신뢰감 때문인지 아니면 절망감 때문인지, 자기는 진정으로 그의 도움이 필요하다고 고백했다. 그렇지만 굉장히 비밀스러운 일이라고 덧붙였다.

218

"선장님께서 알면 안 되는 일인가요?"

"아무도 알면 안 돼요."

타오 치엔은 선장이 좋은 사람이라며, 그녀의 부탁을 들어줄 수가 없어 미안하다고 했다. 비록 자기를 배에 태우기 위해 좋지 못한 방법으로 납치를 하긴 했지만, 자기한테 잘 대해 주었기 때문에 그를 배신할 생각은 없다고 했다. 엘리사는 크게 낙담해서 양손으로 얼굴을 감싸안으며 벤치에 힘없이 주저앉았다. 마마 프레시아는 영어 한마디 알아듣지 못하고 그들을 보고 있었지만, 대강 상황이 어떻게 돌아가는지는 눈치 채고 있었다. 마침내 마마 프레시아가 엘리사에게 다가가, 혼수 보석들이 담긴 비로드 주머니를 쿡쿡 잡아당겼다.

"너는 이 세상에 공짜가 있다고 생각하니, 얘야?"

엘리사는 즉시 그녀의 말귀를 이해했다. 눈물을 닦고는 중국인에게 자기 옆에 있는 벤치를 가리키며 옆으로 와서 앉으라고 했다. 그녀는 주머니에 손을 집어넣어, 전날 존 삼촌한테 받은 진주 목걸이를 꺼내 타오 치엔의 무릎 위에 올려놓았다.

"나를 배에 숨겨 줄 수 있겠어요? 나는 캘리포니아에 가야만 해요."

그녀가 설명했다.

"왜요? 그곳은 날건달들이나 가는 데지, 여자들이 갈 만한 곳은 아니에요."

"찾을 게 있어요."

"금이요?"

"금보다 더 귀한 거예요."

남자는 놀라서 입을 떡 벌렸다. 결말 부분에서 늘 여주인공들이 죽는 고전소설에서나 봤을 뿐, 실제로는 이런 과감한 여자를 한 번도 본 적이 없었다.

"이 목걸이로 표를 사실 수 있습니다. 숨어서 여행할 필요가 없어요."

타오 치엔은 법을 어겨 가면서까지 복잡하게 살고 싶지 않아 그 방법을 가르쳐 주었다.

"그 어느 선장도 우리 가족한테 미리 알리지 않고서는 나를 데려가 주지 않을 거예요."

타오 치엔은, 처음에는 좀 놀란 정도였다면, 이번에는 경악을 금치 못했다. 그 여자는 다름 아니라 자기 가족을 욕 먹이려 하고 있으며, 그걸 자기보고 도와 달라는 것이었다! 귀신에 씐 게 틀림없었다. 엘리사는 다시 주머니에 손을 넣어 터키석이 달린 금 브로치를 꺼내, 그 남자의 다리 위에 목걸이와 나란히 올려놓았다.

"당신은 누군가를 자기 목숨보다 더 많이 사랑해 본 적이 있었나요?"

엘리사가 말했다.

타오 치엔은 그들이 서로 알게 된 이후 처음으로 그녀의 눈을 바라보았다. 그러고는 서로 아무 말 없이 목걸이를 집어들어 남방 밑에다가 숨기고는 브로치는 엘리사에게 되돌려 주었기 때문에, 그가 엘리사의 눈에서 뭔가를 봤음에 틀림없었다. 그는 일어나서 구겨진 면바지를 매만진 다음, 커다란 칼을 허리춤에 잘 차고 정중하게 다시 고개를 숙이며 인사했다.

"나는 이제 소머스 선장을 위해 일하지 않습니다. 내일 에밀리아호가 캘리포니아로 출발합니다. 내일 아침 10시에 오시면 제가 배에 태워 드리겠습니다."

"어떻게요?"

"그건 저도 모릅니다. 두고 봅시다."

타오 치엔은 다시 정중하게 작별 인사를 하고는 연기처럼 조용히 순식간에 사라졌다. 엘리사와 마마 프레시아는 간신히 제시간에 댄스 학원 앞으로 돌아와 마부를 만날 수 있었다. 마부는 술병에 있는 술을 홀짝거리며 30분 전부터 그들을 기다리고 있었다.

에밀리아호는 프랑스 범선으로, 옛날에는 날렵하고 빨랐을 테지만, 지금은 젊은 기상은 오간 데 없이 세상 풍파를 많이 겪은 모습이었다. 묵은 바다 생물의 상처 자국들 투성이었으며, 뒤쪽에는 연체동물류의 빨판들이 여기저기에 박혀 있었다. 파도가 밀려올 때마다 낡은 배 여기저기서 삐거덕거리는 소리가 났으며, 수천 번도 더 기우고 덧댄 것 같은 알록달록한 돛은 고릿적 여자 속치마 같았다. 배는 1849년 2월 18일, 화창한 아침에 발파라이소를 떠났다. 남자 승객 여든여섯 명과 여자 승객 다섯 명, 소 여섯 마리, 돼지 여덟 마리, 고양이 세 마리, 선원 열여덟 명, 네덜란드인 선장 한 명, 칠레인 항해사 한 명, 중국인 요리사 한 명이 그 배에 몸을 실었다. 물론 엘리사도 그 배에 타고 있었지만 그녀가 그 배에 있다는 걸 아는 사람은 타오 치엔 딱 한 사람뿐이었다.

　일등 선실 승객들은 사생활이 보장되지 않은 채 뱃머리 갑판에 한데 모여서 여행했다. 그렇지만 선실 하나에 침대 네 개씩 달린 좁아터진 선실이나, 제비뽑기로 짐들을 놓을 장소부터 정한 다음에 갑판 바닥에서 여행해야 하는 다른 사람들보다는 훨씬 편한 편이었다. 홀수선 밑에 있는 선실은 캘리포니아로 돈을 벌러 가는 칠레 여자들 다섯 명에게 배당되었다. 카야오 항구에서 페루 여자 두 명이 더 승선했으며, 여자들은 별다른 텃세를 부리지 않고 한 침대에 두 명씩 자면서 사이 좋게 여행했다.

　빈센트 캣츠 선장은 선원들과 승객들에게 여자들과 그 어떤 접촉도 하지 말라며 단단히 주의를 주었다. 한눈에 보아도 그 여자들은 평범한 여염집 여자들이 아니었으며, 그래서 자기 배에서는 그 어떤 불미스러운 사업도 용납하지 않겠다며 단단히 별렀던 것이다. 그렇지만 항해 중에 그의 명령은 당연히 지켜지지 않았다. 남자들은 여자가 그리웠으며, 그 여자들은 무작정 모험에 뛰어든 비천한 창녀들로 주머니에 돈 한 푼 없는 빈털터리였다.

　소들과 돼지들은 두 번째 갑판의 작은 우리에 잘 묶여 있었다. 주로 콩과 딱딱하고 시커먼 과자, 짜게 말린 육포와 낚시해서 건진 것들만 먹어야 하는 사람들에게 가축들은 신선한 우유와 고기를 제공했다. 그런 궁핍한 식사를 해결하기 위해 좀 여유가 있는 승객들은 자기 먹을 것을, 특히 포도주와 담배를 가지고 탔지만, 대부분은 배고픔을 참고 견뎌야 했다. 고양이 두 마리는 쥐들을 쫓기 위해 풀어 두었다. 그렇지 않으면 항해 두 달 동안 쥐의 숫자가 기하급수적으로 늘어나기 때문이었다. 그리고 나머지 한 마리는 엘리사와 함께 여행했다.

에밀리아호의 아래쪽에는 승객들의 짐짝들과 사업상 캘리포니아로 보내는 화물들이 최소한의 공간에 최대한 실을 수 있도록 차곡차곡 쌓여 있었다. 최종 목적지에 도착할 때까지는 그 어느것도 건드려서는 안 되며, 그곳에는 요리사를 제외하고는 그 누구도 들어갈 수가 없었다. 건조한 식료품들을 엄격하게 관리하기 위해 요리사만이 유일하게 그곳을 드나들 수 있었다. 타오 치엔이 열쇠들을 허리춤에 묶고는 그곳 창고의 내용물들을 직접 책임져야 했다.

배의 제일 밑바닥 창고, 어둠침침한 그곳, 사방 2미터 정도의 빈 공간에 엘리사가 자리를 잡았다. 돼지우리 같은 그 공간의 벽과 천장은 높이 쌓아 올린 트렁크들과 화물 상자들로 사방이 막혀 있었고, 자루 주머니가 그녀의 침대였고, 초 한 덩어리 외에는 불빛 하나 없었다. 식사를 위한 목기 하나와 물 항아리 하나, 요강 하나가 전부였다. 그래도 그녀는 두어 발자국 떼면서 돌아다닐 수는 있었고, 짐들 사이로 다리를 뻗을 수도 있었다. 배에 부딪히는 파도 소리가 그녀의 목소리를 집어삼켰기 때문에 마음껏 소리도 지를 수 있었다. 바깥 세상과의 유일한 접촉은 타오 치엔뿐이었다. 그는 엘리사에게 먹을 것을 주고 요강을 비우기 위해 틈나는 대로 이 핑계 저 핑계를 대고 아래로 내려왔다. 그녀와 온종일 함께 있을 수 있는 것은 창고 안의 쥐들을 잡아먹기 위해 그곳에 갇혀 있는 고양이 한 마리뿐이었다. 그렇지만 항해를 시작한 지 몇 주 만에 그 불쌍한 것마저 미쳐 버려서, 결국은 안타깝게도 타오 치엔이 그 고양이 목에 칼을 댈 수밖에 없었다.

엘리사는 자루에 담겨, 발파라이소에서 짐짝들과 화물들을 실어 나르는 짐꾼들 중 한 명의 어깨 위에 실려 배 안으로 들어왔다. 타오 치엔이 무슨 수로 그 남자와 협상을 했는지, 배에 싣는 건 일일이 검사해 모두 장부에 적어 놓는 선장과 항해사의 감시를 어떻게 피할 수 있었는지는 전혀 알 길이 없었다. 엘리사는 치밀한 계획하에 승선 몇 시간 전에 간신히 도망쳤다. 그녀는 며칠간 농장에 초대하겠다는 바예 가문의 초대장까지 위조할 정도로 철두철미하게 준비했다. 절대 근거가 없는 황당한 아이디어는 아니었다. 그전에도 두어 번 정도 아우구스틴 델 바예의 딸들이 엘리사를 농장으로 초대했었으며, 미스 로즈도 늘 마마 프레시아를 데려가도록 허락했었다.

엘리사는 무거운 바윗덩어리가 가슴을 짓누르는 것 같았지만, 겉으로는 아무렇지도 않은 듯 제레미, 미스 로즈, 존과 가볍게 작별 인사를 나누었다. 그들은 그녀의 계획에 대해서는 아무런 눈치도 채지 못하고 영국 신문을 읽으면서 아침 식사 테이블에 둘러앉아 있었다. 엘리사는 두렵고 불안한 마음에 다 그만둘까도 생각했다. 그녀에게는 그들이 유일한 가족이었으며 안락하고 안정된 생활을 제공해 주었다. 그렇지만 이제 그 경계선을 건너면 다시는 되돌아올 수가 없었다.

소머스 집안 사람들은 바른 몸가짐을 위한 엄격한 규율로

224

그녀를 교육시켰기 때문에 그녀가 저지른 것과 같은 어마어마한 실수는 모두를 욕되게 하는 일이었다. 그녀가 도망치면 식구들의 명예에 오점은 남겠지만, 그냥 그녀가 죽었다고 말할 수도 있는 문제였기 때문에 적어도 어느 정도는 사면을 받을 수 있다고 생각했다. 엘리사가 떠난다면, 그들이 사람들에게 어떤 설명을 하든지 간에, 적어도 자신은 그들이 망신당하는 건 지켜보지 않아도 되었다. 애인을 찾아 떠나는 것만이 유일한 길인 것 같았다. 그렇지만 아무도 모르게 혼자 작별을 해야 한다는 생각에 슬픔이 밀려와 오열을 터뜨리며 모든 걸 털어놓을 뻔했다. 하지만 그 순간 호아킨 안디에타가 떠나던 날 밤의 마지막 모습이 느닷없이 나타나 다시금 그녀에게 사랑의 의무를 깨우쳐 주었다. 엘리사는 흐트러진 머리를 가다듬고는 이탈리아산 밀짚모자를 쓰고 손을 흔들어 이야기하며 작별을 고했다.

엘리사는 미스 로즈가 싸 준 트렁크를 들고 나섰다. 그 안에는 제일 좋은 여름옷들과 제레미 소머스의 방에서 몰래 훔친 돈과 그녀의 혼수용 보물들이 들어 있었다. 미스 로즈의 보석들까지 훔칠까 하는 유혹도 있었지만, 어머니와 다름없었던 그 여인에 대한 존경심이 마지막 순간에 그 유혹을 떨치게 했다. 엘리사는 자기 방에 있는 빈 보석함 안에 간단한 메모를 남겨 놓았다. 그동안 자기에게 너무나 많은 것을 베풀어 줘서 고마웠으며, 그들을 얼마나 사랑하는지 모른다는 말을 몇 번이나 강조했다. 그러고는 나중에 괜히 하녀들이 의심을 살까 봐 보석은 자기가 가지고 간다고 고백했다. 마마 프레시아는 제일 튼튼한 부츠와 호아킨 안디에타의 연애편지들을 묶은 뭉치와 일기장을 트렁크 안에 넣어 주었다. 그것들 말고도 엘리사는 존 삼촌이 선물한 카스티야산의 묵직한 모직 망토도 가지고 갔다. 그들은 별다른 의심을 불러일으키지 않고 밖으로 나섰다. 마부는 바예 저택이 있는 길가에 그들을 내려 주고는, 문이 열릴 때까지 기다리지도 않고 그들의 시야에서 멀어져 갔다. 마마 프레시아와 엘리사는 그들이 약속한 시간과 장소에 타오 치엔을 만나기 위해 항구 쪽으로 나란히 걸어갔다.

타오 치엔이 그들을 기다리고 있었다. 그는 마마 프레시아의 손에서 트렁크를 받아 들고는 엘리사에게 따라오라고 했다. 엘리사와 유모는 한참을 꼭 껴안았다. 이제는 영영 다시 보지 못할 거라는 걸 알고 있었지만, 둘 다 눈물 한 방울 비치지 않았다.

"유모, 미스 로즈한테 뭐라고 이야기할 거야?"

"아무 말도 안 할 거다. 나도 지금 남쪽에 있는 내 고향으로 내려갈 거야. 그곳에 있으면 아무도 나를 찾아내지 못할 거야."

"고마워, 유모. 늘 유모를 생각할게……."

"아가야. 나는 네가 잘되기만을 기도할게."

엘리사가 중국 요리사를 따라서 어부들이 사는 오두막집으로 들어가기 전에, 마마 프레시아에게서 들은 마지막 말이었다.

창문도 없이 나무로 지어진 어두운 방으로 들어가, 타오 치엔은 엘리사에게 원주민들이 입는 바지와 아주 낡은 남방을 내주고는 입으라고 했다. 습기 가득한 방 안에는 축축한 냄새가 진동했으며 문이 유일한 환풍 수단이었다. 그는 자리를 비켜 주기 위해 나가거나 뒤돌아서려고도 하지 않았다. 엘리사는 호아킨 안디에타 말고는 남자 앞에서 옷을 벗어 본 적이 없었기 때문에 망설였다. 그렇지만 타오 치엔은 그녀가 망설이는 걸 눈치도 채지 못했다. 괜히 자리를 피할 필요가 없었던 것이다. 그에게는 몸과 몸의 기능이 극히 자연스러운 것이었으며, 부끄러움은 체면보다 더 불필요한 것이었다.

배가 그날 아침 당장 출발하는 데다가, 마지막으로 배 몇 척이 뒤쳐진 짐들을 실어 나르고 있었기 때문에 엘리사는 괜히 얌전을 빼고 있을 시간이 없다는 걸 깨달았다. 그녀는 밀짚모자를 벗고, 가죽 부츠와 옷 단추들을 다 끄르고는 속치마 리본도 풀었다. 그러고는 창피함을 무릅쓰고 중국인에게 코르셋 푸는 걸 도와 달라고 했다. 영국 요조숙녀의 복장들이 하나 둘 바닥에 쌓임과 동시에 그녀는 지금까지 알고 있던 세상으로부터 점점 멀어져 갔으며, 앞으로 다가올 미지의 세상으로 가차없이 한 발 한 발 내딛게 되었다. 엘리사는 이제 앞으로 펼쳐질 역사에서 자기가 주인공인 동시에 화자(話者)가 되리라는 확신을 가졌다.

넷째 아들

타오 치엔이라는 이름은 그가 태어나면서부터 얻은 이름이 아니었다. 사실 그는 열한 살 때까지도 이름이 없었다. 그들 부모는 찢어지게 가난해 이름 같은 걸 챙길 여유도 없어, 그를 그냥 넷째 아들이라고만 불렀다. 그는 엘리사보다 9년 전에, 광저우에서 걸어서 하루 반이 걸리는 광둥성의 한 시골 마을의 떠돌이 의사 집안에서 태어났다. 조상 대대로 아버지 대에서 아들 대로 약초에 대한 지식, 우울증 치료법, 악마를 쫓아내는 주술, 기를 보하는 재주를 전수받았다.

넷째 아들이 태어나던 해는 그들 가족에게 가장 어려운 때였다. 고리대금업자들과 노름꾼들의 손에 땅이 넘어갔던 것이다. 제국의 관료들은 불법 수수료와 뇌물을 받아 챙기는 것 외에도, 세금을 거둬서 착복하고는 자기들의 도둑질을 은폐하기 위해 새로운 조세 조항을 만들어 적용했다. 넷째 아들의 집안도 대부분의 다른 농사꾼들처럼 그들에게 돈

228

을 줄 수가 없었다. 그리고 얼마 되지 않는 수입 중, 관리들을 주고 남은 돈이 있으면 그건 곧 노름으로 몽땅 날렸다. 노름은 가난한 사람들이 즐길 수 있는 몇 안 되는 놀이로, 그들은 두꺼비나 메뚜기 경주, 바퀴벌레 싸움, 판탄, 아니면 다른 서민적인 놀이들에 내기를 걸며 시름을 잊고자 했다.

넷째 아들은 아무것도 아닌 것으로도 잘 웃는 명랑한 아이였다. 그렇지만 집중력이 뛰어나고 호기심이 강한 아이였다. 그는 일곱 살에, 유능한 치료사의 능력은 음양의 균형을 이루는 데 있다는 걸 깨우쳤으며, 아홉 살에는 그 지역 약초들의 특성을 꿰뚫어 가난한 농부들이 먹고 바를 수 있는 고약과 연고, 강장제, 향유, 물약, 가루약, 알약을 만드는 고달픈 작업에 참여하며 아버지와 형들을 도왔다. 그의 아버지와 첫째 아들은 이 마을 저 마을을 떠돌아다니며 사람들을 치료했고, 둘째 아들과 셋째 아들은 그 집안의 유일한 재산인 손바닥만 한 땅을 일궜다. 그리고 넷째 아들의 임무는 약초를 따는 것이었다. 그는 다른 사람의 눈치를 볼 것도 없이 마음대로 돌아다니며 새 소리도 흉내 내고 혼자 장난도 칠 수 있어서 약초 따러 다니는 걸 좋아했다. 그리고 가끔, 그의 어머니도 끝없이 많은 집안일들을 하고 나서도 기운이 남으면 그를 따라 나섰다. 어머니는 여자라는 신분 때문에 이웃 사람들의 이목이 두려워 밭에서는 일할 수가 없었다.

식구들은 1834년 가장 악랄한 악귀들이 그 집안 식구들을 덮치기 전까지는, 점점 더 팍팍해지는 생활로 갈수록 어렵기는 했어도 그래도 어떻게든 살아왔다. 맨 먼저, 솥 단지 안에 들어 있던 펄펄 끓는 물이 두 살도 채 되지 않 은 막내 여동생 위로 쏟아져 내려, 그녀는 머리에서 발끝 까지 다 데었다. 화상 부위에 계란 흰자를 바르고, 화상에 쓰이는 약초들을 발랐지만 사흘도 채 못 지나서 아이는 고 통에 절규하고 몸부림치다가 죽었다. 어머니가 그 충격에 서 벗어나지 못했다. 이미 어린 자식들을 몇이나 잃었으 며, 아이들이 죽을 때마다 어머니의 가슴에는 지울 수 없 는 큰 상처가 되어서 남았던 것이다. 그렇지만 막내딸의 사고는 결정적으로, 넘치기 직전인 잔에 물 한 방울이 더 해진 격이 되었다. 어머니는 눈에 띄게 초췌해졌다. 하루 가 다르게 야위어 갔으며, 안색이 푸르죽죽해지고, 뼈가 앙상해졌다. 남편이 아무리 약을 정성껏 달여 먹여도 병명 도 모르는 그 병이 급진적으로 악화되는 건 막지 못했다. 어머니는 어느 날 아침, 평화로운 미소를 머금고 두 눈을 감은 채 뻣뻣한 시신이 되어 발견되었다. 드디어 죽은 자식 들을 만나러 갈 수 있게 된 것이었다. 여자이기 때문에 장 례 절차는 극히 간소했다. 식구들은 장례식을 위해 스님을 부를 수도 없었고, 친척들과 이웃 사람들을 초대해서 쌀을 대접할 수도 없었다. 그렇지만 그들은 적어도 어머니의 영 혼이 지붕이나 우물, 쥐구멍에서 머물다가 자기네들을 벌 주러 오지는 않을 거라고 확신할 수 있었다.

엄청난 인내와 노력으로 식구들을 하나로 묶어 두었던 어머니가 사라지자, 식구들은 하나 둘 뿔뿔이 흩어질 수밖 에 없었다. 그해 1년 동안 콜레라가 돌았고 흉작이 들어 모두가 배를 곯았으며, 중국의 드넓은 영토에는 거지들과 도적 떼들이 들끓었다. 식구들 중에 하나 남아 있던 일곱 살짜리 딸은 한 장사치에게 팔려 가 그 후로는 소식을 알 길이 없었다. 아버지의 뒤를 이어 떠돌이 의사 직을 물려받게 되어 있던 첫째 아들은 병든 개한테 물려, 얼마 후에 입에 거품을 물면서 몸이 활처럼 뺏뺏하게 굳어서 죽었다. 둘째 아들과 셋째 아들은 이미 일할 나이가 되어 있었고, 아버지 살아 생전에는 아버지를 봉양하고 죽으면 장례 의식과 그의 제사는 물론, 5대에 걸친 남자 선조들의 제사를 지내야 할 의무를 떠맡게 되었다. 그렇기 때문에 넷째 아들은 달리 필요가 없었을 뿐 아니라, 그를 먹일 것도 없었다. 그래서 아버지는 그 마을 근처를 지나가던 카라반 행렬의 장사꾼들에게 그를 10년 동안 노예로 팔았으며, 그때 그의 나이 열한 살이었다.

인생을 확 뒤바꿔 놓는 그런 우연한 사건을 계기로, 아이에게는 지옥과 다름 없을 노예 기간 동안 오히려 아버지의 품 안에서 살았던 그 몇 년보다도 훨씬 더 나은 인생을 살게 되었다. 카라반 행렬 중 제일 무게가 나가는 짐은 달구지에 실어 노새 두 마리가 끌고 갔다. 바퀴가 돌아갈 때마다 맥 빠지는 소리가 삐걱거렸지만, 사람들은 그 소리가 귀신들을 쫓아낸다며 일부러 바퀴에 기름칠을 하지 않았다. 그들은 넷째 아들이 아버지와 형들과 헤어진 이후 계속 처량하게 울었기 때문에, 혹시라도 도망을 칠까 봐 짐승들을 묶는 끈으로 아이의 목을 묶어 두었다. 그는 맨발인 채로 얼마 되지도 않는 소지품들을 등에 메고는, 입이 타는 갈증으로 자기 마을의 지붕들과 친숙한 광경이 사라지는 걸 지켜보았다. 그 오두막집 안에서의 삶이 그가 아는 유일한 삶이었으며, 그 삶은 그렇게 나쁘지만은 않았었다. 부모님은 다정하게 대해 주었으며, 어머니는 그에게 옛날이야기들을 들려주었다. 그들은 가장 어렵고 힘들 때조차 조그마한 것으로도 즐겁게 웃었고, 감사할 줄 알았으며, 행복해했었다.

그는 한 걸음 한 걸음 앞으로 내디딜 때마다 악귀들이 들끓는 땅으로 점점 더 깊숙이 빨려 들어가는 것 같아, 얼른 노새 뒤를 쫓아 총총걸음으로 걸었다. 귀에 거슬릴 정도로 삐걱거리는 바퀴 소리와 달구지에 매달린 종소리로도 자기를 그 악귀들로부터 지켜 주지 못할 것 같아 걱정이었다. 상인들의 방언들은 거의 알아듣지 못했지만, 어쩌다 하나씩 알아들은 말들은 등골이 오싹할 정도로 무시무시한 것들이었다.

상인들은 그 지역 일대를 떠도는 불쌍한 혼령들과 제대로 장례도 치르지 못하고 죽은 자들의 떠도는 영혼에 대해 이야기했다. 굶주림과 티푸스, 콜레라 때문에 그 지역 일대는 시체 투성이였으며, 산 사람들도 얼마 없어 죽은 자들을 제대로 제사 지내 주지 못하는 실정이었다. 다행히 혼령들과 악귀들은 어수룩해서 골목길을 돌아갈 줄도 몰랐으며, 먹을 것이나 종이를 선물로 주면 쉽게 따돌릴 수 있었다. 그렇지만 가끔은 귀신들을 떼어 내지 못할 때도 있었다. 귀신들은 자유를 얻기 위해 길 가던 나그네들을 죽이러 나타날 수도 있었고, 그들 몸 안으로 들어와 생각지도 못한 나쁜 짓들을 억지로 저지르게 할 수도 있었다.

길을 떠난 지 몇 시간이 흘러, 한여름의 더위와 갈증이 갈수록 기승을 부리자 아이는 한 걸음을 내디딜 때마다 걸려 넘어졌다. 성질 급한 새 주인들은 별다른 악의 없이 채찍으로 아이의 다리를 내리쳤다. 해가 저물자 그들은 행렬을 멈추고 야영을 하기로 결정했다. 짐승들에게서 짐을 내려 쉬게 하고, 불을 지펴 차를 만들고 작은 그룹으로 나뉘어 판탄과 마작을 하고 놀았다. 마침내 누군가 넷째 아들의 존재를 떠올리고는, 밥이 담긴 그릇 하나와 차 한잔을 갖다주자, 그는 몇 달을 곯았던 굶주림으로 게걸스럽게 게 눈 감추듯이 싹 먹어치웠다.

그러고 있을 때 크나큰 함성 소리가 들리면서 뿌연 먼지가 그들 주변을 에워쌌다. 습격자들의 함성에 장사꾼들의 비명이 더해져 순식간에 아수라장이 되었으며, 아이는 놀라서 그때까지도 묶여 있던 달구지 밑으로 줄이 닿는 데까지 기어 들어가 숨었다. 곧 알게 되었지만 그들은 지옥에서 튀어나온 귀신들이 아니었다. 절망만이 판을 치던 그 시절, 무능력한 제국의 군인들을 비웃으며 길을 습격하는 많은 도적 떼들 중 하나였던 것이다. 상인들은 깜짝 놀란 처음의 충격을 수습하자마자 무기들을 집어들고는 소리를 지르고 으름장을 놓으며 총을 쏴 대면서 침략자들에게 맞서면서 몇 분 안에 상황을 제압했다.

도적 떼 중 한 명은 먼지구름을 일으키며 도망쳤고, 두 명은 심하게 부상을 입어 땅바닥에 너부러졌다. 얼굴에 쓰고 있던 복면을 벗겨 보니, 보잘것없는 창과 호미로 무장한 남루한 누더기 차림의 젊은 청년들이었다. 상인들은 당장에 그들의 목을 내리쳐 두 동강이를 냈다. 그들이 세상에 왔을 때처럼 온전한 몸으로 저세상에 가지 못하도록 비참한 벌을 주기 위한 것이었다. 그러고는 머리를 꼬챙이에 꿰어 길 양편에 세워 두었다.

어느 정도 흥분이 가라앉자, 카라반 행렬 중 한 명이 허벅지에 심한 창상을 입고 땅바닥에 엎어져 있는 게 눈에 띄었다. 그때까지도 달구지 밑에서 무서워서 꼼짝 못하고 있던 넷째 아들은 숨어 있던 곳에서 기어 나와 자기에게 부상자를 치료하게 해 달라고 예의 바르고 점잖게 상인들에게 간청했다. 그들도 달리 방도가 없었기 때문에 치료를 허락했다. 넷째 아들은 피를 닦아 낼 차를 부탁하고는, 가지고 있던 자루를 열어서 약초를 꺼내 잘 짓이겼다. 그는 그 하얀 반죽 덩어리를 상처에 붙이고는 다리를 붕대로 꽉 조여맨 다음, 사흘 내에 상처가 아물 것이라며 거침없이 호언장담을 했다. 그리고 정말 그의 말대로 되었다. 그 사건을 계기로 넷째 아들은, 개보다도 못한 대우를 받으며 10년간 노예로 살아야 하는 운명에서 벗어나게 되었다. 그의 재주를 본 상인들이 광저우에서 견습생을 필요로 하는 침의 대가이자 상당히 유명한 한의사에게——이러한 한의사들을 '종이'라고 부른다.——그를 팔았던 것이다. 넷째 아들은 시골의 떠돌이 의사인 아버지에게서는 절대 배울 수 없는 최고의 학문의 경지를 그 한의사 밑에서 배우게 되었다.

연세 지긋한 스승은 달처럼 편안한 얼굴에 느릿한 목소

리를 지닌 남자였으며, 그의 가장 훌륭한 도구인 손은 앙 상하면서도 섬세했다. 그가 맨 먼저 한 일은 하인에게 이름을 붙여 주는 것이었다. 그는 주역과 그와 관련된 여러 서적들을 뒤져 아이에게 붙여 줄 '타오〔道〕'라는 이름의 의미를 조사했다. '타오'라는 말은 길, 방향, 의지, 조화 등 여러 의미를 지니고 있었지만, 특히 인생에서의 여행을 의미했다. 그러고는 아이에게 자신의 성을 붙여 주었다.

"네 이름은 타오 치엔이다. 그 이름이 의학의 길에서 너를 인도할 거다. 네 운명은 남의 고통을 덜어 주고 지식을 깨닫는 거다. 너도 나처럼 종이가 될 거다."

타오 치엔…… . 어린 제자는 그의 이름을 고맙게 받았다. 그는 주인님의 양손에 입맞춤을 하고는 집을 떠난 이후 처음으로 환하게 웃었다. 옛날에 아무 이유도 없이 기분 좋아서 환하게 웃던 그 환희의 충동이 다시 그의 가슴속에서 요동을 쳤으며, 그 웃음은 몇 주 동안 그의 얼굴에서 지워지지 않았다. 그는 입에 캐러멜을 문 것처럼 좋아 어쩔 줄을 몰라 하며 자기 이름을 음미하면서 뛰어다녔고, 자기 이름에 완전히 익숙해질 때까지 그 이름을 소리 높여 부르고 꿈까지 꾸었다. 실생활에서는 유교를 따르고, 사상적인 면에서는 불교를 따르는 그의 스승은 엄하지만 인자하게 제자를 교육시켜 좋은 의사가 되도록 이끌고자 했다.

"내가 가르치고자 하는 걸 다 너에게 가르칠 수 있다면 언젠가 너는 깨우친 사람이 될 거다."

스승이 제자에게 말했다.

스승은 훌륭한 교육의 규율이나 계급에 대한 존중 못지

않게 의례와 절차 또한 필요하다는 주의였다. 그는 깨우침이 없는 지식은 별 쓸모가 없으며, 정신적인 면이 없는 깨우침은 존재하지 않고, 늘 남을 위한 봉사가 진정으로 정신적인 것이라고 이야기했다. 또 훌륭한 의사의 근본은 남을 위한 애타심과 철저한 윤리 의식에 있으며, 그 두 가지가 없으면 남을 치료하는 성스러운 예술과도 같은 의술은 아무런 의미도 없다는 것이었다. 스승은 제자가 쉽게 잘 웃는 게 특히 마음에 들었다.

"타오야, 너는 학문의 길을 들어서기에 좋은 자질을 가지고 있다. 현자는 늘 명랑해야 하느니라."

스승의 주장이었다.

1년 내내 타오 치엔은 다른 제자들과 마찬가지로 동틀녘에 일어나 한 시간씩 명상과 찬송, 기도 시간을 가졌다. 노는 날은 설날 딱 하루였으며, 일하고 공부하는 것 이외에는 아무것도 하지 않았다. 수백 가지도 더 되는 민족들과 언어들로 이루어진 그 어마어마한 땅덩어리에서는 공식 중국어 쓰는 법을 무엇보다 먼저 완벽하게 정복해야 했다. 그의 스승은 좋은 필체가 배운 사람과 무식한 사람을 구별 짓는다며, 아름답고 정확한 필체를 익히도록 엄하게 교육시켰다. 그는 또한 타오 치엔에게 예술 감각을 열심히 익히도록 강요했다. 그에 의하면 뛰어난 예술 감각이야말로 현자를 특징짓는 것이었다. 중국의 모든 지식인들이 그러하듯, 그 또한 무(武)를 상당히 얕잡아 보았지만, 반면에 음악과 미술, 문학과 같은 예술에 대해서는 큰 매력을 느꼈다.

타오 치엔은 스승의 곁에서, 진주알처럼 영롱한 이슬이 맺힌 섬세하고도 신비로운 거미줄을 새벽빛에 감상하고, 그때 그가 느낀 환희와 감동을 우아한 필체로 써서 시로 표현하는 법을 익혀 나갔다. 스승은 시를 잘 못 짓느니 차라리 안 짓는 게 낫다는 주의였다. 그 집에서 타오 치엔은 손님들이 정원을 감상하면서 떠오르는 순간적인 영감으로 시를 짓는 모임에 자주 참석했다. 그는 차 시중을 들면서 그들이 나누는 말을 신기해하며 들었다. 이미 몇 권의 책을 집필한 스승은 책을 쓰면서, 특히 시를 쓰면서 불멸을 얻을 수 있다고 했다.

타오 치엔은 아버지가 일하는 걸 보면서 얻은 실질적인 기초 지식에, 대대로 내려오는 중국 의학의 어마어마한 이론까지 겸비하게 되었다. 그는 인간의 몸이 다섯 개의 행성과 다섯 개의 기후 조건, 다섯 개의 색깔, 다섯 개의 음계와 연결되어 있는 목(木), 화(火), 토(土), 금(金), 수(水) 다섯 개의 요소로 이루어져 있다는 것을 배웠다. 명의들은 약초와 침, 뜸을 적절하게 배합해 사용함으로써 질병들을 예방하고 치료할 수 있었으며, 수동적이고 어두운 음기와 능동적이고 환한 양기를 조절할 수 있었다. 그렇지만 그 의술의 목적은 질병을 치료하는 것뿐 아니라 조화를 이루는 데 있어야 했다. "너는 계절의 변화와 바람이 부는 방향에 따라 음식물을 섭취하고, 잠자는 위치를 결정하고, 명상에 몰두해야 한다. 그렇게 하면 늘 우주와 하나가 될 수 있다." 하고 스승이 그를 가르쳤다.

스승은 자식이 없어 늘 마음 한구석이 무거웠지만 자신

의 삶에 대해 만족했다. 피를 맑게 하고 강장제 작용이 있는 신비한 약초들을 평생 꾸준히 달여 먹고, 젊어서 일찍 죽은 두 부인과 그 뒤를 이은 많은 첩들에게도 처방을 했지만 자식이 없었다. 그는 그것이 불쌍한 여자들의 잘못이 아니라 자신의 양기가 부족해서 그런 것이었다고 겸손하게 받아들였다. 다른 사람들에게 내렸던 그 어느 처방도 그에게는 소용이 없었다. 결국 그는 자신의 씨 주머니가 말라 있다는 기정 사실을 받아들일 수밖에 없었다.

아무 소용도 없는데 괜히 여자들을 괴롭히는 짓은 그만 두었다. 차라리 그는 자기가 수집한 아름다운『사랑의 기술』에 관한 여러 방법론에 따라 그 여자들을 한껏 품에 안고 즐겼다. 그렇지만 이제 노인이 다 된 스승에게 그 쾌락은 이미 옛날이야기였다. 지금은 새로운 지식을 습득하고 학자가 가야 할 좁고 힘든 길을 탐구하는 데 더 많은 관심이 있었다. 첩들이 있으면 학문을 하는 데 방해가 되었기 때문에 첩들도 하나 둘 없앴다. 이제는 품격 높은 시에서 여자를 표현하기 위해 눈앞에 여자를 둘 필요가 없었다. 기억만으로도 충분했다.

그는 자기 핏줄에 대한 미련도 말끔히 버렸다. 그렇지만 미래는 생각해야 했다. 말년에 죽음에 임했을 때 누가 자기를 도와줄 수 있단 말인가? 누가 자기 무덤을 돌봐 주고 제사를 지내 준단 말인가? 그전에도 제자들을 많이 두었고, 제자를 들일 때마다 그를 입양할 생각도 남몰래 했었다. 그렇지만 마음에 쏙 드는 제자가 없었다. 타오 치엔은 다른 제자들보다 더 똑똑하거나 재주가 뛰어난 건 아니었지만, 그가 자기 못지않게 배우겠다는 열의를 가지고 있다는 걸 한눈에 알아보았다. 게다가 타오 치엔은 다정하고 명랑한 아이라 쉽게 친해질 수 있었다. 함께 사는 동안 아이에게 푹 정이 들어, 어떻게 그 아이가 자기 피를 물려받은 친자식이 아닐 수 있을지 의아할 정도였다.

그렇지만 제자에 대한 사랑이 그의 눈을 멀게 하지는 않았다. 그는 경험상, 사람은 사춘기 때 성격이 가장 많이 변하며, 어떤 인간이 될지 미리 예측할 수 없다는 걸 잘 알고 있었다. '어렸을 때 똑똑하다고 해서 성인이 되어 쓸 만한 사람이 되는 것은 아니다.'라는 중국 속담도 있었다. 스승은 예전에도 그랬듯이 또 헛짚을까 봐 두려웠다. 그래서 아이의 진짜 성격이 어떤지 확실히 알 수 있을 때까지 인내심을 갖고 기다리기로 했다. 기다리면서, 자기 집 정원의 어린 나무들을 돌봤던 것처럼, 그가 바르게 자랄 수 있도록 잘 지도하리라 마음먹었다. 그는 자신의 남은 생을 계산해 보면서 타오 치엔이 적어도 빨리 배워 나가고 있다고 생각했다. 별자리와 자신의 몸을 자세히 살펴본 결과, 다른 제자를 가르칠 시간이 없었다.

곧 타오 치엔은 시장과 약재상에서 재료들을 골라 와서 ──당연히 값을 깎아서── 스승의 도움 없이도 처방할 줄 알게 되었다. 타오 치엔은 스승이 일하는 걸 지켜보면서, 인간의 복잡한 신체 구조의 신비를 깨닫게 되었다. 몸에 열이 있는 사람과 성질이 불 같은 사람이 열을 식히는 방법, 죽음 전에 미리 엄습한 추위로 떠는 사람들에게 열기를 북돋아 주는 방법, 몸이 허한 사람을 보강해 주는 방법, 몸의 기를 많이 방출해 지친 사람들에게 기를 채워 주는 방법을 익혔다. 그는 자신의 처방에 맞춰 최대의 약효를 발휘할 수 있는 최상의 약초들을 찾아 정처 없이 들판을 헤매기도 했다. 그리고 돌아오는 길에는 그 약초들을 신선하게 유지하기 위해 젖은 천에 잘 싸서 가지고 왔다.

타오 치엔이 열네 살이 되었을 때 스승은 그가 실습을 할 수 있을 정도로 컸다고 생각하고는, 정기적으로 그를 창녀들에게 보내 그 여자들을 돌보게 했다. 그 스스로 진찰해 잘 알고 있듯이, 창녀들은 몸에 죽음 그 자체를 달고 다니기 때문에 절대 어떤 거래도 하지 말라는 엄명과 함께였다.

"사창가의 질병들은 아편이나 티푸스보다 더 많은 사람들을 죽인다. 그렇지만 네가 네 의무를 다해 정진해서 열심히만 익힌다면, 때가 되면 너에게 처녀를 하나 사 주겠다."

스승이 그에게 약속했다.

타오 치엔은 어렸을 때 배를 많이 곯았지만, 식구들 중에서 제일 키가 클 정도로 훌쩍 자랐다. 열네 살의 그는 창녀들에게 그 어떤 매력도 느끼지 못했다. 그에게는 학문적인 호기심만이 있을 뿐이었다. 그 여자들은 전혀 다른 종류의 사람들로, 자기와 같은 사람으로 볼 수 없을 정도로 너무나 딴판인 세상에서 비밀스럽게 살고 있었다. 훗날, 그가 갑자기 성에 눈을 뜨면서 마치 술 취한 사람처럼 안절부절 못하며 헤매고 다니는 걸 보고, 스승은 옛날에 첩들을 다 없앤 걸 후회했다. 그 훌륭한 제자가 자신의 책임을 다하는 데 있어, 불현듯 끓어오르는 성욕이 가장 큰 걸림돌이 되었던 것이다. 여자만 있으면 그가 곧 안정을 되찾을 수 있으며, 또 그와 더불어 실질적인 지식을 얻을 수 있으리라 생각했다. 그렇지만 남자들만 있는 생활에 지극히 익숙해져 있었기 때문에 스승은 굳이 제자에게 여자를 사 주고 싶지가 않았다. 그래서 타오에게 욕구를 잠재울 수 있는 차를 마시도록 했다. 종이는 자기가 젊었을 때 돌풍처럼 휘몰아쳤던 성욕을 기억하지 못했다. 대신 좋은 의도로 교육적인 차원에서 서재에 있던 『사랑의 기술』을 제자에게 읽게 했다. 그렇지만 그 책이 불쌍한 제자에게는 별다른 소용이 없다는 걸 몰랐다. 스승은 222가지의 체위에 붙인 시적인 명칭들을 제자에게 외우게 하고, 책에 그려져 있는 그림들을 보면서 주저 없이 그 체위를 알아맞히도록 했다. 그래도 그것이나마 제자의 기분을 어느 정도 전환시켜 주었다.

타오 치엔은 옛날 자기 고향에서 그랬던 것처럼 광저우에도 곧 익숙해졌다. 그는 좁고 구불구불한 골목들과 운하들이 많은, 성벽이 빙 둘러쳐 있는 그 옛 도시가 좋았다. 그곳에는 궁전들과 오두막집들이 한데 뒤엉켜 있었으며, 육지는 한 번도 밟아 보지 못하고 강 위에 떠 있는 배 위에서만 살다 죽는 사람도 있었다. 그는 그곳 기후에도 금세 익숙해졌다. 길고 긴 여름에는 티푸스가 판을 치며 무덥고 습한 날씨가 계속되었지만, 10월에서 3월까지 지속되는 겨울에는 날씨가 좋았다. 광저우는 가끔 다른 나라 국기를 단 해적선들이 돌연 출현하기는 했어도 외국인들에게는 폐쇄적이었다. 외국인들이 11월에서 5월까지만 한시적으로 물건을 거래할 수 있는 상업 구역도 있었다. 그렇지만 세금과 통제, 규제가 워낙 심하기 때문에 국제상들은 광저우보다 마카오를 더 선호했다.

타오 치엔은 시장에 가려고 일찍 집을 나선 날에는 이른 시각부터 길거리나 운하 위에 내다 버려진 여자 갓난아이들을 자주 보았다. 가끔 개나 쥐한테 물어뜯긴 아이들도 있었다. 여자아이들은 아무 짝에도 쓸모가 없었기 때문에 아무도 원하는 사람이 없었다. 딸자식은 나중에 시집 식구들이나 떠받들며 살 텐데 뭐 하러 밥을 먹인단 말인가? '못난 아들 하나가 부처처럼 똑똑한 딸 열댓 명보다 더 낫다.'라는 속담도 있었다. 어찌 됐든 도시에는 아이들이 너무 많았으며 계속해서 쥐새끼들처럼 무서운 속도로 태어나고 있었다. 그리고 그에 못지않은 속도로 창녀촌과 아편방도 사방으로 번져 가고 있었다.

광저우는 절과 식당, 노름방으로 가득 찼으며 인구도 많고 축제들도 요란스럽게 치뤄지는 부유하고 활력이 넘치는 도시였다. 심지어는 죄수들을 처벌하고 처형하는 것까지, 사람들이 떼거지로 몰려들어 죄수들에게 야유를 보내며 축제처럼 행해졌다. 그들은 날카로운 칼을 들고 피범벅인 옷을 입고 모여 단칼에 죄수들의 목을 쳐 내라며 환호했다. 가장 중죄라 할 수 있는 황제에 대한 역적 행위를 제외하고는, 처벌은 항소의 가능성이나 불필요한 잔악 행위 없이 간단하고 신속하게 치뤄졌다. 그렇지만 황제를 배반한 사람들은 조금씩 서서히 죽였으며 그들의 친척들까지 모두 잡아다가 노예살이를 시켰다. 경죄를 지은 사람들은 채찍질을 하거나, 여러 날 목에 칼을 채워 제대로 쉬지도 못하고 손으로 머리를 긁거나 음식물을 먹지 못하도록 하면서 벌을 주었다.

광장과 시장마다, 옛날이야기꾼들이 사람들을 모아 놓고 활개를 쳤다. 그들은 떠돌이 땡추중들처럼, 구전되어 내려오는 수천 가지 옛날이야기들을 가슴에 간직한 채 전국 방방곡곡을 돌아다니는 떠돌이들이었다. 약장사들, 곡예사들, 뱀장사들, 여장 남자들, 떠돌이 악사들, 마술사들, 몸을 괴상하게 꼬는 사람들이 길거리에서 각기 묘기를 피우느라 정신이 없었다. 한편 그 주변으로는 비단과 차, 구슬, 향료, 금, 거북이 등껍질, 도자기, 상아, 보석 등을 파는 가게들이 진을 쳤다. 야채와 과일, 고기도 그 아수라장 속에서 뒤범벅이 되어 팔렸다. 양배추들과 연한 죽순들을 고양이와 개, 너구리를 잡아 가둔 우리 옆에 놓고 팔았다. 고기 장사꾼은 손님들이 원하면 그 자리에서 짐승들을 죽여 껍질을 벗겨 주었다. 새들만 파는 골목도 있었다. 그 골목에는 새나 새장이 없는 집들이 한 채도 없을 정도였다. 지극히 간단한 새장에서부터 고급 목재로 만들어 은과 자개를 박은 새장까지 골고루 다 갖추고 있었다. 시장 한 구석에는 이상하게 생긴 물고기들도 갖다 놓고 팔면서 그 물고기들이 행운을 가져온다고 떠들어 댔다.

늘 호기심이 많은 타오 치엔은 딴 데 정신을 팔며 구경하면서 실컷 사람들하고 어울려 돌아다니다가, 자기가 시장에 온 목적이 생각 나면 그제야 약재상이 있는 곳까지 정

신없이 달려갔다. 그는 두 눈을 감고, 코를 찌르는 듯한 향
료들과 약초들, 썰어 놓은 약재들을 냄새만으로도 감별할
수 있었다. 말린 뱀들은 먼지가 허옇게 쌓인 나뭇가지들처
럼 둘둘 말려서 쌓여 있었으며, 두꺼비와 도마뱀, 이상한
바다짐승들은 목걸이처럼 줄에 줄줄이 매달린 채 걸려 있
었다. 귀뚜라미들과 퍼런 빛이 감도는 껍데기가 단단하고
큼직한 풍뎅이들은 상자 안에서 꿈틀거리고 있었다. 갖가
지 종류의 원숭이들도 죽을 차례를 기다리고 있었다. 그
원숭이들과 곰, 오랑우탄 발바닥, 영양, 코뿔소 뿔, 호랑
이 눈, 상어 지느러미, 이상한 야행성 새 발톱을 무게를
달아 팔고 있었다.

타오 치엔은 광저우에서의 처음 몇 년간은 공부와 일,
늙은 스승을 모시는 일에만 전념했다. 그는 스승을 친할아
버지처럼 존경하기에 이르렀으며, 그의 생활을 행복한 나날
의 연속이었다. 식구들에 대한 기억도 사라졌으며, 아버지
와 형들의 얼굴도 잊었다. 그렇지만 어머니는 자주 그의 앞
에 모습을 드러냈기 때문에 어머니의 얼굴은 잊지 않았다.

공부는 곧 의무가 아닌 열정으로 바뀌었다. 그는 새로운
것을 배울 때마다 스승한테 달려가 정신없이 죄다 이야기
했다. "네가 배우면 배울수록, 네가 얼마나 아는 게 없는
지 깨닫게 될 거다." 하고 말하며 스승은 인자하게 웃었
다. 타오 치엔은 자기가 살던 시골의 방언으로는 많은 한
계를 느꼈기 때문에 표준어와 광둥어를 정복해야겠다고 스
스로 마음먹었다. 그는 스승의 지식을 매우 빠른 속도로
받아들였다. 스승이 농담으로, 제자가 자기 꿈까지 훔치려

든다고 할 정도였다. 그렇지만 제자를 가르치려는 스승의 열정 또한 한도 끝도 없이 관대했다. 스승은 제자가 알고 싶어 하는 모든 것을 가르쳐 주었다. 의학에 관한 것뿐 아니라, 그가 알고 있는 방대한 지식과 수준 높은 문화까지도 다 가르쳐 주었다.

스승은 워낙 너그러운 사람이었지만, 혼낼 때는 눈물이 찔끔 나게 할 정도로 무서웠고, 또 열심히 노력해야 한다며 부단한 채찍질을 가했다. 그는 늘 "나한테는 시간이 많이 남지 않았다. 그리고 내가 알고 있는 걸 저세상으로 가지고 갈 수도 없어. 내가 죽으면 누군가 그 지식을 써먹어야 해." 하고 말했다. 그러면서 마구잡이로 지식을 습득하는 것은 경계해야 한다며 주의를 잊지 않았다. 식탐이나 색탐 못지않게 학문에 대한 욕심도 사람을 망치게 할 수 있다는 것이었다. "현자는 원하지도 말고, 판단하지도 말고, 계획을 세우지도 말아야 한다. 마음을 활짝 열어 놓고 평화로워야 하느니라." 이것이 스승의 주장이었다.

스승은 타오 치엔이 실수를 범할 때에는 너무나도 가혹하게 나무라서, 차라리 매질이 낫겠다는 생각이 들게 할 정도였다. 그렇지만 그는 절대 자신을 분노에 내맡기진 않았기 때문에, 웬만해서는 그와 같은 행동은 보이지 않았다. 화를 내지는 않았지만, 따끔하게 교훈을 주기 위해 가끔 엄숙한 의식처럼 대나무 회초리로 제자를 때릴 때가 있었다. 제자가 노름의 유혹에 빠졌거나 여자에게서 대가를 받았다는 걸 확인했을 때였다. 가끔 타오 치엔은 노름방에 가서 내기를 걸기 위해 시장 봐 온 계산서를 조작하기도 했다. 그는 노름에 대한 유혹을 뿌리치기가 힘들었다. 또 가격을 잘 흥정해서 창녀촌에 있는 환자들 중 한 여자의 품에 안겨 이따금씩 위안을 얻을 때도 있었다. 타오 치엔은 돈을 잃으면 거스름돈을 어디다 썼는지 설명할 수가 없었고, 또 돈을 따면 흥분을 감추지 못했기 때문에 스승한테 금방 발각되었다. 그리고 여자의 경우, 그의 몸에서 여자 냄새가 났기 때문에 스승이 금세 알아챌 수 있었다.

"얘야, 윗도리를 벗어라. 네가 내 말을 알아들을 수 있을 때까지 따끔하게 매질을 해야겠다. 중국을 병들게 하는 가장 큰 원흉이 노름과 사창가라는 걸 몇 번이나 이야기해야겠니? 사람들은 노름에서 자기가 일해 번 돈을 잃고, 사창가에서 건강과 목숨을 잃는다. 그런 나쁜 습관들을 갖고서는 훌륭한 의사도 좋은 시인도 절대 될 수가 없다."

타오 치엔은 중국과 영국 사이에 아편전쟁이 일어난 1839년에 열여섯 살이었다. 그 당시 나라는 거지들의 천국이었다. 사람들은 무리를 지어 시골을 버리고 떠나, 온몸이 곪아 터진 채 누더기를 걸치고 도시에 나타났다. 그렇지만 그들은 도시에서도 강제로 쫓겨나 벌판에서 굶주린 개 떼들처럼 떠돌아다닐 수밖에 없었다. 결국 도둑질을 일삼게 된 그들과 반란자들은 정부군에 맞서 끝도 없는 전쟁을 벌였다. 파괴와 약탈의 세월이었다.

북경으로부터 앞뒤도 맞지 않는 모순된 명령들만 받는 부패한 관료들의 지휘하에서 약해질 대로 약해진 제국의 군대는 강력하고 잘 훈련받은 영국 함대와는 상대가 되지 않았다. 그들은 국민의 지지도 받지 못했다. 농사꾼들은 파괴된 농장과 불길에 휩싸인 벽촌, 군인들에 강간당한 딸들을 지켜보는 것에 이미 넌덜머리가 나 있었다. 거의 4년간의 전쟁 끝에, 중국은 참패를 인정할 수밖에 없었다. 그들은 승자들에게 2100만 달러에 해당하는 거금을 지불하고 홍콩을 넘겨줘야 했다. 그 외에도 치외법권 지역을 내주어 외국인들의 거주를 인정해야 했다. 그곳에서는 외국인들이 그들 자체의 경찰과 공무원, 정부, 법을 가지고서 그들 군대의 보호를 받으며 살았다. 중국 안에 있는 또 다른 외국이었다. 그리고 유럽인들은 그곳에서부터 상업을, 특히 아편 거래를 조정했다. 광저우에는 5년 후까지는 외국인들이 들어오지 않았지만, 존경하는 황제의 비참한 패배와 조국의 경제와 도덕이 한순간에 무너져 내린 걸 보고는, 스승은 더이상 살 이유가 없다는 결론을 내렸다.

전쟁 동안 늙은 종이는 크나큰 실망으로 마음을 다잡지 못하다가, 결국에는 노망이 들고 말았다. 사물에 대한 애착이나 관심도 일체 사라진 스승이 식사도 하지 않고 며칠째 지낼 때에는 타오 치엔이 손수 그의 입에다가 먹을 것을 넣어 줘야 할 정도였다. 그러다 보니 회계장부도 엉망이되어 채권자들이 대문을 두드리기 시작했지만, 스승은 그들을 대수롭지도 않게 대했다. 그에게 돈에 관한 모든 건, 당연히 자유로워야 할 학자들이 지닌 명예스럽지 못한 짐이었다.

그는 말년에 노망이 들면서, 제자를 아들로 입양해서 좋은 아내를 구해 주려 했던 원래의 계획을 잊어버렸다. 심

지어는 자주 멍한 표정으로 타오 치엔을 바라보면서 그의
이름을 기억해 내지 못할 정도로 정신이 혼미해졌다. 그의
머릿속은 두서없이 불쑥불쑥 튀어나오는 얼굴들과 사건들
이 만들어 내는 미로의 연속이라, 어디서 본 것 같기는 했
지만 누군지는 알아볼 수가 없었다. 그렇지만 자신의 장례
식에 대해 자세한 지시를 내릴 정도로는 정신이 있었다.
학자로서 이름을 떨쳤던 중국인에게는 세상에서 가장 중요
한 행사가 바로 자기 자신의 장례식이었던 것이다.

오래전부터 단아한 죽음으로 세상을 하직하려던 생각이
그의 머릿속을 맴돌고 있었지만, 중국 제국의 군대가 만에
하나 승리할지도 모른다는, 한 가닥 옅은 희망으로 전쟁이
끝날 때까지 기다렸다. 그는 거만한 양놈들이 역겨워서 참
을 수가 없었다. 제대로 씻지도 않고, 우유와 술을 마시는
백색 유령과도 같은 야만스러운 양놈들을 한없이 얕잡아보
고 무시했다. 게다가 그들은 바른 예의범절도 모르는 무식
한 놈들이며, 자기 조상들을 제대로 섬길 줄도 모르는 쌍
놈들이라고 생각했다. 그리고 그들과 맺은 상업 조약들은
황제가 그 배은망덕한 야만인들에게 큰 은혜를 베푼 것이
었는데, 주제도 모르는 양놈들은 황제를 칭송하고 고마움
을 표하며 머리를 조아리기는커녕 더 달라고 보채기만 한
다고 생각했다. 종이에게는 난징조약이 결정적인 충격이었
다. 황제는 물론 가장 미천한 계급의 중국인까지 모두 명
예를 잃은 것이었다. 그런 치욕을 당하고 나서 어떻게 위
엄 있게 살 수 있단 말인가?

늙은 학자는 금을 삼켜 스스로 목숨을 끊었다. 제자가

약초들을 찾아 벌판을 헤매다 돌아와 보니, 그가 정원에서 비단 쿠션을 베고 자신의 상복인 하얀 옷을 입고 누워 있었다. 그의 옆에는 아직 열기가 채 가시지 않은 미지근한 차가 놓여 있었고, 가느다란 붓이 먹 위에 얹혀 있었다. 그의 작은 책상 위에는 끝내지 않은 시가 한 수 놓여 있었으며, 잠자리 한 마리가 부드러운 종이 위에 앉아 있었다. 타오 치엔은 자기에게 많은 것을 베풀어 주었던 그 남자의 손등에 입을 맞추고는, 잠시 노을빛에 환하게 물든 곤충의 날개 무늬를 감상했다. 아마 스승도 그러길 원했을 것이다.

스승이 살아생전 많은 사람들을 도와주었기 때문에 그의 장례식에는 엄청난 사람들이 행렬을 이루어 몰려들었다. 그는 산 사람은 건강하게 살 수 있도록, 또 죽어가는 사람은 고통 없이 죽을 수 있도록 음으로 양으로 도와주었던 것이다. 정부 관료들과 고관대작들은 의식을 엄숙하게 빛냈고, 문인들은 자신들의 시 중 가장 좋은 작품을 낭송했고, 여자들은 비단옷을 입고 참석했다. 한 역술인이 장례식 날짜를 점찍어 주자, 장례 절차를 준비하는 한 장의사가 그가 소유했던 물건들을 둘러보러 그 집을 방문했다. 그는 치수를 재거나 메모도 하지 않은 채 그의 집을 천천히 둘러보았다. 그렇지만 그의 넓은 소맷귀 아래에 있는 초 덩어리에는 손톱으로 눈금을 표시해 두었다. 나중에 그 장의사는 고인이 아꼈던 물건들은 물론, 방과 가구 그대로 집의 모양을 종이로 작게 축소해서 만들었다. 그리고 저세상에 가서도 고인이 이 세상에서 누렸던 것들을 그대로 누릴 수 있도록, 종이로 만든 돈다발과 함께 그 종이 집도

태웠다.

　제복을 입은 군인들이 으리으리하고 화려한 관을 양쪽으로 짊어지고, 황제의 행렬처럼 도시 한가운데를 통과했다. 그리고 그 뒤로는 밝은 색상으로 단장한 기수들과 작은 종, 북, 피리 등과 여러 종류의 현악기를 연주하는 악사들 한 무리가 따랐다. 고인이 워낙 중요 인물이었기 때문에, 장례식에 몰려든 사람들이 인산인해를 이루었다. 무덤에는 꽃과 고인이 입던 옷, 장례 음식들이 쭉 놓여 있었다. 사람들은 초와 향을 피우고는, 마지막으로 종이 돈과 종이 집을 포함해 고인이 소유했던 물건들을 태웠다.

　육신이 땅으로 돌아가는 동안 그 영혼을 맞이하기 위해, 스승의 이름이 쓰어진 지방(紙榜)을 도금한 목기에 넣어 무덤 위에 올려놓았다. 장자가 그 지방을 받아, 다른 남자 조상들의 지방들과 함께 사당에 모셔 놓고 예를 올려야 했지만 의원에게는 그런 의식을 책임져 줄 자식이 없었다. 타오 치엔은 하인에 불과했으며, 그가 나서서 하겠다는 것은 예의에 크게 벗어나는 일이었다. 타오 치엔은 영혼이 깎여 나가는 듯 절통했다. 그 수많은 사람들 중 그가 흘린 눈물과 탄식만이 진짜 고통에서 우러나왔을 것이다. 그렇지만 지방은 고인의 먼 조카의 손에 넘어가, 그 조카가 1년 중 제사 때 한 번씩, 그리고 보름에 한 번씩 스승에게 의무적으로 제사를 올려야 했다.

　장례식이 장엄하게 막을 내린 후, 빚쟁이들이 이리 떼처럼 집 안으로 쳐들어왔다. 그들은 귀한 책들을 마구잡이로 뒤지고, 약재실로 들어가 약초들을 휘저어 준비해 놓은 탕

재들을 못 쓰게 만들었다. 그러고는 스승이 귀하게 간직한 시들을 찢어발기고, 가구들과 값나가는 물건들은 죄다 가져갔다. 아름다웠던 정원까지도 무참히 짓밟고 가자, 스승의 고가(古家)는 순식간에 폐허가 되었다.

그들이 쳐들어오기 조금 전에, 타오 치엔은 금침과 의료 기구들이 들어 있는 가방 하나를 몰래 챙겨 두었다. 또 스승이 노망의 징후를 보이기 시작했던 3년 전부터 조금씩 빼돌린 약간의 돈과 같은, 꼭 필요한 몇 가지도 미리 빼돌려 두었다. 그는 자신이 그토록 존경했고 친할아버지처럼 여겼던 종이의 재산을 훔치려는 의도는 절대 없었다. 빚이 눈더미처럼 불어나 앞날이 걱정되었기 때문에 그 돈으로 스승을 모시려 했던 것이다. 그렇지만 스승의 자살로 모든 게 뒤틀어졌다. 결국 타오 치엔은 뜻하지 않은 목돈만 챙긴 꼴이 되었다. 그가 그 돈을 차지하면 아랫사람이 윗사람의 재산을 훔친 범죄가 되니 목이 잘릴 판이었다. 그렇지만 타오 치엔은 고인이 된 스승의 영혼을 제외하고는 그걸 아는 사람은 아무도 없다며 안심했다. 그리고 스승은 그의 행동을 이해해 주리라 믿었다. 스승은 사나운 빚쟁이들한테 진 많은 빚을 갚고서도 티도 나지 않으니, 차라리 충실한 하인이자 제자였던 자기에게 그 돈을 더 주고 싶어 했으리라 생각했다.

타오 치엔은 깨끗한 옷으로 갈아입고는, 그 돈을 챙겨 도시를 빠져나왔다. 그는 고향으로 돌아갈까도 잠깐 생각해 보았지만, 그 생각은 얼른 지워 버렸다. 식구들에게 그는 영원히 넷째 아들일 뿐이었다. 결국 형들에게 복종하면서

사는 삶밖에는 기다리지 않았다. 그들을 위해 일하고, 그들이 선택한 아내를 받아들이고, 가난하게 살아야 할 뿐이었다. 아버지와 조상에 대한 의무감조차도 그를 그쪽으로 잡아끌지는 못했다. 그건 형들이 알아서 할 몫이었다. 그는 중국의 법이 닿지 않는 아주 먼 곳으로 가야만 했다. 그때 그의 나이 스무 살이었으며, 10년 노예살이를 채우기에는 아직 1년이 남아 있었다. 그렇기 때문에 빚쟁이들 중 누구라도 그 기간 동안에는 그를 노예처럼 부려먹을 수 있었다.

타오 치엔

타오 치엔은 홍콩에 가서 새로운 삶을 시작하겠다고 마음먹고 그곳으로 가는 배에 몸을 실었다. 이제는 그는 광저우에서 최고로 훌륭한 한의사에게서 교육을 받은 중의(中醫)였다. 그는 자신의 운명을 그토록 영광스러운 길로 이끌어 준 조상들의 영혼에게 무한한 고마움을 느꼈다. 그가 맨 먼저 해야 할 일은 아내를 구하는 것이었다. 혼기도 이미 지났으며, 혼자 사는 것도 너무 고통스러웠다. 게다가 아내가 없다는 것은 그가 가난하다는 걸 그대로 드러내 놓는 것과 다를 바 없었다.

그는 아담한 발을 가진 가냘프고 어린 여자를 아내로 맞을 생각이었다. 전족을 한 아내의 발은 길이가 삼사 인치를 넘어서는 안 되며, 태어난 지 몇 달 되지 않은 아기의 발처럼 만지면 포동포동하고 부드러워야 했다. 젊은 여자가 금세라도 쓰러질 듯 엉덩이를 뒤로 빼고, 스승의 정원 연못에 피어 있던 버들가지처럼 하늘거리며, 조그마한 발

로 뒤뚱거리며 아장아장 걸어다니는 모습이 타오의 눈에는
너무나도 앙증맞아 보였다. 그는 농사꾼 아내의 발처럼
큼지막하고 차가운 발을 끔찍해했다.

그는 고향에서 살 때, 발을 칭칭 맨 여자아이들을 멀리
서 본 적이 있었다. 그 여자아이들은 나중에 틀림없이 좋
은 데로 시집보낼 수 있기 때문에 그 집안의 영광이었을
것이다. 그렇지만 광저우에서 그는 창녀들하고만 접했을
뿐이며, 그중에서 전족을 한 여자를 한두 명 품에 안은 적
이 있었다. 그는 발을 꼭 감싸 안은, 수놓인 그 자그마한
신발을 보면 온몸에 전율이 느껴질 정도로 흥분되었다. 그
렇지만 몇 년 동안 뼈가 짓이겨진 상태라 발에서는 악취가
흘러나왔다. 그는 그 발들을 만져 본 후, 그 우아함이 끝
없는 고통의 결과이며, 그렇기 때문에 그 아름다움이 몇
배 더 값지다는 걸 깨달았다. 그때부터 그는 전족 신봉자
가 되었다. 스승이 수집한 여성의 발에 대한 책들을 열심
히 뒤져 보고는, 전족에 다섯 개의 계급과 열여덟 개의 각
기 다른 스타일이 있다는 것도 알게 되었다.

여자의 미모는 열두 살쯤에 시작해서 스무 살이 지나면
금세 져 버리는, 극히 허망한 것이었기 때문에 아내 될 여
자 또한 아주 어린 여자라야 했다. 그의 스승이 그렇게 설
명해 주었다. 그렇기 때문에 중국 문학에 등장하는 유명한
여주인공들은 한결같이 아름다움이 절정을 이룬 그 시점에
서 죽었을 것이다. 그들은 나이 들어 일그러진 모습을 보
이기 전에 사라져, 모든 사람들의 추억 속에 한창 아름다
웠을 때의 모습으로 간직된 복 많은 여인들이었다. 게다가

그가 어린 여자를 선호하는 데는 실질적인 이유도 있었다. 어린 여자는 그에게 건강한 아들들을 안겨 줄 것이며, 그에게 순종하도록 길들이기도 훨씬 더 쉬울 것이기 때문이었다. 목소리 큰 여자보다 더 꼴불견은 없었다. 그는 길에다 침을 뱉고, 심지어 이웃 사람들이 보는 앞에서 남편과 자식들에게 따귀를 갈기는 여자들도 본 적이 있었다. 여자가 남자에게 손을 대는 것만큼 남자의 위신을 깎아내리는 건 없었다.

광저우와 홍콩 사이에 놓인 90마일 길을 천천히 전진하는 배 위에서, 타오 치엔은 자신의 과거에 작별을 고하는 한편 미래의 아내와 자식들과 함께 이룰 행복을 꿈꾸었다. 그는 계속 암산을 하면 돈이 불어나기라도 하듯, 주머니 안의 돈을 몇 번이나 세어 보았다. 그렇지만 그가 원하는 조건의 아내를 얻기에는 턱없이 부족한 돈이었다. 아무리 급하다 하더라도 아무하고나 결혼해서, 발 크고 성격 강한 여자와 평생을 살 수는 없는 노릇이었다.

홍콩이 갑자기 그의 눈앞에 모습을 드러냈다. 남지나해의 쪽빛 바닷물 위로 자태를 드러낸 인어처럼 산과 푸른 자연을 등진 아름다운 모습이었다. 그를 실어 날랐던 가벼운 선박이 항구에 정박하자마자, 타오 치엔은 그가 그토록 경멸하던 외국인들이 지천에 널려 있다는 걸 알게 되었다. 옛날에는 멀리서 언뜻 보았을 뿐이지만, 지금은 멋대가리 없이 크기만 한 그 사람들이, 진짜 사람인지 아닌지 만져서 확인해 볼 수 있을 정도로 가까이에 있었다. 그는 양놈들 대부분이 머리카락은 빨갛거나 노랗고, 눈 색깔은 바래 있고, 살

갖은 삶은 새우처럼 벌건 걸 보고 놀라움을 금치 못했다.

보기에도 흉측하게 생긴 서양 여자들은 깃털과 꽃이 주렁주렁 달린 모자를 쓰고 다녔다. 그는 어쩌면 귀신이 씌인 머리카락을 감추기 위해서인지도 모른다는 생각이 들었다. 게다가 그 여자들은 몸에 짝 달라붙는 꽉 끼는 옷을 입은 기막힌 모습으로 돌아다녔다. 그래서 움직임도 로봇 같고, 얌전하게 몸을 숙여 인사하지도 못하는 것이라고 생각되었다. 한여름의 찌는 더위 속에서도 보기에도 갑갑한 그런 옷을 입고 돌아다니니, 당연히 아무도 거들떠보지 않은 채 뻣뻣하게 다니는 것이라고 타오 치엔은 추측했다.

항구에는 다양한 크기와 색상의 아시아 배들 수천 척 사이에, 유럽 배들이 열두 척 정도 정박해 있었다. 거리에는 유니폼을 입은 남자들이 말을 몰고 있는 마차들이 보였다. 마차들은 인력거들과 가마들, 단순히 등에 손님을 업고 가는 사람들과 한데 뒤엉켜 있었다. 생선 비린내가 뺨을 내리치듯 그의 얼굴 위로 확 덮쳐 오자, 시장기가 느껴졌다. 우선 노란 천 조각을 길게 늘어뜨린 식당부터 찾아봐야 했다.

타오 치엔은 시끄럽게 떠들고 큰 소리로 웃는 사람들로 북적대는 한 식당에서 왕자처럼 근사한 식사를 했다. 사람들은 건강하고 만족스러운 모습이었다. 그곳에서 그는 스승의 집에서는 잊혀졌던 맛있는 요리들을 음미했다. '종이'는 굉장한 미식가여서 살아생전에는 광저우에서 가장 잘나가는 요리사들의 시중을 받았다며 자랑했지만, 말년에는 녹차와 극히 소량의 야채들만 먹고살았다. 노예 신분에서 도망칠 즈음, 타오 치엔은 홍콩에 있는 수많은 폐병 환자들처럼 비쩍 말라 있었다. 몇 년 만에 처음으로 먹어 보는 제대로 된 식사였다. 음식도 맛있고, 냄새도 좋고, 씹히는 촉감도 기가 막혀 그의 기분은 환희의 경지에까지 이르는 듯했다. 그는 마냥 흐뭇해서 파이프 한 대를 피우며 만찬을 끝냈다.

그는 마음이 붕 뜬 사람처럼 혼자 낄낄대고 웃으며 길거리로 나왔다. 여태껏 살면서 이렇게 기분 좋고 행복한 적은 없었다. 그는 광저우와 비슷한 주변 공기를 맡아 보고는 9년 전에 광저우를 정복했던 것처럼, 그 도시를 정복하는 것도 어렵지는 않을 것이라 생각했다. 맨 먼저 시장의 약재상들과 의원들이 있는 동네부터 찾아가야 할 것이다. 그곳에 가면 잠자리도 얻을 수 있고, 자기가 갖고 있는 기술을 이용해 돈도 벌 수 있을 것이다. 그러고는 발이 작은 여자를 맞아들이는 문제도 생각해 봐야 할 것이다……

그날 오후에 타오 치엔은 벌집처럼 한 집에 여러 가구가 다닥다닥 붙어 사는 그런 남루한 집의 다락방에 숙소를 정했다. 방은 폭 1미터에, 길이 3미터 정도인 좁다랗고 어두운 터널 같은 곳으로, 창문도 없어 어둡고 답답했다. 게다가 옆집 사람들의 음식 냄새와 오물 냄새가 온갖 지저분한 악취들과 한데 뒤엉켜 안으로 흘러 들어왔다. 스승의 우아한 집과 비교하면 쥐구멍과 다를 바 없었지만, 그는 옛날에 부모님과 살던 초가집은 그것보다 더 형편없었다는 걸 떠올렸다.

그는 혼자 사는 데 방이 더 넓을 필요도, 더 좋을 필요도 없다고 생각했다. 돗자리를 깔고 얼마 되지 않는 물건들을 내려놓을 장소만 있으면 충분했다. 나중에 장가를 가게 되면, 처방도 하고, 손님들도 받고, 아내한테 제대로 대접받을 수 있는 그런 적당한 집을 구하리라 마음먹었다. 당장 제대로 된 일거리가 생길 때까지는 적어도 그곳이 잠자리와 어느 정도의 개인 공간은 제공해 줄 것이다. 그는 물건들을 내려놓고는 밖으로 나가 목욕도 하고, 면도도 하고, 머리도 다시 단정하게 땋아 내렸다. 제대로 사람다운 모습이 갖춰지자, 그는 즉시 노름방을 찾아 나섰다. 최단시간 내에 자신의 자본금을 몇 배로 불려, 성공으로 향한 길을 멋지게 시작하고 싶었던 것이다.

하지만 판탄에 내기를 건 지 두 시간도 채 지나지 않아, 타오 치엔은 가지고 있던 돈을 몽땅 잃었다. 그나마 의료 기구들은 그곳에 가지고 갈 생각을 못했기 때문에 무사했다. 노름방에서 사람들이 워낙 시끄럽게 떠들어 아무것도 들리지 않았기 때문에, 내기는 자욱한 담배 연기를 사이에 두고 손동작으로 이루어졌다. 판탄은 컵 아래에 주사위들을 놓고 하는 아주 간단한 놀이였다. 사람들이 내기를 걸고 나면 주사위 네 개를 동시에 움직인 다음, 컵 안에 몇 개가 남아 있는지 알아맞히는 사람이 이기는 것이었다. 타오 치엔은 주사위를 던지고 세는 남자의 손을 눈으로 따라갈 수가 없었다. 속임수를 쓰는 것 같았지만, 사람들 앞에서 그를 모함한다는 것은 자칫 목숨까지도 위태로울 수 있는 상당히 위험한 일이었다. 광저우에서는 노름방 근처에서 내기에 지고 난 후 경솔한 짓을 했다가 죽은 사람들의 시신들이 매일 발견되었다. 홍콩이라고 다를 리 없었다.

　그는 동굴 같은 자기 방으로 돌아와 돗자리 위에 쓰러져, 노스승이 손수 휘둘렀던 회초리를 생각하며 아이처럼 엉엉 울었다. 절망감은 그 다음 날까지도 계속되었다. 그는 그제야 자신이 얼마나 거만하고 조급했는지 확실하게 깨달았다. 짓궂은 스승의 영혼이 자기에게 더 많은 것을 가르쳐 주기 위해 일부러 그렇게 한 것이라 생각하니, 그 비싼 교훈을 마음속 깊이 새기며 다시 기분 좋게 웃을 수 있었다. 집 안과 거리 밖에서 시끌벅적한 소리가 들려왔지만, 방 안은 완전히 어둠 속에 갇힌 채 잠에서 깨어났다. 늦은 아침이었지만, 돼지우리 같은 그의 방으로는 한 줄기 햇빛도 들어오지 않았다. 그는 더듬거리며 하나밖에 없는 깨끗한 옷으로 갈아입고, 혼자 낄낄대며 왕진 가방을 들고 시장으로 출발했다.

　문신에 쓰이는 무늬들이 그려진 천 조각들과 종이들로 온통 뒤덮인 문신 가게들이 줄지어 서 있는 곳에 가면, 수천 가지 무늬들을 고를 수 있었다. 푸른색 잉크로 그려진 점잖은 꽃에서부터 다섯 가지 색으로 화려하게 그려진 환상의 동물인 용까지 없는 게 없었다. 용 문신은 활짝 핀 양 날개와 입에서 불을 내뿜는 용 모양으로, 건장한 남자의 등 전체를 다 장식하고도 남을 정도였다. 타오 치엔은 30분이나 실랑이를 벌인 끝에, 간을 청소하는 강장제를 주는 대가로 얌전한 문신 하나를 새기기로 합의 보았다. 10분도 안 되어, 내기를 건 오른쪽 손등 위에 간결하면서도 단정한 문체로 '不' 자가 새겨졌다.

"물약이 잘 들으면, 친구들한테 저 좀 소개해 주시오."

타오 치엔이 그에게 부탁했다.

"내 문신으로 만사가 형통하면, 마찬가지로 소개 좀 해 주시오."

문신을 새겨 주는 사람이 대답했다.

타오 치엔은 늘 그 문신이 자기에게 행운을 가져다 주었다고 믿었다. 그는 문신 가게에서 나와, 사람들로 들끓는 비좁은 골목길들을 팔로 밀치고 당기며 간신히 통과해 시끄러운 시장이 있는 곳에 다다랐다. 외국인은 한 사람도 보이지 않았으며, 시장은 광저우와 똑같은 모습이었다. 소음은 폭포 물줄기 소리 같았다. 장사꾼들은 서로 자기들 물건이 좋다고 외쳐 댔으며, 손님들은 목청이 터져라 소리 높여 값을 깎았다. 새장 안에 갇힌 새들과 죽을 차례를 기다리는 짐승들의 신음 소리가 한데 뒤엉켜 아무 소리도 알아들을 수 없는 아수라장이었다. 땀 냄새와 산 짐승들과 죽은 짐승들의 냄새, 오물과 쓰레기 냄새, 향료 냄새, 아편 냄새, 음식물 냄새 등 흙과 공기, 물로 이루어진 모든 무생물과 생물에서 날 수 있는 냄새란 냄새는 모조리 뒤섞인 진한 악취가 풍겨, 마치 손으로 만져질 것 같은 착각이 들 정도였다.

게를 삶아서 파는 여자가 눈에 띄었다. 그 여자는 자루에서 살아 있는 게들을 꺼내, 바닷물처럼 약간 끈끈한 물이 든 큰 솥에 집어넣어 몇 분간 펄펄 끓인 후, 주걱으로 꺼내 간장을 끼얹어 간을 맞춘 다음, 종이에 싸서 지나가는 사람들한테 팔았다. 그 여자는 양손에 사마귀 투성이였다. 타오 치엔은 사마귀를 낫게 해 주는 대가로, 한 달 동안 점심 식사를 제공받는 조건으로 그녀와 협상을 벌였다.

"아니! 이 양반 게를 무지 좋아하나 보네!"

게 장사 아줌마가 말했다.

"게를 싫어하지만, 벌이라 생각하고 달게 먹을 겁니다. 평생 기억해야 할 교훈을 잊지 않기 위해서입니다."

"한 달이 지나도 낫지 않는다면, 당신이 먹은 게는 누가 돌려줄 건가요?"

"한 달이 지나도 계속 사마귀가 낫지 않는다면, 내가 내 명예를 깎아내리는 거지요. 그럼 누가 내 약을 사겠습니까?"

타오가 미소를 지었다.

"좋아요."

그렇게 홍콩에서 자유인으로서의 새 삶이 시작되었다. 이삼 일이 지나 붓기가 가라앉으면서 문신은 푸른 정맥 때문에 새겨진 자연스러운 무늬처럼 나타났다. 한 달 내내, 그는 자신의 치료를 필요로 하는 사람들을 찾아 시장 노점들을 돌아다니면서 하루에 한 번씩, 그것도 늘 삶은 게만 먹었다. 갈비뼈 사이로 동전 하나가 들어가 박힐 정도로 몸무게가 빠졌다. 그는 역겨움을 참고 게 한 마리씩 입에 넣을 때마다, 역시 게를 싫어했던 스승을 생각하며 미소를 지었다. 여자의 사마귀는 26일 만에 사라졌으며, 고마운 마음에 그 여자는 주변 사람들한테 그가 잘 고친다는 소문을 내 주었다. 그 여자가 눈의 백내장을 고쳐 주면 삶은 게를 한 달 더 공짜로 주겠다고 했지만, 타오는 그

벌이면 충분하며, 여생 중 다시는 게를 먹지 않아도 되겠다고 생각했다.

그는 밤이면 파김치가 되어 돼지우리인 자기 집으로 돌아와, 촛불을 밝혀 놓고 돈을 세어 바닥 나무판자 밑에 숨겨 놓았다. 그러고는 석탄 난로 위에 물을 올려 놓고 차를 끓여서 그것으로 굶주림을 달랬다. 가끔 다리가 후들거리거나 의지가 약해지면, 쌀 한 줌이나 설탕 약간, 또는 아편을 사서 한입 가득 물고 천천히 음미했다. 이 세상에서 밥이 주는 위안과 설탕이 주는 달콤함, 아편이 주는 완벽한 꿈만큼 더 큰 선물은 없다고 생각하며 마냥 고마워했다.

그는 집세와 영어 공부, 면도, 빨래에만 돈을 지출했다. 거지처럼 돌아다닐 수는 없는 일이었다. 스승은 고관대작처럼 옷을 입었다. "단정한 옷차림은 그 사람의 지식 정도를 알려 준다. 종이는 시골 떠돌이 의사와 같을 수가 없다. 환자가 가난할수록, 예의상 너는 옷을 더 갖춰 입어야 하느니라." 이것이 스승의 가르침이었다. 그의 명성도 조금씩 퍼져 나갔다. 처음에는 시장 사람들과 그들 식구들 사이에서 퍼졌지만, 나중에는 항구 지역까지 퍼져 나갔다. 그곳에서 그는 싸워서 다친 선원들, 괴혈병이나 성병, 아편에 중독된 선원들을 치료했다.

6개월이 지나자 타오 치엔에게 단골손님들도 생기고, 점점 돈도 모여졌다. 숙소도 창문이 딸린 방으로 옮겼으며, 장가갈 경우를 대비해 큰 침대와 소파, 영국식 책상도 들여놓았다. 그는 오래전부터 옷을 잘 입고 싶었기 때문에 옷도 몇 벌 더 구입했다. 그리고 영어를 잘해야 출세할 수 있다는 걸 깨닫고는 영어도 배우기 시작했다. 몇 되지 않는 영국인들이 홍콩을 쥐고 있었다. 그들이 법을 만들어 적용했으며, 상업과 정치를 지휘했다. 양놈들은 특정한 제한구역에서 살았으며, 중국인 부자들하고만 거래하면서 사업을 쥐고 흔들었다. 그리고 거래는 늘 영어로 이루어졌다. 거대한 중국인 집단도 같은 시간과 공간에서 살았지만, 마치 존재하지도 않는 듯했다.

최고급 상품들은 홍콩을 통해서 먼 나라의 수천 년 된 문화에 홀딱 반한 유럽의 살롱들로 팔려 나갔다. '중국풍'이 대유행이었다. 비단이 옷감 중에서 최고의 인기를 누렸으며, 북경의 신비스러움이 가득한 안뜰 정원을 모방해 교각마다 서글픈 버들가지를 심고 등을 밝힐 정도였다. 탑 모양의 지붕이 광장마다 이용되었으며, 용과 벚꽃은 지겨울 정도로 자주 장식에 쓰였다. 그리고 영국 저택마다 코로만델 병풍이나 도자기, 상아 수집품, 한 땀 한 땀 정교하게 수를 놓은 부채, 조각된 새장에 갇힌 카나리아로 장식한 중국풍의 살롱이 없는 집이 없을 정도였다.

그런 보물들을 잔뜩 싣고 유럽으로 향한 배들은 빈 배로 돌아오지 않았다. 인도에서 아편을 가지고 와서, 밀수로 헐값에 팔아 그 지역의 중소상인들을 파산시켰다. 중국인들은 자기네 나라에서 장사를 하기 위해 영국인, 네덜란드인, 프랑스인, 미국인들과 경쟁해야 했다. 그렇지만 가장 큰 불행은 아편이었다. 몇 세기 전부터 중국에서는 아편을 심심풀이로 잠깐씩 피거나 약처럼 쓰였지만, 영국인들이 시장을 장악한 이후로는 통제가 불가능한 질병이 되었다. 아편은 사회 모든 계층을 공략했다. 결국 사회 전반이 약화되었고, 썩은 빵처럼 힘없이 부서져 내려 산산조각이 났다.

중국인들은 처음에는 외국인들을 업신여기고 무시했었다. 이 세상에서 진정으로 유일하게 문명화된 사람들처럼 엄청난 자부심을 갖고 외국인들을 대했던 것이다. 그렇지만 곧 몇 년 지나지 않아 그들을 존경하고 두려워하기 시작했다. 한편 유럽인들도 중국인들과 마찬가지로 인종적 우월감으로 가득 차 있었다. 그들은 자신들을, 더럽고 못생기고 약하고 시끄럽고 부패했으며 고양이와 뱀을 잡아먹고 딸아이가 태어나면 그 자리에서 죽여 버리는 야만스러운 사람들이 사는 나라에 문명을 전파하러 온 전령자라고 자부했다. 그렇지만 중국인들이 그들보다 천 년 전에 문자를 사용했다는 걸 아는 사람은 거의 없었다.

상인들이 그들에게 마약과 폭력의 문명을 전파하는 사이, 선교사들은 복음을 전파하고자 했다. 어떤 대가를 치르더라도, 기독교는 전파되어야 했다. 기독교만이 유일하고 진정한 종교였으며, 공자가 예수 그리스도보다 500년 전에 살았다 하더라도 그건 아무 의미가 없었다. 외국인들은 중국인들을 사람 취급도 하지 않았다. 그렇지만 중국인들의 영혼을 구하고자 애를 썼으며, 개종을 하면 그에 대한 대가로 쌀을 지불했다. 개종한 기독교인들은 신의 선물을 맛있게 먹고, 다시 다른 교회로 가서 또 개종을 했다. 그들은 자기 종교가 가장 유일한 것처럼 믿고 설교하는 양놈들의 집착을 매우 재미있어했다. 실질적이고 관용적인 중국인들에게는 영적인 것이 종교보다는 철학에 더 가까웠다. 그건 윤리의 문제이지, 절대 교리의 문제는 아니었다.

타오 치엔의 영어 선생은, 비록 읽는 건 자음을 거의 빠뜨리고 끈적끈적하게 해도, 쓰는 건 거의 완벽하게 해내는 중국인이었다. 유럽의 알파벳은 중국 문자에 비하면 무진장 간단한 것이었다. 타오 치엔은 단어 다섯 개마다 한 번씩 사전을 찾아야 했지만, 5주 만에 더듬거리지 않고 영국 신문을 읽을 수 있게 되었다. 밤에는 몇 시간씩 공부를 했다. 그는 자기에게 지식에 대한 갈증을 가르쳐 준 존경하는 스승이 그리웠다. 그 갈증은 알코올중독자에게는 술에 대한 갈증, 야심가에게는 권력에 대한 갈증 못지않게 집요한 것이었다. 이제는 스승의 서재도 없었고, 무진장한 경험의 원천인 스승도 없었다. 그에게 달려가 충고를 구하거나 환자의 증상을 의논할 수도 없었다. 그를 안내해 줄 사람이 없었으니, 마치 고아가 된 느낌이었다.

스승이 돌아가신 이후로 그는 다시 시를 쓰거나 읽지 않았다. 자연을 감상하거나 명상할 시간이 없었다. 예전에는 그의 삶을 풍요롭게 했던, 일반 사람들의 살아가는 모습을 관찰할 시간도 없었다. 그의 마음속은 아우성치는 소리로 가득했으며, 스승이 가장 귀한 재능처럼 개발하도록 가르쳐줬던 텅 빈 침묵과 고독이 그리웠다. 그는 의원 일을 하면서 인간의 복잡한 특성과 남녀 간의 정서적 차이, 처방만으로도 치료가 가능한 질병들과 적절한 말로 위안이 필요한 질병들이 있다는 걸 배웠다. 그렇지만 그의 경험을 함께하고 의논할 사람이 없었다. 아내를 사서 가족을 이루고자 하는 꿈은 늘 그의 머릿속에 있었지만, 비단 위에 그려진 아름다운 풍경처럼 아득하고 멀게만 느껴졌다. 그렇지만 책을 사서 공부하고, 지식의 길에서 그를 도와줄 수 있는 다른 스승들을 만나고 싶은 바람은 집착으로까지 발전했다.

그런 상황에서 타오 치엔은 에바나이저 홉스 박사를 알게 되었다. 그는 절대 거만하지 않은 영국 귀족으로, 다른 유럽인들과는 정반대로 도시의 지역적인 색깔에 관심을 가지고 있었다. 그를 처음 만난 곳은 시장이었다. 그는 한 약재 가게에서 약초들과 연고들을 뒤지고 있었다. 그는 중국 표준어는 단 열 마디밖에 하지 못했지만, 엄청난 고음의 목소리로 같은 말만 계속해서 반복했기 때문에, 반은 놀라고 반은 신기한 사람들이 작은 무리를 이루고 그의 주변을 에워싸고 있었다. 그의 머리가 중국 사람들 무리 위로 튀어나와 있었기 때문에 멀리서도 쉽게 그를 볼 수가 있었다. 타오 치엔은 외국인 동네와는 상당히 멀리 떨어져 있는 그런 곳에서 외국인을 본 적이 단 한 번도 없었기 때문에, 가까이에서 구경하기 위해 그에게 다가갔다.

그 영국인은 아직 젊은 편에 키가 크고 마른 남자로, 크고 푸른 눈에 귀한 인상이 풍기는 사람이었다. 타오 치엔은 자기가 그 외국인이 하는 열 마디를 통역할 수 있고, 또 자기가 그만큼 영어를 알고 있다는 게 내심 반가웠다. 잘하면 서로 의사소통도 가능한 일이었다. 타오 치엔이 그에게 점잖게 인사하자, 그도 어설프게 몸을 숙여 따라 인사했다. 두 사람은 미소를 짓다가, 신기해하는 구경꾼들의 웃음소리에 전염이 되어 나중에는 소리 내서 웃기 시작했다. 중간 중간에 알아들을 수 없는 나쁜 발음으로 스무 마디가 어렵사리 오가며, 길거리에서 쇼를 부리는 사람처럼 우스운 무언극으로, 구경꾼들이 점점 큰 소리로 웃는 가운데 어렵사리 대화가 시작되었다. 곧 교통의 흐름을 방해할 정도로 많은 사람들이 몰려들었으며, 모두 우스워 죽으려 했다. 결국에는 말을 탄 영국 경찰이 와서 무리 지어 있던 사람들을 해산시켜야 했다. 그렇게 해서 그 두 남자 간의 굳은 우정이 시작되었다.

타오 치엔이 자기 직업에 대해 한계를 느끼는 것처럼 에바나이저 홉스도 그 한계를 절실하게 느끼고 있었다. 에바나이저 홉스는 아시아 여행 중에 어렴풋이 느꼈던, 동양의학의 비법들을 배우고 싶어 했다. 특히 유럽에서는 불치병으로 여겨지는 여러 병들에 대한 처방으로, 신경 중추에 침을 꽂아 고통을 조절하고, 여러 약초와 약재들을 달여 사용할 수 있는 방법을 특히 배우고 싶어 했다.

타오 치엔은 병을 공격적으로 치료하는 서양의학에 강한 매력을 느꼈다. 동양의학은 균형과 조화를 바탕으로 한 섬세한 예술로, 잘못된 기를 바로잡고, 병을 예방하고, 증상의 원인들을 찾아내는 더딘 작업이었다. 타오 치엔은 수술을 해 본 적이 없었다. 맥박을 재고, 침을 놓는 부위만을 정확하게 찾아낼 수 있는 해부학에 대한 그의 지식은, 맥박이 잡히고 눈에 보이는 것에만 제한되어 있었다. 옛 스승의 서재에서 본 해부 도본들을 다 외울 정도이지만 시신의 배를 갈라 열어 볼 생각은 해 보지도 못했다. 그건 중국의학에서는 알려지지 않은 방법이었다. 병 고치는 작업에만 평생을 바쳤던 스승조차도 사람의 내장을 본 적은 거의 없었으며, 그가 모르는 병명의 증상들과 맞닥뜨리면 처방을 내릴 수가 없었다. 반면 에바나이저 홉스는 시신들의 몸을 열어 병의 원인들을 찾아냈으며, 또 그렇게 하도록 배웠다. 타오 치엔은 태풍이 몰아치던 날 밤, 영국인들의 병원 지하에서 홉스 박사의 조수 자격으로 처음으로 사람의 배를 갈라보았다. 그리고 그날 아침 홉스 박사는 타오 치엔의 의원에서 편두통을 앓고 있는 환자를 위해 처음으로 침을 놓았다.

홍콩에는 신도들의 영혼을 구원하는 것만큼이나 몸을 치료해 주는 데에도 많은 관심을 보이는 선교사들이 몇 명 있었으며, 홉스 박사는 그들과 밀접한 관계를 유지해 왔다. 그들은 홍콩에 있는 영국 의사들보다 중국 사람들과 더 가까이 지내고 있었으며, 동양의학의 방법에 높은 찬사를 보냈다. 선교사들은 그들의 작은 병원 문을 종이에게 열어주었다. 학문과 실험에 대한 타오 치엔과 에바나이저 홉스의 열의는 그들을 어쩔 수 없이 가깝게 해 주었다. 그렇지만 만에 하나 그들의 우정이 알려지면 그들의 평판이 위험해질까 봐 거의 비밀리에 만났다. 유럽 환자들이나 중국 환자들도 각기 다른 인종이 가르쳐 주는 건 절대 받아들이려 하지 않았다.

타오 치엔은 어느 정도 돈이 모아지자, 오래전부터 간직해 오던 꿈, 아내를 구해야겠다는 바람을 자주 갖게 되었다. 스물두 살이 되었을 때 자기가 모은 돈을 한 번 더 계

산해 본 타오치엔은, 상냥한 성격에 전족을 한 아가씨를
사 올 수 있는 돈이 된다는 걸 알고는 만족해했다. 관습상
그 일은 부모님이 맡아서 도와줘야 했지만, 부모가 없다
보니 결혼상담소를 찾게 되었다. 그곳에서 여러 후보 여자
들의 초상화들을 보여 주었지만 그에게는 모두 그 여자가
그 여자 같았다. 묵화로 그린 그 그림들로는 여자의 얼굴
은 물론 성격은 더더욱 제대로 알아볼 수가 없었다. 그가
원하는 것처럼 직접 그 여자의 눈을 들여다본다거나 목소
리를 듣는다거나 할 수가 없었다. 자기 대신 색싯감을 봐
줄 집안 여자도 없었다. 하지만 커튼 밑으로 내민 발은 볼
수가 있었다. 그렇지만 결혼상담소 직원들이 가끔 속임수
를 써서 다른 여자의 전족을 보여 줄 때도 있기 때문에 그
것도 확실한 방법은 아니었다.

　타오 치엔은 자신의 운명을 믿어야 했다. 주사위를 던져
결정해 보려고도 했지만, 오른쪽 손등에 새겨진 문신이 옛
날에 자신이 노름에서 큰 운이 없었던 걸 상기시켜 주었
다. 차라리 어머니와 스승의 영혼에게 그 일을 부탁하는
게 더 나을 듯했다. 그는 절을 다섯 군데나 찾아다니며 제
사를 올렸다. 그리고 주역의 괘들을 이용해 점도 쳐 보았
다. 그때가 적당한 때이며 신부를 고를 수 있을 거라는 괘
가 나왔다. 그리고 그 방법은 실패하지 않았다. 화려한 결
혼식을 치를 돈이 없었기 때문에 간단한 의식을 치른 후 새
신부의 머리에 드리워진 빨간 비단 베일을 드는 순간, 아름
다운 얼굴이 드러났으며, 그 얼굴은 계속 아래만 보고 있
었다. 타오 치엔이 세 번이나 그녀의 이름을 부르고 나서

야 신부는 두려움이 어린, 눈물 가득한 눈으로 간신히 그를 바라보았다.

"당신한테 좋은 남편이 될게."

그 또한 그녀 못지않게 흥분되어 약속했다.

타오 치엔은 빨간 비단을 드는 순간부터 운 좋게 만나게 된 그 여인을 사랑하게 되었다. 그 사랑은 너무나도 급작스럽게 찾아든 것이었다. 그런 감정이 남자와 여자 사이에 존재하리라고는 상상도 못했다. 그는 고전문학에서 애매하게 언급된 사랑만 읽었기 때문에 그런 사랑에 대해 이야기하는 건 들어 본 적도 없었다. 거기에서 여자들은 달이나 경치처럼 시적 영감을 위한 소재일 뿐이었다. 그렇지만 실생활에서 여자는 그가 자라면서 본 시골 여자들처럼 일하고 아이를 낳는 존재 아니면 돈이 많이 드는 장식품에 불과하다고 굳게 믿고 있었다.

린은 두 경우 어디에도 해당되지 않았다. 그녀는 예상치 못한 태도로 그를 꼼짝 못하게 만들거나, 많은 질문들을 퍼부어 곤혹스럽게도 할 수 있는 신비스럽고도 복잡한 여자였다. 무엇보다도 그를 자주 웃게 했으며, 있을 수도 없을 것 같은 희한한 이야기들을 만들어 내 그에게 들려주기도 하고, 말장난으로 약올리기도 했다. 린 앞에서는 모든 게 찬란한 광채를 받아 빛나는 것 같았다. 자신이 아닌 다른 사람과 그렇게 친밀하게 영혼까지 털어놓을 수 있는 교감을 느낄 수 있다는 게 그에게는 인생에서 얻은 가장 값진 경험이었다. 창녀들과는 짧은 만남만 가졌을 뿐이며, 상대방을 깊이 알고자 하는 애정이나 시간도 없었다.

아침에 눈을 떠서, 자기 옆에서 자고 있는 린을 보면 행복에 겨워 절로 웃음이 나왔다. 그렇지만 곧이어 불안에 떨곤 했다. 어느 날 아침 그녀가 잠을 깨지 않는다면? 사랑으로 물든 밤에 그녀가 내쉬는 숨소리에서 풍겨지던 달콤한 내음, 눈썹을 위로 치켜뜨며 놀란 표정을 지을 때의 앙증스러움, 가느다란 허리, 그녀의 모든 것은 그를 사랑에 떨게했다. 아아! 그리고 그 둘의 웃음. 사랑에서 터져 나온 환희의 결정체였기 때문에 그 웃음이야말로 가장 행복한 것이었다. 젊었을 때 쓸데없는 흥분만 불러일으켰던 노스승의 『사랑의 기술』은 쾌락을 즐길 때는 큰 도움을 주었다.

린은 얌전하고 곱게 자란 처녀답게 평소에는 온순하고 조용했다. 그렇지만 남편에 대한 두려움이 어느 정도 걷히자 여성스러우면서도 즉흥적이고 열정적인 성격을 드러냈다. 사랑에 목말랐던 그 제자는 짧은 시간에 222가지 체위를 익히고는, 늘 더한 것도 할 수 있다는 자세로 남편에게 다른 걸 생각해 보라고 부추기기도 했다. 다행히 스승의 서재에서 이론상 많은 지식들을 익혀 두었던 타오 치엔은 여자를 만족시킬 수 있는 수많은 방법들을 꿰뚫고 있었다. 그리고 그는 정력보다는 인내심이 더 중요하다는 걸 알고 있었다. 그는 손가락으로 그녀의 몸 구석구석을 애무했으며, 두 눈을 감고도 어디가 성감대인지 찾아낼 수 있었다. 환자들의 고통을 줄이는 데 쓰였던 따뜻하고 강한 그의 손이 린에게는 끝없는 환희의 도구로 쓰였다. 게다가 존경하는 종이가 그에게 가르쳐 주지 않았던 것도 깨닫게 되었다. 가장 좋은 정력제는 사랑이라는 것이었다. 그들은 침대에서 너무나 행복에 겨워 밤에는 다른 난관들이 보이지 않았다. 그렇지만 뜻밖에 찾아오는 난관들도 너무나 많았으며, 곧 그 모습이 드러나기 시작했다.

타오 치엔이 결혼을 결정할 때 도움을 청했던 영혼들은 그를 완벽하게 도와주었다. 린은 발이 작고 다람쥐처럼 달콤한 여자였다. 그렇지만 타오 치엔은 건강하고 튼튼한 아내를 달라고 할 생각은 미처 못했다. 밤에는 생전 지칠 것 같지 않던 여자가 낮에는 꼼짝도 못하고 드러누워만 있었으며, 그녀의 작은 발걸음으로는 몇 구역도 제대로 걸을 수가 없었다. 노스승이 시에서도 쓴 것처럼, 아내가 미풍에 흔들리는 버들가지처럼 하늘거리며 걷는 건 사실이었다. 그렇지만 저녁에 먹을 양배추를 사러 시장에 잠깐 다녀오는 것도 발을 꽁꽁 동여맨 그녀에게는 고문과도 다름없다는 것 역시 사실이었다. 린은 크게 소리를 내서 아파하지 않았지만, 움직일 때마다 헐떡거리고 입술을 깨무는 것만 봐도 그녀가 아픔을 감추고 있다는 것을 알 수 있었다.

린은 폐도 건강하지 못했다. 방울새처럼 가쁜 숨소리를 내며 숨을 쉬었으며, 우기에는 감기에 걸려 코를 훌쩍거리며 살았고, 건기에는 건조한 공기가 목구멍 사이에 걸려 꽉 막혔기 때문에 숨도 제대로 쉬지 못했다. 남편의 약초도, 영국 의사인 남편 친구의 물약도 병을 호전시키지는 못했다. 임신을 했을 때에는 그녀의 연약한 몸이 아이의 무게를 제대로 지탱하지 못해 병이 더 악화되었다. 임신 4개월이 되었을 때에는 아예 밖에도 나오지 못하고, 창가에 앉아 거리를 지나가는 사람들이나 우울하게 바라보아야 했다. 타오 치엔은 린이 자기가 없을 때 죽을까 봐 걱정이 돼서, 집안일도 하고 린의 시중도 들도록 하녀를 두 명 들였다.

그는 일하는 시간을 두 배로 늘렸으며, 난생 처음 환자들에게 돈을 제때 지불하라며 재촉하게 되었다. 그에게는 부끄러워서 얼굴을 들 수 없는 일이었다. 대가를 바라지 않고 환자들을 돌보아야 한다고 계속 일깨워 주는 스승의 차가운 시선이 느껴졌다. "아는 게 많은 사람일수록, 인류에게 더 많은 걸 베풀어야 한다." 그렇지만 옛날처럼 공짜로 또는 다른 걸 받고서 환자들을 돌볼 수가 없었다. 린을 편안하게 부양하기 위해 이제는 돈이 절실했다.

당시 그들은 오래된 집의 2층에서 살고 있었다. 두 사람 중 누구도 예전에는 누리지 못했던 기품과 품위로 집 안도 꾸며 놓았다. 그렇지만 타오 치엔은 만족하지 못했다. 정원이 딸린 집을 얻으면, 아내가 좋은 경치를 보고 맑은 공기를 마셔 건강을 되찾을 수도 있다는 생각이 그의 뇌리를 떠나지 않았던 것이다. 타오 치엔은 린의 상태가 확실히 악화된 것이 눈에 보이는데도 애써 보려 하지 않았다. 결국 그의 친구인 에바나이저 홉스가 린의 결핵이 상당히 진전되어 있어 정원만으로는 그녀를 치료할 수 없다고 타오 치엔을 설득하기에 이르렀다.

"아내에게 비단 옷에다가 호화 가구들을 사 주기 위해 새벽부터 한밤중까지 일하는 대신, 가능한 한 그녀와 함께 있도록 해요, 치엔 박사. 그녀가 곁에 있는 동안이라도 함께 있어야 해요."

홉스가 그에게 충고했다.

두 의사는 각자 자기 경험에 비추어 볼 때 린에게는 출산이 크게 위험할 수도 있다는 판단을 내렸다. 유럽이나 중국에서는 출산이 산파의 몫이었기 때문에, 두 사람 다 출산에 관해서는 문외한이었지만 열심히 공부를 했다. 그 직업에 종사하는 거의 모든 산파들이 그렇듯, 어리석고 뚱뚱한 여자들의 경험을 믿을 수가 없었던 것이다. 그 여자들은 잔인한 방법들을 사용해 아이를 어머니 뱃속에서 꺼냈으며, 미신도 깊이 믿고 손도 지저분한 여자들이었다. 그는 린이 그런 끔찍한 경험을 겪게 하고 싶지가 않았던 것이다.

그렇지만 린은 두 남자들 앞에서, 그것도 그중 하나는 제대로 사람들 말도 할 줄 모르는 두 눈이 시퍼런 양놈인 앞에서는 아이를 낳을 수가 없었다. 린은 남편에게 동네 산파를 불러 달라고 사정했다. 차마 외국 악마 앞에서 양 가랑이를 벌릴 수 없다는 게 그 이유였다. 그렇지만 늘 그녀의 말이라면 다 들어주던 타오 치엔도 이번만큼은 쉽게 양보하지 않았다. 결국 그가 직접 아이를 받아 내고, 에바나이저 홉스는 필요한 경우에 말만으로라도 도와줄 수 있도록 옆방에서 대기하고 있기로 합의를 보았다.

첫 출산 기미는 천식으로 인한 심한 발작을 일으키면서 시작되었다. 하마터면 린의 목숨까지 위험할 뻔했다. 어머니 뱃속에서 아이를 끌어내려는 노력과 린의 호흡을 되돌리려는 필사적인 노력이 동시에 이루어졌다. 그렇지만 타오 치엔이 아무리 그의 정성 어린 사랑과 학문을 동원하고, 에바나이저 홉스가 의학에 관련된 모든 서적들을 동원했다 해도 그녀를 돕기에는 역부족이었다. 10시간 후에, 산모의 신음소리는 다 죽어 가는 사람처럼 가팔라지고, 아이는 나오려는 기미가 보이지 않자, 타오 치엔은 산파를 찾으러 미친 듯이 뛰쳐나갔다. 그러고는 산파에 대한 불신과 혐오에도 불구하고, 거의 그녀를 질질 끌고 오다시피 데리고 왔다. 산파는 일체 그 어떤 의학적 지식도 함께 의논할 수 없는, 악취가 풍기는 늙은 노파라서 타오 치엔과 홉스는 심히 걱정이 되었다. 그 여자는 학문보다는 오랜 경험과 직관에만 의지했을 뿐이었다.

산파는 두 방을 가로막고 있는 커튼 근처에는 얼씬도 하지 말라고 경고하며 두 남자를 밀어 내보내는 일부터 시작했다. 타오 치엔은 그 커튼 뒤에서 무슨 일이 일어나는지 전혀 알지 못했다. 그렇지만 린이 기도가 막히지 않고 고르게 숨을 쉬고, 큰 소리로 외치는 걸 듣고는 안심이 되었다. 이후 몇 시간 동안, 지친 에바나이저 홉스는 소파에 기대 잠을 자고, 타오 치엔은 스승의 영혼에게 결사적으로 매달리는 사이, 린은 죽은 딸아이를 낳았다. 태어난 아이가 딸아이라 산파나 애 아버지도 아이를 살리려고 애쓰지는 않았지만, 산모만큼은 살리려고 노력했다. 산모는 다리 사이로 하혈이 심해지면서 그나마 약했던 몸이 더 약해졌다.

린은 자기가 아이를 키울 수 없다는 걸 미리 알기라도 하듯 아이의 죽음을 별로 슬퍼하지 않았다. 그녀는 난산 후 회복이 느려서, 다시 밤의 즐거운 동반자가 되기 위해 한동안은 아픈 노력을 해야 했다. 그녀는 발의 고통을 감추었던 노련함으로, 남편의 품에 안겨 마냥 흥분해서 행복한

척했다. "섹스는 여행이에요. 성스러운 여행이에요." 하고
자주 속삭였지만, 이제는 그 여행에 남편을 따라나설 힘도
없었다.

타오 치엔도 그 사랑을 애타게 원했다. 그는 자기들의
사랑이 옛날같지 않다는 걸 알면서도 애써 외면하며 린이
그전과 똑같은 린이라고 끝까지 믿었다. 몇 년 전부터 많은
자식들을 바라 왔지만, 이제는 아내가 임신이 되지 않도록
신경을 썼다. 린에 대한 그의 사랑은 아내에게만 고백할 수
있는 숭배로까지 승화되었다. 그는 한 여자에 대한 이런 절
박한 사랑을 그 누구도 이해하지 못할 것이라고 생각했다.
어느 누구도 자기만큼 린을 알지 못할 것이며, 어느 누구도
린이 그의 인생에서 얼마나 큰 빛이었는지 모를 것이라 생
각했다. 잠깐 방심만 했다 하면 불길한 생각이 엄습해 그를
괴롭혔기 때문에, 그런 불길한 생각에서 벗어나기 위해 그
는 '나는 행복해, 나는 행복해.'를 계속해서 되뇌었다. 그
렇지만 그는 행복하지 않았다.

이제 그는 전처럼 환하게 잘 웃지도 않았으며, 육체적
쾌락이 절정을 이룬 그 순간을 제외하고는 린과 함께 있으
면서도 그녀를 마음껏 누리지 못했다. 린이 약한 걸 잘 알
았기 때문에 늘 그녀의 숨소리를 확인하면서, 그녀의 건강
에만 매달려 신경을 곤두세우고 걱정의 나날을 보내야 했
다. 결혼 초기에는 환희에 떨려 흥분을 감추지 못하며 입을
맞추곤 하던 그녀의 전족을 이제는 증오하기에 이르렀다.
에바나이저 홉스는 폐를 건강하게 하고 식욕을 되찾게 하
기 위해서는 린이 야외로 나가 오래 걸어 다녀야 한다고 주

의를 주었다. 그렇지만 린은 열 발자국도 채 못 걸어서 얼굴이 새하얗게 질렸다.

타오 치엔은 두 사람을 위해 돈을 벌어야 했기 때문에 홉스가 권한 것처럼 하루 종일 아내의 곁에 있을 수가 없었다. 그녀와 떨어져 있는 그 순간순간이 삶을 낭비하는 것 같았으며, 사랑을 나눠야 할 시간을 도둑맞는 것 같았다. 타오 치엔은 자기가 알고 있는 약재에 관한 지식과 몇 년간 의술을 행하면서 얻은 경험을 총동원해 사랑하는 아내를 살리고자 애썼지만, 출산 1년이 지난 후 린에게는 그 전의 명랑했던 소녀의 그림자만 남아 있었다. 타오는 린에게 웃음을 찾아 주려고 노력했지만, 두 사람 다 거짓으로 억지 웃음만 지을 뿐이었다.

어느 날 린은 더 이상 침대 밖으로 나오지도 못했다. 숨이 막혀 헐떡거렸고, 기침을 할 때마다 피를 토해서 기력도 많이 쇠했고, 숨을 쉬는 것마저 많이 고통스러워했다. 움직일 때마다 숨이 막히고 괴로웠기 때문에 미음 몇 숟가락만 뜨는 둥 마는 둥 하고는 일체 아무것도 먹으려 하지 않았다. 그녀는 기침이 좀 잦아들었을 때만 잠깐씩 토막잠을 잘 수 있었다. 타오 치엔은 린이 6주째 물에 잠긴 것처럼 그렁그렁한 소리를 내며 호흡을 하고 있다는 걸 깨달았다. 아내를 안아서 들어올릴 때마다 아내가 새털처럼 가벼워졌다는 걸 새삼 느꼈으며, 그때마다 그의 영혼은 두려움으로 몸서리를 쳤다.

아내가 괴로워하는 걸 옆에서 지켜보다 보니, 차라리 그녀의 죽음이 큰 위안이 될 것만 같았다. 그렇지만 얼음장

같이 차가워진 린의 몸을 껴안고 깨어났던, 그 끔찍했던 새벽에는 그도 죽는 줄로만 알았다. 화산이 굉음을 내며 땅속 깊숙한 곳에서 나온 것 같은, 두려움에 가득 찬 길고도 긴 절규가 집 전체를 뒤흔들면서 동네 사람들 전부를 깨웠다. 이웃 사람들이 몰려와서 닫힌 문을 발로 걷어차 열고는, 방 한가운데에서 벌거벗은 채 아내의 시신을 껴안고 절규하는 그를 발견했다. 나중에 에바나이저 홉스가 와서 사자 한 마리도 재울 수 있는 양의 진정제를 억지로 먹일 때까지, 사람들은 그를 간신히 시신에서 떼 내어 붙잡고 있어야 했다.

타오 치엔은 아내가 죽은 후 절망 그 자체의 나날들을 보냈다. 제단을 만들어 린의 초상화와 그녀의 소지품 몇 가지를 올려놓고는, 슬픔에 잠겨 몇 시간씩 아내의 초상화만 바라보았다. 손님들 진료도 그만두었으며, 에바나이저 홉스와 함께 그들 우정의 바탕을 이루었던 공부와 연구도 그만두었다. 타오 치엔은 영국인 친구의 충고에 혐오를 느꼈다. 에바나이저 홉스는 '사랑은 사랑으로 치유된다.'는 주의였으며, 아내를 잃은 슬픔에서 벗어날 수 있는 가장 좋은 방법은 일그러진 발을 가진 여자들, 즉 전족을 한 여자들을 마음 내키는 대로 고를 수 있는 항구 사창가를 찾아가라는 것이었다. 어떻게 그런 정신 나간 이야기를 자기에게 할 수 있단 말인가? 그 누구도 린을 대신할 수 없었으며, 그는 절대 다른 여자를 사랑하지 못할 것 같았다. 타오 치엔은 그것만큼은 자신할 수 있었다. 그는 홉스에게서는 그 당시 그가 인심 좋게 가져다 주는 위스키 병만 받아들였다.

그는 돈이 다 떨어질 때까지 몇 주째 술독에만 빠져 살았다. 결국 집세를 내지 못해 싸구려 여관으로 옮길 때까지는 가지고 있던 걸 조금씩 내다 팔거나 저당잡혀야 했다. 그제야 그는 자신이 종이라는 사실을 떠올리고는 다시 일을 시작했다. 그렇지만 옷도 지저분하고, 머리도 헝클어지고, 수염도 깎지 않은 채 억지로 일을 시작했다. 그나마 그의 평판이 좋았기 때문에, 환자들은 지저분한 그의 몰골과 술에 취해서 저지르는 잦은 실수도, 가난해서 돈이 없으니 별 수 없지 하는 체념으로 참아 주었다. 그렇지만 그를 찾아오는 환자들의 발길도 곧 끊어지게 되었다.

에바나이저 홉스도 이제는 타오 치엔을 의논 상대로 믿을 수가 없었다. 그때까지는 둘이 서로가 서로를 잘 보완해 주었다. 영국인은 고통과 출혈을 줄이고 수술 부위가 아무는 시간을 단축시키기 위해 처음으로 금침과 강한 마약을 사용하여 과감하게 수술을 시행할 수 있었다. 또 중국인은 그에게서 해부용 칼의 사용법과 그 밖의 다른 유럽 의술을 배웠다. 그렇지만 술과 눈물로 흐려진 눈과 떨리는 손을 가진 타오 치엔은 이제 도움이 되기보다는 오히려 위험스러웠다.

1847년 봄, 타오 치엔의 운명은 그의 인생에서 몇 번 그래 왔던 것처럼 다시 급회전을 틀었다. 단골 환자들을 잃고 의사로서는 치명적인 소문들이 돌면서, 그는 항구에서도 제일 험한 바닥에서 환자들을 돌보며 일을 해야 했다.

그곳에서는 그의 전력을 묻는 사람이 아무도 없었으며, 그는 주로 타박상, 창상, 총상을 치료했다.

어느 날 밤, 타오 치엔은 칼부림하며 싸우다가 부상당한 선원을 치료하기 위해 한 술집으로 급하게 불려 갔다. 사람들이 그를 술집 뒤쪽으로 데리고 가서 보니, 그곳에는 한 중국 남자가 머리는 반으로 갈라진 채 의식을 잃고 누워 있었다. 싸움 상대자였던 덩치 큰 노르웨이 남자가 무거운 나무 테이블을 번쩍 들어, 죽기 살기로 덤벼드는 중국인 무리에게 몽둥이처럼 휘둘러 댔던 것이다. 중국인들은 그 노르웨이 남자에게 떼거지로 덤벼들었으며, 그때 그곳에서 술을 마시던 다른 노르웨이 선원들이 그를 도와주지 않았더라면 그도 작살이 났을 것이다. 그렇게 술 취한 노름꾼들의 말싸움에서 시작했던 싸움이 결국에는 인종 전쟁으로까지 번지게 된 것이었다.

타오 치엔이 당도했을 때에는 걸어 다닐 수 있는 사람들은 벌써 옛날에 다 사라진 다음이었다. 노르웨이 남자는 두 명의 영국 경찰들의 호위를 받으며 아무 탈 없이 자기 배로 돌아갔고, 그곳에 유일하게 남아 있던 사람들은 최대의 피해자인 술집 주인과 경찰들을 무사히 따돌린 항해사 두 명뿐이었다. 부상당한 사람이 유럽인이었다면 틀림없이 영국 병원으로 호송되었을 것이다. 그렇지만 그는 아시아 사람이었고, 항구 경찰에서도 별로 큰 신경을 쓰지 않았다.

그 불쌍한 남자는 머리가 깨져 골수가 밖으로 튀어나온 상태였기 때문에 타오 치엔이 할 수 있는 건 아무것도 없었다. 그건 한눈에 봐도 알 수 있었다. 그래서 그는 상스럽게 생긴 데다가 털 범벅인 영국인 항해사에게 그렇게 설명했다.

"빌어먹을 중국놈! 대충 피를 닦고 머리를 꿰매면 안 되겠나?"

그가 요구했다.

"머리가 반쪽이 났는데 꿰매면 뭐 합니까? 그에게도 편하게 죽을 권리는 있습니다."

"죽으면 안 돼! 내일 새벽에 배가 출항하는데 이 남자가 필요하단 말이야! 이 사람이 요리사란 말이야!"

"미안합니다."

타오 치엔은 그 몰상식한 양놈이 볼썽사나워 역겨웠지만 가급적 내색하지 않고 정중하게 대답했다.

항해사는 진 한 병을 주문하고는 타오 치엔에게 함께 마시자고 청했다. 요리사에게 아무 손도 쓸 수 없을 정도라면, 그 빌어먹을 영혼이 밤마다 찾아와 자기 발목을 잡아당기지 않도록 그를 위해 한잔 정도는 마셔야 하지 않겠냐며 타오에게 말했다. 그들은 고인에게서 몇 발자국 떨어지지 않은 곳에 앉아서 천천히 술에 취했다. 이따금씩 타오 치엔은 몸을 숙여 이제 몇 분 남지 않았을 것이라고 생각하면서 죽어 가는 자의 맥박을 짚어 보았다. 그렇지만 그 남자는 생각보다 훨씬 더 오래 버텼다. 한편 종이는 자신의 술잔이 비자마자 그 영국인이 새로 연거푸 술을 부어서 그에게 권하면서도, 자신의 잔에는 거의 입도 대지 않는다는 걸 눈치 채지 못했다. 그는 곧 술에 취해서 어질어질 했으며, 자기가 왜 그곳에 있는지조차 기억할 수가 없었다. 한 시간 후에, 그의 환자가 마지막 경련을 일으키고는 숨을 거두었지만, 타오 치엔은 의식을 잃은 채 바닥에서 나뒹굴고 있었기 때문에 아무것도 몰랐다.

그는 정오의 반짝이는 햇살에 눈이 부셔 잠에서 깨어났다. 어렵사리 눈을 떠 간신히 몸을 일으켜 보니, 주위는 온통 파란 하늘과 바닷물로 에워싸여 있었다. 그는 자신이 배 갑판 위에서 밧줄 더미를 기대고 앉아 있다는 걸 한참 후에야 알게 되었다. 배 옆쪽을 찰싹거리며 내리치는 파도 소리가 그의 머릿속에서는 큰 종소리처럼 정신없이 울려 퍼졌다. 사람들 목소리와 고함 소리가 들리는 것 같았지만, 그 어느 것도 확실하지 않았다. 자기가 지옥에 와 있을 수도 있는 일이었다. 그는 간신히 무릎을 짚고 일어나 몇 미터 정도 앞으로 기어갔지만, 곧 멀미가 나면서 그대로 꼬꾸라졌다. 몇 분 후에 누군가 자기 머리 위로 차가운 물을 쏟아 부으면서 광둥어로 말하는 게 느껴졌다. 그가 시선을 들자 이빨이 절반은 빠져나간 친절한 인상의 얼굴이 자기에게 활짝 웃으며 인사하는 게 보였다. 두 번째 바닷물 세례를 받자 그는 정신이 번쩍 들었다. 그에게 열심히 물을 퍼붓던 젊은 중국인 청년은 기구한 그의 처지가 재미있어 죽겠다는 듯 양 허벅지를 손바닥으로 내리치고 깔깔 웃으면서 그의 옆으로 몸을 숙였다.

"내가 어디에 있는 거지?"

타오 치엔이 간신히 입을 떼서 물었다.

"리버티호에 오른 걸 환영하오. 보니까 우리는 서쪽으로 향하는 것 같군."

"그렇지만 나는 아무 데도 가고 싶지 않아! 지금 당장 내려야 해!"

그는 다시 거침없는 박장대소로 타오 치엔의 생각을 단번에 묵살시켰다. 그 남자는 간신히 웃음을 참고는 자기도 두 달 전에 똑같은 방법으로 '고용'되었다며 설명했다. 타오 치엔은 기절할 것만 같았다. 그도 그 방법을 알고 있었던 것이다. 선원이 모자라면 본인의 의사와는 상관없이 술을 먹이거나 머리를 때려 기절시켜 배에 싣는 것이었다. 바다에서의 삶은 거칠고 돈도 제대로 받지 못했다. 사고도 많았으며, 제대로 먹지도 못하고, 질병도 많아 항해가 끝날 때마다 거의 한 명 이상이 죽어 나갔으며, 그 시신을 바다 한가운데에 버렸기 때문에 그렇게 죽은 사람들을 기억조차 할 수 없었다. 게다가 선장들은 주로 폭군들이라, 임금도 제대로 지불하지 않으면서 조금만 잘못했다 하면 매질을 하기가 일쑤였다. 상하이에서는 자유인들을 납치하거나 남의 선원들을 뺏지 않도록 선장들 간에 명예를 걸고 서로 합의점에 도달해야 할 정도였다. 그런 합의가 있기 전에는 술을 마시러 항구에 내릴 때마다 그 다음 날에는 다른 배에서 깨어나기 일쑤였다.

리버티호의 항해사는 죽은 요리사를 타오 치엔으로 대치하기로 작정했다. 그의 눈에는 황인종들이 모두 똑같아 보였기 때문에 누가 됐든 상관없었다. 그래서 그를 취하게 한 다음 배에 싣도록 한 것이었다. 그러고는 그가 깨어나기 전에 엄지손가락으로 계약서에 지장을 찍어 2년간 꼼짝 못하고 일을 하도록 만들었다. 타오 치엔의 멍한 머릿속에서 사건의 실체가 점점 윤곽이 잡혀갔다. 반항할 생각은 엄두도 내질 못했다. 그건 자살과 다름없었다. 그렇지만 지구 어디에서건 간에 땅에 발만 내딛으면 무조건 도망칠 생각이었다.

젊은 중국인은 타오 치엔이 자리에서 일어나 좀 씻을 수 있도록 부축해 주었다. 그러고는 선실과 그물 침대들이 있는 배 밑바닥으로 데리고 가, 그의 물건들을 보관할 수 있는 상자 하나와 그의 자리를 알려 주었다. 타오 치엔은 모든 걸 다 잃어버렸다고 생각했지만 그의 침대가 될 나무가 깔린 마루 위로, 그의 의료 기구들이 담긴 가방이 놓인 것을 보고는 안도의 한숨을 내쉬었다. 기특하게도 항해사가 그 가방까지 챙길 생각을 했던 것이다. 그렇지만 린의 초상화는 제단 위에 남아 있었다. 어쩌면 아내의 영혼이 바다 한가운데에 있는 자신을 찾지 못할지도 모른다는 생각이 들자 그는 소름이 끼쳤다.

항해 처음 며칠은 고통의 연속이었다. 바다 위로 몸을 내던져 괴로움을 깨끗이 끝내고 싶은 생각이 수시로 그를 유혹했다. 그는 몸을 채 추스르기도 전에 명색이 말뿐인 부엌에 배정되었다. 그곳에는 그릇들이 갈고리에 매달려 있어, 배가 뒤뚱거릴 때마다 귀청이 떨어져 나갈 듯한 온갖 시끄러운 소리가 났다. 홍콩에서 실은 신선한 재료들은 금세 바닥이 났으며, 곧 생선과 소금에 절인 고기, 콩, 설탕, 버터, 벌레 먹은 밀가루와 망치로 때려야 조각이 나는 딱딱한 과자들밖에는 남지 않았다. 모든 음식은 간장으로 간을 맞추었다. 선원들에게는 하루에 소주 한잔씩 배당되었다. 시름을 잃고, 바다 생활에서는 잇몸이 붓는 게 가장 큰 문제였기 때문에 그걸 막고자 입을 헹구기 위한 것이었다. 선장의 테이블에는 계란과 영국산 잼을 놓아야 했으며, 타오 치엔은 지시한 대로 목숨을 걸고서라도 그건 지켜야 했다.

식사량은 철저히 계산되어, 태풍 때문에 배가 우회한다거나 바람이 없어 배가 꼼짝 못한다거나 하는, 그런 천재지변이 없는 한 항해 동안 내내 아껴서 먹어야 했다. 그리고 어쩌다 그물에 걸리는 신선한 생선으로 부족한 양을 메웠다. 타오 치엔에게서는 별다른 요리 솜씨를 기대하지 않았다. 그의 역할은 일인당 배당된 음식과 술, 물의 양을 조절하고, 음식이 상하거나 쥐가 들지 않도록 주의하는 것이었다. 그리고 다른 선원들과 마찬가지로 청소도 하면서 항해를 도와야 했다.

일주일이 지나면서 그는 시원한 바닷바람과 거칠고 힘든 노동에 익숙해졌다. 선원들 모두 각자 나름대로 기구한 사연과 그리운 기억 그리고 재주 하나씩은 가지고 있었다. 이렇게 각지에서 몰려든 남자들과 함께하는 생활이 그리 나쁘지는 않았다. 쉴 때에는 악기를 연주하거나, 바다 유령과 먼 나라의 항구에서 볼 수 있는 이국적인 여자들 이야기로 이야기꽃을 피웠다. 선원들은 서로 다른 곳에서 왔기 때문에 언어와 관습은 달랐지만, 서로 끈끈한 우정 같은 동지애로 묶여 있었다. 고독과 서로가 서로를 필요로 한다는 확신이, 육지에서는 서로 거들떠보지도 않았을 사람들을 절친한 친구로 만드는 것이었다. 타오 치엔은 린이 아프면서부터는 잃었던 웃음을 다시 되찾기 시작했다.

어느 날 아침, 항해사가 그를 불러 존 소머스 선장에게 개인적으로 인사시켜 주었다. 타오 치엔은 선장이 해치 위에 있을 때 멀찌감치에서만 보았을 뿐이었다. 선장은 짙은 색 턱수염에 잿빛 눈을 가진, 거센 비바람에 단련된 키 큰 남자였다. 선장은 약간의 광둥어를 할 줄 아는 항해사를 통해 그에게 말을 건넸다. 그렇지만 타오 치엔은 에바나이저 홉스에게서 배워 귀족적인 악센트가 풍기는, 교과서 영어로 대답을 했다.

"오글즈비 씨의 이야기로는 당신이 치료사라고 그러던데?"

"저는 일종의 의사라고 할 수 있는 종이입니다."

"의사? 무슨 의사?"

"중국 의학은 영국 의학보다 몇 세기는 더 오래되었습니다, 선장님."

타오 치엔은 친구인 에바나이저 홉스에게서 배운 정확한 단어를 구사하며 부드럽게 미소를 지었다.

소머스 선장은 조그만 남자의 무례함에 기분이 나빠 양 눈썹을 위로 치켜떴지만, 그의 말이 사실이라 어쩔 수 없었다. 그는 기분 좋게 껄껄 웃어 넘겼다.

"오글즈비 씨, 여기 브랜디 세 잔을 따르지. 함께 건배를 듭시다. 이거 큰 영광인걸. 우리 배에 의사가 있는 건 이번이 처음이야!"

타오 치엔은 어디로 가야 할지 몰랐기 때문에 리버티호

가 닻을 내린 첫 번째 항구에서 도망치려던 계획을 실천하지 못했다. 아내를 잃은 절망적인 삶밖에 없는 홍콩으로 돌아가는 것이나, 계속 항해를 하는 것이나 무의미한 건 매한가지였다. 여기나 저기나 다 똑같았다. 적어도 선원 생활을 계속하면 여행도 하고, 세상 다른 곳에서 사용되는 치료법도 배울 수 있었다. 단 한 가지 걸리는 게 있다면, 그가 파도에 몸을 싣고 정처 없이 떠돌아다니다 보면, 그가 아무리 바람에 대고 아내의 이름을 외쳐 부른다 해도 린이 자기를 찾아오지 못할 수도 있다는 염려였다.

첫 번째 항구에서 그는 다른 선원들과 마찬가지로 여섯 시간 동안 육지에 머무를 수 있는 허가를 받고 하선했다. 그렇지만 그 시간을 술집에서 즐기는 대신, 선장의 부탁을 받고 향료들과 약재들을 찾아 시장을 돌아다녔다. "이제 의사가 있으니, 약도 필요하겠지." 하고 선장이 말했던 것이다. 선장은 동전들을 세어 자루에 담아 타오 치엔에게 건네주면서, 그에게 으름장을 놓았다. 만에 하나 도망치거나 자기를 속일 경우에는, 그를 붙잡을 때까지 찾아서 자기 손으로 직접 칼로 찔러 죽이겠다며 협박했다. 아직까지 자기한테 달게 죄값을 치르지 않고 자기를 우롱한 사람은 없다며 단단히 주의를 주었다.

"알았지, 중국인?"

"알았습니다, 영국인."

"나한테는 깍듯이 주인 대접을 하란 말이야!"

"네, 어르신."

타오 치엔은 백인들의 얼굴은 마주 보지 말라고 배웠기

때문에 아래쪽을 보며 대답했다.

그의 첫 번째 놀라움은 중국이 세상의 완벽한 중심이 아니라는 걸 깨닫고서였다. 다른 세상에도 각자의 문화가 따로 있었으며, 그건 확실히 야만적이긴 했지만 훨씬 더 강력한 문화였다. 그는 영국인들이 세상 대부분을 쥐고 흔들고 있는 줄은 상상도 하지 못했다. 마찬가지로 다른 양놈들이 네 개 대륙에 걸친, 먼 남의 땅까지 방대한 식민지를 건설하고 주인이 된 줄은 생각도 못했다. 아프리카 해안 앞에서 썩은 어금니를 빼 주던 날, 존 소머스 선장이 그에게 자상하게 설명해 주었던 것이다. 이마에 금침을 놓고, 유카리와 정향을 혼합한 반죽 덩어리를 잇몸에 얹은 덕택에 거의 아무런 고통도 없이 깨끗하게 이빨을 뺄 수 있었다. 다 끝나고 나서 고통이 사라진 환자는 그에게 고마움을 표하며 술을 권했다. 그때 타오 치엔이 자기가 어디로 가는지 물었던 것이다. 끝없이 펼쳐진 바다와 하늘 사이로 난 망망한 수평선만을 유일한 지표로 삼으면서 무턱대고 여행하는 게 답답했던 것이다.

"우리는 유럽으로 향하고 있네. 그렇지만 우리에겐 변하는 게 아무것도 없어. 우리는 늘 바다에서 사는 바닷사람이야. 집으로 돌아가고 싶나?"

"아닙니다, 어르신."

"어딘가에 가족이 살고 있나?"

"아닙니다, 어르신."

"그렇다면 자네한테는 북쪽으로 가나, 남쪽으로 가나, 동쪽으로 가나, 서쪽으로 가나 매한가지야. 안 그렇나?"

"그렇습니다. 그렇지만 내가 어디에 있는지는 알고 싶습니다."

"왜 그러지?"

"만에 하나 내가 물에 빠진다거나 배가 가라앉을 경우에, 내 영혼이 중국에 되돌아갈 수 있도록 어디에 있는지는 알아야 합니다. 그렇지 않다면 정처 없이 구천을 헤매고 다닐 겁니다. 하늘로 향하는 문은 중국에 있습니다."

"무슨 그런 엉뚱한 생각을 다 하나?"

선장이 웃었다.

"그렇다면 천당에 가기 위해서는 중국에서 죽어야 한단 말인가? 여보게, 지도를 보게나. 자네 나라가 크기는 커. 그건 맞아. 하지만 중국 이외에도 많은 나라들이 있어. 여기가 영국일세. 작은 섬나라에 불과하지만 우리가 가지고 있는 식민지들을 다 합하면 우리가 지구 절반 이상을 차지한 주인이라는 걸 알걸세."

"그렇습니까?"

"우리가 홍콩에서 했던 것과 마찬가지로 전쟁과 속임수를 써서 차지한 거지. 강력한 함대와 탐욕, 규율이 만들어 낸 작품이라 할 수 있지. 우리가 우월하지는 않네. 좀 더 잔인하고 결단력이 있는 거지. 나는 특별히 영국인이라는 게 자랑스럽지는 않네. 자네도 나처럼 여행을 많이 하고 나면 중국인인 게 그다지 자랑스럽지 않을걸세."

그 후 2년 동안, 타오 치엔은 세 번 땅을 밟았으며, 한 번은 영국에서였다. 그는 항구의 거친 군중들 사이를 헤매다가, 런던 거리를 돌아다닐 때에는 놀란 토끼 눈으로 영국 문물을 구경했다. 양키들에게는 놀라운 것 투성이였다. 어느 면에서 보면 기품이 없이 야만인들처럼 행동했지만, 또 어느 면에서 보면 신기한 것들을 많이 만들어 내는 능력이 있었다. 그는 영국인들은 자기 나라에서도 홍콩에서와 마찬가지로 건방지고 무례하다는 걸 확인했다. 그들은 타오 치엔을 전혀 존중하지 않았으며, 예의범절에 대해서는 전혀 문외한들이었다.

한번은 그가 맥주를 마시려다가 술집에서 쫓겨난 적이 있었다. 술집 주인이 "여기는 누렁이들은 못 들어오는 데야." 하며 쫓아냈던 것이다. 그는 곧 다른 아시아계 선원들과 어울렸고 한 늙은 중국인의 식당에서 편안히 밥을 먹고 술을 마시고 담배를 피웠다. 그는 다른 사람들의 이야기를 들으면서, 자기가 얼마나 배워야 할 게 많은지 깨달았다. 그러고는 맨 먼저 주먹과 칼 쓰는 법부터 배우기로 결심했다. 자기 자신을 보호할 수 없다면 아무리 많은 걸 알아도 소용이 없었다. 현명한 스승조차도 그에게 그런 기본을 가르쳐 주는 건 깜빡 잊어버렸던 것이다.

1849년 2월 리버티호가 발파라이소에 정박했다. 그 이튿날, 존 소머스 선장이 타오 치엔을 자기 선실로 불러 편지 한 장을 건네주었다.

"항구에서 받은 건데 자네 앞으로 온 걸세. 영국에서 온 거네."

타오 치엔은 봉투를 건네 받고는 얼굴을 발그스름하게 붉혔다. 환한 미소 때문에 그의 얼굴에서 빛이 날 정도였다.

"연애편지라고는 말하지 말게!"

선장이 농담을 했다.

"그것보다 훨씬 더 화끈한 겁니다."

타오 치엔이 편지를 가슴속에 집어넣으면서 대답했다. 편지는 귀한 친구인 에바나이저 홉스에게서 온 게 틀림없었다. 항해를 떠난 지 2년 후에 처음으로 받는 편지였다.

"치엔, 일을 훌륭히 잘해 주었네."

"어르신한테는 제 음식이 마음에 안 드셨을 텐데요."

타오가 미소를 지었다.

"요리사로서는 엉망일세. 그렇지만 자네의 의술 솜씨는 근사해. 2년 동안 죽은 사람도 없었고, 괴혈병을 앓은 사람도 없었네. 그게 뭘 의미하는지 아나?"

"운이 좋아서지요."

"자네 계약은 오늘로 끝이네. 자네한테 술을 먹여서 또 연장시킬 수도 있네. 다른 사람한테는 그럴 수도 있지. 그렇지만 자네한테는 신세를 많이 졌으니 빚을 갚아야겠지. 나랑 계속 함께 있고 싶은가? 월급을 올려 주겠네."

"어디로 가실 건가요?"

"캘리포니아로 갈 걸세. 그렇지만 이 배는 그만 탈 거야. 방금 증기선 한 대가 나왔네. 내가 몇 년 동안 기다려 왔던 기회가 온 걸세. 자네가 나와 함께 가면 좋겠는데."

타오 치엔은 증기선에 대한 이야기를 들은 적이 있어서 생각만으로도 끔찍했다. 보일러 한가득 들어 있는 끓는 물로 수증기를 만들어 내 그 큰 배를 움직인다는 것은 엄청 성질이 급한 사람들이나 생각해 낼 수 있는 발상이었다. 바람과 해류에 맡겨 여행하는 게 더 낫지 않을까? 무엇 하러 자연에 도전을 한단 말인가? 바다 한가운데에서 보일러가 폭발해 선원들이 산 채로 요리된다는 소문도 돌았다. 사람들의 육신은 산산조각이 나서, 새우처럼 푹 익혀진 채 사방으로 튀어나가 물고기 먹이가 되고, 그 불쌍한 사람들의 영혼들은 폭발음과 수증기 소리에 혼비백산해서 자기 조상들의 영혼과는 절대 해후도 할 수 없다는 것이었다.

타오 치엔은 끓는 물과 함께 솥이 엎어져 자기 여동생이 얼마나 끔찍한 고통을 받았는지 생생하게 기억하고 있었다. 고통에 절은 처절한 신음 소리와 몸부림치며 죽어 가던 그 모습을 생생하게 기억하고 있었다. 그는 그런 위험을 감수하고 싶지가 않았다. 돌덩어리들처럼 땅바닥에 지천으로 널려 있다는 캘리포니아의 금도 그를 크게 유혹하지는 못했다. 그렇지만 존 소머스에게는 아무 말 하지 않았다. 선장은 다른 양놈들보다는 아량이 넓었으며, 선원들을 가급적 공정하게 대해 주었다. 그렇지만 그의 친구는 아니었으며 친구가 될 수도 없었다.

"고맙지만 사양하겠습니다, 어르신."

"캘리포니아에 가 보고 싶지 않은가? 금세 부자가 돼서 중국으로 금의환향할 수도 있어."

"그렇습니다. 그렇지만 범선을 타고 가겠습니다."

"왜? 증기선이 더 현대식이고 빠른데."

타오 치엔은 왜 그런지 이유를 설명하려 하지 않았다. 그는 선장이 위스키 잔을 다 비울 때까지 양손으로 모자를 든 채 바닥만 보면서 가만히 있었다.

"자네한테 강요할 수는 없지."

마침내 소머스 선장이 말을 꺼냈다.

"내 친구인 빈센트 캣츠 선장에게 추천장을 써 주겠네. '에밀리아'라는 범선으로, 며칠 내에 캘리포니아로 출항하네. 그는 네덜란드 출신인데 꽤 종교적이고 엄격한 데다 상당히 특이한 사람이야. 하지만 좋은 사람이고 유능한 선장일세. 자네 여행은 내 여행보다 느릴 걸세. 하지만 어쩌면 샌프란시스코에서 다시 만날 수 있겠지. 마음이 바뀌면 언제든지 다시 나와 함께 일할 수 있네."

존 소머스 선장과 타오 치엔은 처음으로 악수를 했다.

세계문학전집 **163**

운명의 딸 1

1판 1쇄 펴냄 2001년 7월 15일
1판 7쇄 펴냄 2003년 9월 30일
2판 1쇄 펴냄 2007년 12월 14일
2판 20쇄 펴냄 2023년 1월 12일

지은이 이사벨 아옌데
옮긴이 권미선
발행인 박근섭, 박상준
펴낸곳 (주)민음사

출판등록 1966. 5. 19. (제 16-490호)
서울특별시 강남구 도산대로1길 62(신사동) 강남출판문화센터 5층 (우편번호 06027)
대표전화 02-515-2000 팩시밀리 02-515-2007
www.minumsa.com

ISBN 978-89-374-6163-7 04800
ISBN 978-89-374-6000-5 (세트)

* 잘못 만들어진 책은 구입처에서 교환해 드립니다.

세계문학전집 목록

세계문학전집은 계속 간행됩니다.